春潮NOV+

回到分歧的路口

FRANZ KAFKA: DIE ZEICHNUNGEN

卡夫卡的卡夫卡

弗朗茨·卡夫卡的163幅画作手稿

[奥]弗朗茨·卡夫卡　绘
[瑞士]安德烈亚斯·基尔彻　编著
曾艳兵 曾意　译
苏十　审校

中信出版集团 | 北京

图书在版编目（CIP）数据

卡夫卡的卡夫卡：弗朗茨·卡夫卡的 163 幅画作手稿 /
（奥）弗朗茨·卡夫卡绘；（瑞士）安德烈亚斯·基尔彻
编著；曾艳兵，曾意译 . -- 北京：中信出版社，
2023.11
ISBN 978-7-5217-5726-2

I. ①卡… II. ①弗…②安…③曾…④曾 III.
①文艺－作品综合集－奥地利－现代 IV. ① I521.15

中国国家版本馆 CIP 数据核字（2023）第 086901 号

卡夫卡的卡夫卡：弗朗茨·卡夫卡的 163 幅画作手稿
绘者： ［奥］弗朗茨·卡夫卡
编著： ［瑞士］安德烈亚斯·基尔彻
译者： 曾艳兵 曾意
出版发行：中信出版集团股份有限公司
（北京市朝阳区东三环北路 27 号嘉铭中心 邮编 100020）
承印者： 北京雅昌艺术印刷有限公司

开本：787mm×1092mm 1/16 印张：23.25 字数：150 千字
版次：2023 年 11 月第 1 版 印次：2023 年 11 月第 1 次印刷
京权图字：01–2023–4715 书号：ISBN 978-7-5217-5726-2
定价：269.00 元

服务热线：400–600–8099
投稿邮箱：author@citicpub.com

目录

Inhalt

序言

Einleitung

安德烈亚斯·基尔彻

传承与保存

Überlieferung und Bestand

作为画家的卡夫卡——这一话题似乎一直以来都并未被认真对待。在我们已有的认知中，总是更习惯将卡夫卡视为作家，因为我们对他的了解还非常不充分。直到最近，我们能见到的卡夫卡画作相对而言数量很少，只有大约40幅草图。这些作品中，也只有少数几幅因为自20世纪50年代起成为卡夫卡平装版作品集的封面，而为人所知。

作为画家的卡夫卡——这一话题似乎一直以来都并未被认真对待。在我们已有的认知中，总是更习惯将卡夫卡视为作家，因为我们对他的了解还非常不充分。直到最近，我们能见到的卡夫卡画作相对而言数量很少，只有大约 40 幅草图。这些作品中，也只有少数几幅因为自 20 世纪 50 年代起成为卡夫卡平装版作品集的封面，而为人所知。

目前可以见到的卡夫卡画作以《曾是一个出色的画师：作为画家的弗朗茨·卡夫卡》[◈] 为题，于 2002 年在乌得勒支结集出版，由尼尔斯·博克霍夫和玛丽耶克·凡·多尔斯特编著，布拉格的维塔利斯出版社于 2007 年出版了该书的英文版，又于 2011 年发行德文增订版。然而这本书却丝毫不能充分展示卡夫卡的绘画：一方面是质量上的原因，书中这 41 张图是在没有原件的情

[◈] 中文版为《卡夫卡的画笔：曾是伟大画家的弗兰茨·卡夫卡》，姜丽译，北京：生活·读书·新知三联书店，2010 年。——译者注

由费舍尔出版社出版的卡夫卡作品：
《判决》（1952 年）；《美国》（又译《失踪者》，1956 年）；《审判》（又译《诉讼》，1960 年）

况下被复制的；另一方面是数量上的原因，这本所谓的“作家卡夫卡的绘画作品”（博克霍夫和多尔斯特语）的集册，在编纂中其实忽略了大量直到最近才有机会接触到的一手资料。

出于相同的原因，此前对卡夫卡绘画的研究也一直不尽如人意。1979 年出版的《卡夫卡手册》中一篇题为《绘画》的文章看似首次触及了卡夫卡创作中的绘画元素，但其作者、艺术史学家沃尔夫冈・罗特依靠的也仅仅只有“十几幅”作品而已。[1] 尽管近年来出现了更多关于卡夫卡绘画的著作，其中至少包括两部专著[2]，但它们也只是依凭于此前已知的 40 幅左右的画作，因此资料来源大多不可靠且不完整。其中的缺失在于，卡夫卡文学遗产中所包含的大部分绘画作品在几十年来完全没有获取途径。所以，可以毫不夸张地说，这部分绘画作品将会是卡夫卡作品中最后一座巨大的未知宝库。

这些作品原本属于马克斯・布罗德，而不是卡夫卡的家人，直到最近，这些作品还一直被严密尘封在布罗德的继承人——他的前秘书伊尔莎・埃斯特・霍夫的私人财产中。卡夫卡遗物中的其他作品在他 1924 年去世之后由布罗德进行编辑，已经或正在进行出版，包括两种批注版本：由费舍尔出版社自 1982 年起出版的《卡夫卡作品、书信和日记权威注释版》和由施特霍姆菲尔德出版社自 1997 年起（2019 年后则由沃斯坦出版社）出版的《卡夫卡手稿、印刷稿和打字稿权威注释版》。直到 2019 年中，卡夫卡遗物中先前被尘封的那部分才得以面世。在此之前，这些遗稿经历了一场历时 10 年、引人注目的诉讼，最终在 2016 年，以色列最高法院剥夺了霍夫和她的继承人对这些作品的所有权之后，它们才归耶路撒冷的以色列国家图书馆所有。鉴于布罗德和卡夫卡遗物继承的复杂性，详细地追述卡夫卡绘画作品的传播历史就显得尤为必要。[3]

卡夫卡画作的传播

Die Überlieferung von Kafkas Zeichnungen

作为朋友，马克斯·布罗德不仅留存了卡夫卡的文学手稿，他的画作一经完成，布罗德也会将其收集并保存起来。特别是在 1901 年至 1906 年，这时卡夫卡在布拉格的德语大学就读，不仅开始了文学写作，同时也在练习绘画。他上绘画课，听艺术史讲座，试图与布拉格的艺术圈建立联系。[4] 即便他显然带着对艺术的严肃态度画画，这些作品对他自己来说却似乎并不值得保存。然而对布罗德来说并非如此。1900 年前后，布罗德自己也正带着野心进行绘画创作，并资助同时代的艺术家，有针对性地收集他们的作品。正如对待自己的作品和收集来的艺术品那样，布罗德终生都保留着卡夫卡的画作。他在《弗朗茨·卡夫卡的信仰与学说》（1948 年）一书的附录《论插图》中写道："他（卡夫卡）对自己的画作甚至比对他的文学创作更加漠不关心，或者说更有敌意。那些我没能挽救的东西就永远消失了。我让他把那些'乱画的涂鸦'送给我，或者说我是从废纸篓里把它们捡出来的——是的，还有一些是我从他法学课笔记的页边空白处剪下来的……"[5]

尽管如此，卡夫卡本人还是认为他的画相当重要，以至于他在 1921 年的遗嘱中将其列为遗物的一部分。在遗嘱中，除了"写的东西"，他还提到了"画的东西"，尽管同样请求布罗德销毁它们：

> 最亲爱的马克斯，我最后的请求是：我留下的东西里（比如在我家中或办公室中的书箱里、衣柜里、书桌里，或者你发现的任何可能放东西的地方找到的），所有的日记、手稿、他人的和我自己的信件、**图画**等等，请勿阅读，一点不剩地全部烧掉。同样，对于在你或别人手里的所有我写的东西或**画的东西**，也请以我的名义做出相同的要求……
>
> 你的弗朗茨·卡夫卡[6]
>
> （粗体为本书作者标注）

正如卡夫卡可以设想的那样，布罗德以充分的理由拒绝了这一“英雄主义行为”，相反，他非常认真地保护了卡夫卡那些“写的东西”和“画的东西”。[7] 他多次拯救了卡夫卡的遗物，使其免受外部威胁，尤其是在1939年3月15日“捷克斯洛伐克被摧毁”（当时的纳粹宣传中如是说）后，使其免遭纳粹审查。就在那一天，布罗德戏剧性地在最后一刻经康斯坦萨港口逃到了巴勒斯坦——“我的手提箱里装着卡夫卡的所有手稿。它们和我一起旅行，先是乘火车来到黑海边的康斯坦萨，然后再坐罗马尼亚的轮船穿过达达尼尔海峡和爱琴海来到特拉维夫”。[8] 一到巴勒斯坦，布罗德就把属于卡夫卡的继承人，即他四个外甥女（卡夫卡的妹妹瓦莉和奥特拉的女儿们）[9] 的那部分手稿存放到了自己的住处。出于安全考虑，

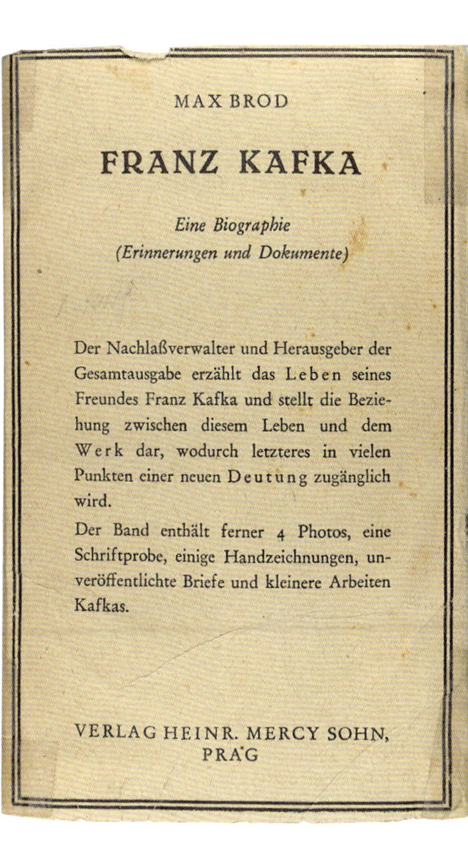

MAX BROD

FRANZ KAFKA

Eine Biographie
(Erinnerungen und Dokumente)

Der Nachlaßverwalter und Herausgeber der Gesamtausgabe erzählt das Leben seines Freundes Franz Kafka und stellt die Beziehung zwischen diesem Leben und dem Werk dar, wodurch letzteres in vielen Punkten einer neuen Deutung zugänglich wird.

Der Band enthält ferner 4 Photos, eine Schriftprobe, einige Handzeichnungen, unveröffentlichte Briefe und kleinere Arbeiten Kafkas.

VERLAG HEINR. MERCY SOHN, PRAG

马克斯·布罗德《卡夫卡传》（1937年）的封面和插图

布罗德又在 1940 年将这些遗产转存在了出版商和收藏家萨尔曼・肖肯的图书馆里，后者早在 1934 年就从柏林移民到了耶路撒冷。就在来到巴勒斯坦不久前，布罗德在肖肯的出版社编辑出版了第一版的《卡夫卡文集》（共 6 卷，1935—1937 年），该出版社当时仍在柏林经营；并于 1934 年 2 月 26 日从卡夫卡的母亲朱莉那里获得了卡夫卡作品的全球版权。1937 年，布罗德编完了第一版《文集》，其中附有他朋友的传记，副标题为《回忆与资料》，然而由于纳粹帝国文学会 1935 年的禁令，最终它由布拉格的海因里希・莫希・宗恩出版社出版。在这有史以来第一部，且几十年来一直极具权威性的卡夫卡传记的结尾，布罗德首次展示了两幅独立的画作和一组六幅的小素描（56、68、113~118 号作品），就此揭开了卡夫卡在此之前完全不为人知的一面。该书的封面宣传语甚至以此为卖点："本书还包括卡夫卡的四张照片、一份手稿、一些画作、未发表的信件和其他小品。"

但卡夫卡遗物的漫长漂泊之旅绝未到达终点。当以色列在 1956 年秋天遭遇第二次中东战争时，布罗德和肖肯把它们从以色列转移到了瑞士，存放到苏黎世瑞士银行的四个保险箱里。其中大部分遗物——属于卡夫卡继承人的部分只在肖肯名下的保险柜中存放了几年。1961 年，应卡夫卡的外甥女玛丽安・斯坦纳（瓦莉的女儿）的要求，这部分遗物被牛津大学的德语文学专家马尔科姆・帕斯利转移到了该校的博德莱恩图书馆，直到今天仍存放在那里。而属于布罗德的那部分遗物则一直留在苏黎世的那四个保险箱里。其中不仅包括卡夫卡和布罗德的往来书信，还有卡夫卡留给布罗德的一系列手稿，如《审判》（1920 年交付）、《一次战斗纪实》和《乡村婚礼的筹备》，均在写完后不久交付布罗德。此外，还有布罗德收集的卡夫卡的绘画作品。

尽管这些手稿在后来不同版本的卡夫卡作品集中接连发表，但大多数绘画作品仍被封存在苏黎世的银行保险箱中，处于未出版和未公开的状态。布罗德也只是零星地在他关于卡夫卡的著作中展示了一些选样，首先是前文提到的《弗朗茨・卡夫卡的信仰与学说》，其中包含四幅新的画作（9、52、74、125 号作品）。这部著作在对卡夫卡绘画的研究方面也具有参考价值，因为布罗德的那篇附录《论插图》。在这篇附录中他也明确表示，他还保存了大量卡夫卡的画作，并且打算将之出版：“我手上还有大量的画作，有一天它们将会以卡夫卡作品集的形式问世。”[10] 此外，值得注意的是，布罗德在 1952 年 10 月将该著作所收录的四幅画中的两幅（52、74 号作品）卖给了维也纳的阿尔贝蒂纳博物馆。这是一个不寻常的行为，通过将卡夫卡的画作纳入这样一所杰出博物馆的收藏，布罗德似乎是在试图确立画作的艺术品地位，并提高其声望。他带有某种象征性地为这两张画开出了 150 美元的价格，也正印证了这一点。[11]

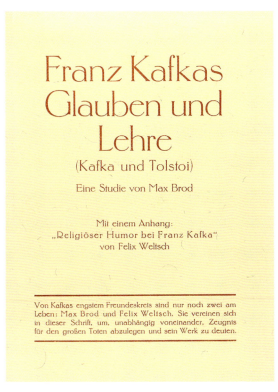

Franz Kafkas
Glauben und
Lehre
(Kafka und Tolstoi)
Eine Studie von Max Brod

Mit einem Anhang:
„Religiöser Humor bei Franz Kafka"
von Felix Weltsch

Von Kafkas engstem Freundeskreis sind nur noch zwei am Leben: Max Brod und Felix Weltsch. Sie vereinen sich in dieser Schrift, um, unabhängig voneinander, Zeugnis für den großen Toten abzulegen und sein Werk zu deuten.

马克斯 · 布罗德《弗朗茨 · 卡夫卡的信仰与学说》（1948 年）的封面和一幅印于书中的画作，后者 1952 年被卖给了阿尔贝蒂纳博物馆

与1948年制订的、将卡夫卡画作整理为“作品集”完整出版的计划相反，布罗德在随后的几年里只做了一些零星、有限的努力，以使这些画作更为人知。其中最突出的发生在20世纪50年代初，在费舍尔出版社接手了最初由肖肯出版的《卡夫卡文集》和《卡夫卡传》后，布罗德在其中增加了几幅画。在1954年费舍尔出版社的第三版《卡夫卡传》中，他增加了三幅新画（4、41、80号作品）。在新版的《卡夫卡日记》（1951年）中，他收录了卡夫卡日记本上的两幅画（137、138号作品）。最后，布罗德在将自己之前出版的所有关于卡夫卡的较长论文汇编成书时，收录了四幅之前从未发表过的画作（6、66、67、75号作品），该书于1966年以平装本出版，收录于“费舍尔书库”，书名为《论弗朗茨·卡夫卡》。其“图片附录”中共有十一幅画作，以及一组六幅的小素描（113~118号作品）。

1947 年后的所有权

Besitzverhältnisse nach 1947

由于布罗德的遗产所有权状况复杂，而这些遗产中也包括归他所有的卡夫卡手稿和画作，布罗德从未实现他在 1948 年制订的出版卡夫卡画作集的计划，只有零散的单幅作品被公开。然而，这样的情况在当时并不为人所知。例如，1966 年《论弗朗茨・卡夫卡》第一版的版权页上只是含糊地写道："卡夫卡的画作如需复制，须征得所有者的同意。"但涉及的版权关系在 1968 年 12 月 20 日布罗德去世后印制的版本中才被公开。也就是说，该书 1974 年版的版权页上是这样表述的："此版本的所有权利 / 特别是弗朗茨・卡夫卡画作之权利 / 归于伊尔莎・埃斯特・霍夫，特拉维夫 / © 1974 年，伊尔莎・埃斯特・霍夫。"

事实上，布罗德并非在遗嘱中才将他的财产交付给秘书伊尔莎・埃斯特・霍夫，而是在生前就这样做了。这是怎么一回事呢？布罗德的遗产最近得以公开，其中包含的文件可以用来重现这一重大的财产转移过程。它被记录在两份"赠送函"中：第一份的日期为 1947 年 3 月 12 日，第二份为 1952 年 4 月 2 日。此外，布罗德在移交财产的文件夹上做了标注："这是埃斯特・霍夫的财产。"附有日期和签名。霍夫则两次都签收确认："我接受这项馈赠。"第一次赠送的只有"四个装有卡夫卡纪念物的文件夹"，第二次则包括"所有属于我的卡夫卡的手稿和信件"。[12] 但第一份赠送函也在开篇就明确提到了"画作"："亲爱的埃斯特，我在此将我持有的四个装有卡夫卡纪念物的文件夹送给你，里面有以下内容：一、画作……"

因此，在 1956 年秋天被转移到苏黎世时，卡夫卡的这些遗物已不再归布罗德所有，而是归属于霍夫。然而，布罗德并没有公开这一点；相反，直到去世，他一直表现得好像这些遗物仍属于自己一样。布罗德的赠送绝非自然而然，而是与当时的情况相关。简单来说，考虑到纳粹德国日益增长的威胁，他于 1938 年 11 月 30 日在布拉格给托马斯·曼写信，表示自己打算将卡夫卡的遗物送到普林斯顿："我将带着弗朗茨·卡夫卡全部尚未出版的遗作，去那里编辑，并建立一个卡夫卡档案馆。"[13] 然而在 1939 年，布罗德并没有移民美国，而是去了巴勒斯坦——显然，对于一名坚定的犹太复国主义者来说，这是更容易理解的选择，在那里，他担任特拉维夫哈比玛剧院的戏剧顾问，并以时事评论员和作家的身份工作。

马克斯·布罗德给伊尔莎·埃斯特·霍夫的赠送函，
1947 年 3 月 12 日（以色列国家图书馆）

而布罗德最终将自己的所有财产和遗作赠送给霍夫，主要是出于私人意图。霍夫在 1939 年与丈夫奥托・霍夫一起从布拉格经巴黎逃到特拉维夫，布罗德 1942 年在上希伯来语课时认识了她，同年，他的妻子埃尔莎（娘家姓陶西格）去世。通过结识霍夫（她也写诗），布罗德找到了一位“秘书”和“合作者”[14]，她曾协助布罗德的写作和记者工作长达几十年，直到他于 1968 年底去世。在布罗德位于特拉维夫哈亚德街 16 号的寓所中，霍夫有一间单独的办公室。然而，布罗德无法支付她工资，所以这笔馈赠也是为了对她的工作表示感谢。此外，布罗德没有子女，因此在私人层面上，他被视为霍夫家庭中的一员。对于霍夫的女儿伊娃和露丝来说，他就像她们的第二个父亲；对于霍夫的丈夫奥托来说，他是

左：弗里德里希・费格尔，《埃尔莎・布罗德》
右：马纳舍・卡迪希曼，《埃斯特・霍夫》
（来自布罗德的收藏）

一位朋友（他与奥托同年去世），与夫妻二人是“铁三角”。[15] 布罗德在自传中强调了这段关系的重要性，描写了自己与已婚的伊尔莎·霍夫（她的犹太名字“埃斯特”是布罗德起的）的多重关系：她在“过去和现在”都远不只是“我的‘秘书’”，她是“我富有创造力的合作者、我最严格的批评者、帮手、同盟、朋友”。[16]

布罗德曾在生前所立的遗嘱中提到这次赠送，包括他写于 1948 年和 1961 年的遗嘱。在 1948 年的遗嘱中，他已经指定霍夫为“全权继承人”，将一切遗赠给她，包括“家具、私人物品、图书室、文学和音乐论文、手稿”（见第 2 段）。1961 年 6 月 7 日第二份具有法律约束力的遗嘱更详尽地指定霍夫为遗嘱执行人、遗产管理人和唯一继承人。在第

左：马克斯·布罗德和埃斯特·霍夫，约 1950 年
右：两人一起在书房，约 1965 年（照片为霍夫家族所有）

7 段中，布罗德指定她来“接管我各种形式的全部财产，无论它们被存放在何处”。第 11 段涉及了布罗德的文学遗产，包括他持有的卡夫卡遗物。在这一段中，他不仅宣布了霍夫对这些遗物的继承权，还考虑到了她的女儿：她们将获得全部版税。与此同时，布罗德表示，霍夫应当将实体手稿交给图书馆（比如以色列国家图书馆）“保管”……“如果伊尔莎·埃斯特·霍夫女士在世时没有另做其他安排的话”。[17]

霍夫实际上也充分利用了这一处置权。1968 年布罗德去世后，她开始出售部分遗物。1971 年在汉堡豪斯威德尔拍卖行举办的一次拍卖会上，她首次拿出了卡夫卡和其他作家写给布罗德的一些信件。这次售卖遇到阻力后，她在 1974 年于特拉维夫地区法院让自己的继承权得到了正式承认。随后，她卖掉的遗作包括《一次战斗纪实》(出版商齐格弗里德·温塞尔德买下了这篇小说，现在属于他的儿子约阿希姆)，最终是《审判》的手稿：1988 年 11 月，手稿在苏富比拍卖会上售出，由马尔巴赫德国文学档案馆以当时惊人的 100 万英镑出价拍下。然而对于卡夫卡的画作，霍夫却一直坚决地不予示人。这些绘画作品仍然是卡夫卡遗产中的巨大未知数，随之而来的当然还有卡夫卡研究专家们不断增长的期待和相关传闻。

在费舍尔出版社 1980 年前后开始编纂的卡夫卡作品注释版中，所有的手稿都被影印了出来，包括瑞士银行四个保险箱（编号 6577、6222、2690 和 6588）里的手稿。应霍夫委托，保险箱里的物品在此过程中也被逐一编目——这项工作由一位研究罗伯特·瓦尔泽的学者伯恩哈德·埃克特完成。在 6577 号保险箱的资产清单上，卡夫卡的画作被编为 14 和 15 号，就列在《审判》的手稿之后，不过并没有提供详细的关于画作类型和数量的信息：

> 14) —1 个棕色信封，内有卡夫卡的画作（原件）
>
> 15) —1 个小信封，内有卡夫卡画作的照片底片和一张卡夫卡墓地的照片

由马尔科姆·帕斯利编辑出版的两卷本《马克斯·布罗德和弗朗茨·卡夫卡：一段友谊》（1987、1989年）收录了那些存放在苏黎世保险箱中、在此之前鲜为人知的作品，例如两人1909年至1912年的旅行日记。在这些日记中的确可以找到首次出版的布罗德和卡夫卡的旅行素描，然而布罗德收集的卡夫卡的其他画作却始终没有被出版。霍夫将这些遗物，即布罗德为出版卡夫卡画作集准备的素材封存起来，直至她于2007年9月2日去世，享年101岁。

出版卡夫卡画作的尝试（1953—1983年）

Editionsversuche von Kafkas Zeichnungen (1953–1983)

尽管财产所有权情况复杂，且布罗德对卡夫卡画作的处置权至少因此在法律上受到限制，他还是从20世纪50年代起便一再收到编目出版卡夫卡全部绘画作品的邀约。这些邀约与布罗德在1948年的计划吻合，即有一天以“作品集的形式”出版这些画作。然而就在不久之后，当这样的机会第一次出现时，它却由于布罗德缺乏足够的决心而意外落空了。

第一份将卡夫卡的所有画作编目出版的邀约，来自布拉格的艺术史学家约瑟夫·保罗·霍丁，是在20世纪50年代初提出的。霍丁在1949至1954年间担任伦敦当代艺术研究所的学术研究主任和图书馆馆长，该研究所当时刚成立不久。同时，他还是布拉格艺术家弗里德里希·费格尔的邻居，后者是布罗德（以及卡夫卡）的朋友，1948年霍丁在自己的《地平线》杂志上首次刊发了费格尔以英文写作的追忆卡夫卡的文章。1951年底，霍丁找到布罗德，提出在伦敦举办卡夫卡画展这一相对可行的想法，并请他寄来几张画作的照片作为选样。[18] 布罗德一开始表示赞同，选出了他认为最好的21幅画（4、7、8、26、28、32、38、41、45、46、47、50、54、55、77、79、80、82、83、84、138号作品），其中大部分是当时还不为人所知的。布罗德在霍丁的出资下，在特拉维夫的普莱尔照相馆为这些画拍照，再让霍丁的姐夫阿普菲尔鲍姆先生将照片寄给霍丁——他故意没有寄底片，还附上一封信。画作清单以及底片保存在耶路撒冷的卡夫卡遗物中，背面由布罗德贴上标签的21张照片则存放于伦敦的霍丁遗物中。1954年，布罗德在新版的《卡夫卡传》中收录了其中的三幅。

马克斯·布罗德为保罗·约瑟夫·霍丁挑选的画作清单，附有画作标题（以色列国家图书馆）；这里只列出了所寄送的 21 张照片中的 20 张

然而，早在 1953 年 8 月 5 日随照片寄送的信中，布罗德就开始对该展览计划提出了严肃的保留意见。比如，他担心卡夫卡的画“大部分是画在脏兮兮、皱巴巴、破烂不堪的纸上”，根本不适合被展出。他甚至发现，这些作品的照片“给人的印象要比原作好得多”，或许也正因此，他认为展览应该少展示原作，主要展出照片。[19] 在回信中，霍丁极力想要消除布罗德的这一担忧。一定程度上，他因此向布罗德提出了一个更全面的计划，以确立卡夫卡作为画家的声誉：不仅要在伦敦举办展览，还要举办一个国际巡回展，展出大量的绘画原作，首先在伦敦的当代艺术研究所，然后去往诸如纽约和巴塞尔这样的艺术大都会。他还提议用几种语言编写出版卡夫卡所有画作的目录（“附上说明性的分类目录”），“解

说卡夫卡的所有画作"，并附上布罗德等人的文章。[20]

布罗德花了半年时间来消化这个令人印象深刻的计划。直到 1954 年 1 月 6 日，他才写了回信，而且态度比以前更加谨慎。此时他彻底拒绝了展出原作的提议，并提出了新的理由，即这些画由于物理特性根本无法被展出——具体来讲，"其中绝大部分都画在一个笔记本上"。更重要的是，他担心如果卡夫卡丢弃的草图被呈现在公众面前，会使其"出丑"。布罗德认为，最多也只能谈论"书的计划"，尽管他迫不及待地将自己的作家身份凌驾于项目之上。现在看来越发明显，霍丁关于国际巡展和在全球出版作品编目的计划使布罗德却步。因此，后来既没有展览，又没有作品目录，也就不奇怪了。10 年后，霍丁带着一再缩减的最简单的计划再次找到布罗德，即想要出版一篇关于卡夫卡绘画作品的论文——基于当时他仍然持有的 21 幅尚未发表的画作的照片。布罗德在 1964 年 2 月 5 日直截了当地拒绝了这个提议，禁止他将任何一幅画作为插图使用："我想保留自己对画作的处理权。"因此，最终连这篇论文都没能问世，而霍丁如此宏伟的卡夫卡画作编目计划也成了档案中的残迹。[21]

20 世纪 60 年代初，《新评论》杂志的出版商兼费舍尔出版社（自 20 世纪 50 年代起得到德国肖肯出版社授权，出版卡夫卡的作品）的出版总监鲁道夫・赫希也向布罗德提出了出版一本卡夫卡画集的想法。1961 年 7 月 11 日，他写信给身在特拉维夫的布罗德："我们在信件和谈话中多次被问及（卡夫卡的画作），这主要是因为您在传记中展示的一些选样。"[22] 赫希与萨尔曼・肖肯的女婿，当时纽约肖肯出版社的负责人西奥多・赫兹尔・罗姆一起提出了出版方案，表示要同时出版英文版画作集："您是否可以与一位艺术鉴赏家或艺术史学家合作，一起承担卡夫卡画作集的出版工作？我认为有必要做这件事，赫兹尔・罗姆准备与费舍尔出版社一起着手出版这个版本。汇编目录必须非常简洁，最重要的是我们需要精良的复制印刷技术。您对这个计划的大致看法是怎样的？"1961 年 8 月 3 日，布罗德的答复（当时他正在苏黎世）甚至比他给霍丁的更加有所保留："关于出版这些归我所有的卡夫卡画作的建议，坦率地说，我没有什么兴趣。”[23]这一次，他又给出了和当时拒绝霍丁截然不同的理由：他担心的不是绘画潦草、未完成的形态，而是他作为卡夫卡作品编著者日益败坏的名声，他甚至谈到了“忘恩负义和敌意”。事实上，他不得不面对越来越严厉的批评——瓦尔特·本雅明，以及之后的汉娜·阿伦特等人都批判了他对卡夫卡作品的编辑方式以及他对作品的阐释。[24]由此可想而知，布罗德同样担心他对卡夫卡画作的处理方式将受到批评，因为编纂这样一部作品集将会尤其暴露出他处理这些画作的方式。事实上，在为之前的出版物选取画作时，他曾粗鲁地将它们从本子上剪下甚至撕下，有时他还会将画上的一些地方盖住。这本画册会清楚地显示这种处理方式给作品带来的伤害，因而揭示布罗德确立卡夫卡画家地位这一行为背后的强烈野心。

尽管布罗德对赫希的回复不尽乐观，费舍尔出版社的出书意愿却没有就此抹消。1965 年 2 月一次关于卡夫卡作品的出版会议再次就这个问题展开了讨论。他们自 1963 年起推出了“费舍尔冒号书系”，会上提议将画册也纳入其中：“卡夫卡的画作（马克斯·布罗德必须提供出版许可，也许可以说服他写一篇序言）。”[25]布罗德在 1965 年 9 月 30 日的一次谈话中（霍夫也在场），对这个新提议给出了态度，被记录在一份出版社内部备忘录中：“对于卡夫卡画册出版的计划，他似乎没有什么特别的兴趣。不过，他会考虑我们的提议。”然而，1966 年 3 月 31 日的一份记录再次证实了布罗德的观望态度。[26]

自 20 世纪 50 年代以来，布罗德对所有关于出版卡夫卡画作的提议都一直持保留态度，仔细想来还有另一个原因。诚然，他向霍丁和赫希提出的问题，明显也是他特别担心的：展出这些草图的可行性，它们能否作为真正的艺术品被公众接受，还有处理卡夫卡作品的方式给他带来的批评。可以想见，霍丁为出版卡夫卡画作做出的巨大努力让布罗德有了一种竞争感。然而引人注意的是，布罗德在 1950 年之后的保守态度与他先前竭尽所能去宣传和展示卡夫卡画作的行为形成了鲜明对比。其中有一条不能公开说明的原因：在将这些画作赠给伊尔莎·埃斯特·霍夫后，它们在法律上已经不再属于布罗德，即便他仍然扮演着画作实际持有人的角色，出版了个别画作，甚至在第三方（如霍丁）面前提到了他对画作的“所有权”和“处置权”。然而在费舍尔1966年版的《论弗朗茨·卡夫卡》的版权页上，有这样的表述——1974年版的版权页上则写得更清楚：从法律上讲，画作的处置权属于伊尔莎·埃斯特·霍夫。

在布罗德去世15年后，另一位知名出版商也试图出版卡夫卡的画作，再次印证了上述推测。在对前情并不知晓的情况下，卡尔·汉莎出版社的负责人迈克尔·克鲁格想要在1983年卡夫卡百年诞辰之际出版他的画作，为此在20世纪80年代初找到霍夫：“我不知道有多少幅画存在，也不知道如何解决版权问题。因此，我与埃斯特·霍夫通了信，据称她仍保存着布罗德遗产中不为人知的卡夫卡画作。”[27] 霍夫的回答被记录在2009年《时代》周刊上的一篇文章中，以一则逸事的形式呈现，但得到了克鲁格本人的证实：

> 1981年，汉莎出版社的迈克尔·克鲁格在以色列时，曾到霍夫在斯宾诺莎街公寓楼中的住所拜访她——但她没有让他进门，而是在楼梯间与他进行了长谈。克鲁格想和她商谈卡夫卡遗物中画作的印刷许可事宜，也就是那位年轻学生迄今为止还未公开发表的涂鸦。她告诉他，代价将会非常高昂。为了弄清霍夫口中的“非常高昂”到底有多贵，克鲁格只好电话联系了艾里奥·弗勒利希，一名生活在苏黎世的律师，他小心守护着罗伯特·瓦尔泽的遗产。他在电话中告知克鲁格：“如果您想看画作，要花10万马克。”然后，他们可以再商讨印刷许可的费用。克鲁格谢绝了提议。[28]

从所有这些出版卡夫卡画作的失败尝试中，可以确定的是，自布罗德1966年的《论弗朗茨·卡夫卡》问世以来，除1987年出版的旅行日记中所收录的涂鸦外，再也没有布罗德收藏的其他卡夫卡画作进入公众视野。1968 年底布罗德去世后，这些画作更是被霍夫彻底封存了，所以霍丁在 20 世纪 50 年代试图完成的事，直到不久前仍是不可能完成的："解开卡夫卡作为画家的谜题，从围绕着它的未知迷雾中揭开面纱。"[29]

2019 年后新的所有权和目前的归档收藏

Neue Besitzverhältnisse seit 2019 und aktuelle Archivbestände

直到 2007 年 9 月霍夫去世后，布罗德的遗产，以及其中包含的卡夫卡遗物的版权和所有权才得以被重新判定，卡夫卡画作的艰难处境也才终于得以改善。这些画作在以色列经历了一场长达 10 年的审判，引起国际轰动。这可以被视作卡夫卡遗物继承大戏的最后一幕。[30] 在审判中，以色列国家图书馆作为原告，参照布罗德遗嘱中的第 11 段，要求获得对他文学遗产的所有权，包括其中卡夫卡的遗物；另一方是霍夫的继承人，她的女儿伊娃和露丝，她们也以布罗德的赠送函和遗嘱为证，要求得到布罗德（及卡夫卡）的遗产。然而，法院自始至终都在做有利于以色列国家图书馆的裁决，从拉马特甘的家庭法院（2012 年 10 月 12 日给出判决）到特拉维夫地区法院（2015 年 6 月 29 日给出判决），再到以色列最高法院（2016 年 8 月 7 日给出判决）都是如此。然而判决必须得到苏黎世地方法院的同意才能生效，因为苏黎世的瑞士银行中，霍夫名下的那四个保险箱只能由第三方打开，然后将其中的物品送往以色列——如果瑞士方同意这么做的话。苏黎世地方法院在 2019 年 4 月 4 日认同了判决结果，承认以色列法院的裁决书在瑞士拥有法律效力。[31] 这样一来，苏黎世瑞士银行四个保险箱中那些所有权存在巨大争议的物品，包括卡夫卡的画作，终于得以在 2019 年 7 月 15 日，由以色列国家图书馆代表团从苏黎世的班霍夫大街转移到了耶路撒冷。[32]

虽然在被转移到耶路撒冷的卡夫卡遗物中，他的手稿都已为人所知，并且已经出版（只有少数例外，比如卡夫卡的希伯来语词汇本），但卡夫卡遗物中的最后一个未知数终于公开了，即这些绘画作品。以色列国家图书馆的馆藏在 2019 年底首次对公众开放，展出了大约 150 幅画（或者准确来讲，是大约 150 张纸上的大量涂鸦），包括那些以前经由布罗德出版而为人所知的作品。它们以不同的载体和形式被保存下来，画在单张纸、被剪过的纸、有印刷或手写文字的纸、较小的纸，特别是专门用于速写的本子上。[33] 速写本包括 52 张不带横线的纸，一页上通常有好几幅速写。值得注意的是卡夫卡学生时代绘画作品展示出的一致性和集中性。布罗德自 1937 年以来出版的画作主要也是来自这本小册子。然而布罗德把其中一些画作从册子上剪了下来，使其脱离了原始的“语境”，现在整个速写本被公开，我们才得以将原始语境重建。除了速写本之外，耶路撒冷的藏品还包括 19 个档案文件夹，内有大量绘画，其中有几幅自画像。[34] 另外还有此前为人所知，现在终于展现在公众眼前的卡夫卡在 1911 至 1912 年的旅行日记中所作的画。

然而，本书不仅收录了耶路撒冷的绘画藏品，尽管它们构成了书中所收录画作的绝大部分；本书的目的和宗旨是展示卡夫卡的全部绘画作品，包括布罗德在 1952 年卖给维也纳阿尔贝蒂纳博物馆的两幅作品，以及那些属于卡夫卡家族遗产、主要存放于牛津大学博德莱恩图书馆的画作。这些画与耶路撒冷和维也纳的有所不同，它们不是独立的单幅作品，而是嵌于手稿的上下文中，如卡夫卡 1909 年后的日记和笔记，以及截至 1920 年左右的信件。在这些手稿中，绘画和文本之间形成了复杂的联系。马尔巴赫德国文学档案馆所收藏的绘画作品也有这种特点，其中一些同样属于卡夫卡的家人，另一些由卡夫卡和布罗德的朋友保存。不过，马尔巴赫的这些作品中虽有单张画作，大部分却都是信件中的涂鸦，特别是卡夫卡 1915 年和 1918 年寄给妹妹奥特拉的明信片上的涂鸦，这些明信片自 2011 年以来一直保存在马尔巴赫。[35] 在奥特拉子女的收藏中，还有维也纳讽刺杂志《步枪》1906 年 4 月刊中的一页，卡夫卡在页边装饰了图画。[36] 马尔巴赫的馆藏中还有卡夫卡写给女友密伦娜・耶森斯卡的信件，其中一些日期在 1920 年以后的，内有卡夫卡的画作，是他最后的一批绘画作品；这些作品是马尔巴赫在 1980 年从纽约肖肯出版社购买的。[37] 在此之后的画作只有一幅肖像画，画的大概是卡夫卡最后的伴侣朵拉・迪亚曼特，它在小说《女歌手约瑟芬或耗子民族》的手稿中被发现，现存于牛津大学，创作时间大约在 1924 年初。

在卡夫卡手稿中发现的画作，除了那些有着形象化身体和面孔的涂鸦外，还有装饰性的素描草图。其中一些显然是在写作或删改文字的过程中创作的，因此处于写作和绘画之间的交叉区域，例如收藏在马尔巴赫的《判决》手稿和收藏在牛津的《城堡》手稿都体现了这种情况。然而，在此需要做一个明确的区分：本书收录的“画”，是那些尽管诞生于写作过程中，但明显超越了“写作”界限，进入图像领域的作品。

关于本书

Zu diesem Band

本书由三部分组成。序言之后是主体部分，即卡夫卡所有现存的、可以获取的画作，第三部分是对于这些画作的评论和分析。

画作基本上是按照创作的时间顺序排列的。虽然其中只有一小部分注有明确的日期，但许多能推测出大致的时间。宽泛来说，它们可以分为三组。第一组大约是在 1901 至 1907 年间创作的，所占比重最大，其中很大一部分来自速写本。这些图画是独立于文本的，因此也应该被视作独立的作品，尽管许多甚至没有标题和签名。第二组的数量明显较少，包括 1909 至 1924 年间的信件、日记和笔记本中的画作，这些诞生于“文本—图像组合”中的画作通常有精确的日期可以追溯。最后的第三组是诞生于写作过程中的装饰性绘画。对于这部分画作我们并没有提供完整的编目和解说，而是有选择地展示了那些最具有卡夫卡特点的作品。从技术上讲，这些图画是彩色印刷的，原则上按原始尺寸（1∶1）复制；有一幅画被放大了，一些较大的画作则被稍微缩小了尺寸。

本书第三部分中，第一篇文章（安德烈亚斯·基尔彻，《卡夫卡的绘画与写作》）从传记和历史的角度对卡夫卡的绘画实践进行了梳理，并展示了它在美学和诗学上与卡夫卡文学作品间的联系。接下来是一篇探讨人类身体艺术加工的更为深入的文章（朱迪斯·巴特勒，《“然而，那是什么样的地？什么样的墙？”——卡夫卡作品中的身体》），将身体作为绘画的中心客体，以及卡夫卡整体创作的中心客体，分析的重点是卡夫卡绘画中人物和群体的内涵，以及它们与他文学作品之间的关系。本书最后的《画作目录》对图画进行了描述。并不是所有画作都被单独描述，而是几张一组，例如速写本中的画作就被单独列为一组。描述文字包括基本数据，即标题、年代、纸张、尺寸、所在地和首次出版的（尽可能多的）信息，然后是有关画作形式和内容的简要说明。

1

单页和较小对开页上的画作，

1901—1907 年

1

Franz Kafka

2

3

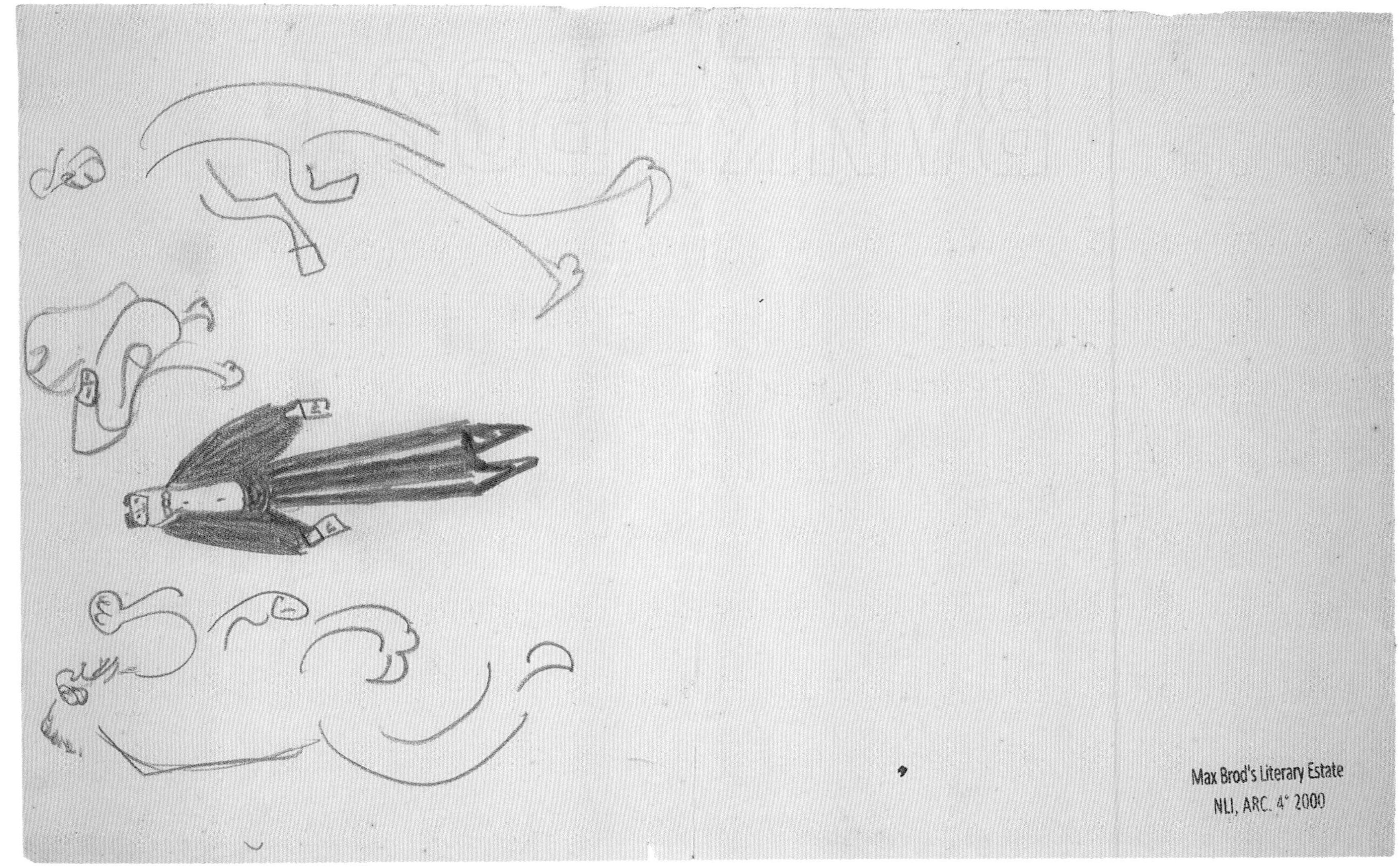
Max Brod's Literary Estate
NLI, ARC. 4° 2000

单页和较小对开页上的画作，1901—1907 年

Max Brod's Literary Estate
NLI, ARC. 4° 2000

单页和较小对开页上的画作，1901—1907 年

7(60%)

8(60%)

9(60%)

9 (100%)

单页和较小对开页上的画作，1901—1907 年

10 (75%)

11

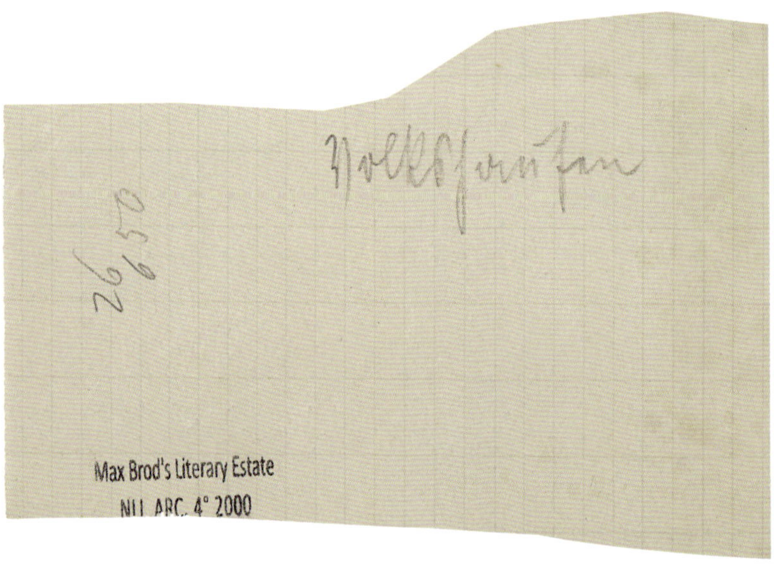

12

Seite IV DIE MUSKETE Nr. 28 — 1906

Die Prügelstrafe.

(Der sächsische Landtag hat sich gegen die Abschaffung der Prügelstrafe in den Schulen ausgesprochen.)

„Da läßt sich nu emal nischt machen!
D'r Stock, der is ä Schulgerät . . .
M'r hauen, daß die Schwarten krachen —
Es lebe die ‚Gemiedlichkeet!' . . ."

Nun gut! Den Stolz — die deutsche Treue,
Kurzum den Geist der ‚Wacht am Rhein'
Den impft man eueres Erachtens
Am besten via podex ein?!

Ich dächt', das Herz — nicht jene Stelle —
Sollt' stählen man jahrein, jahraus;
Und geltet ihr auch sonst als ‚helle' —
Der Streich schaut ‚pfaffen-dunkel' aus.

Doch seht ihr in der Prügelstrafe
Das rettende Probatum est —
Dann setzt sie nicht nur für die Schule,
Setzt sie auch für — den Landtag fest!

Ernst Stax.

Merkwürdig.

Im Aufruf der patriotischen Jugendliga für Ungarn findet sich folgender Satz: «Wer den Boden besitzt, der besitzt auch das Land.»

Nun wissen wir's: die Kossuthianer sind eigentlich — Zionisten.

Abstimmung.

Im Bufett des Parlaments sitzt eine Gruppe von „Führern" beim Tarok. Da ruft die elektrische Klingel des Präsidenten zur Abstimmung und die „gewöhnlichen" Abgeordneten stürzen herein, ihre Führer zu holen.

Die Partie war aber sehr interessant und beschäftigt die Gedanken der Herren noch im Saale. Und da einer der Teilnehmer laut und schrill „Contra" abstimmt, fällt sein Gegner heftig ein: „Recontra!"

Kiek-Kiek.

Briefkasten der Redaktion.

O + B + P; E. K.; Ehrlich, Innsbruck; A. V.; Akademia; I. B. 1889; C. Kunst; Emil Kopf; Pulitaka; R. Sch.; Dr. H. H. . b.; Alexander, Laibach; R. F. Nichts.

Courrières. Die Ingenieure haben vollkommen «im Sinne des Gesetzes» gehandelt. Das Gesetz schützt nämlich vor allem das Eigentum.

I. P. Verweisen nur auf Nr. 11 unseres Blattes.

FM., Graz. Schwerhörige verwendet.

Lebensmüder. Lesen Sie täglich sämtliche Zeitungsartikel über Wahlreform und ungarische Frage! Oder mehrere Broschüren des Grafen Sternberg! Wirkt wie Strychnin. Krämpfe mit letalem Ausgang.

B2; Franz Pichler; Dr. M. Brodf. . d. Rückporto!

Adi Ah. Bedingungslos unbrauchbar!

„Eifriger Leser 94". Senden Sie das beim Paprika-Schlesinger ein.

Moderne. Sie haben einen neuen Typus gefunden: «Die Suchenden». Im Fundbureau würde man das, was Sie suchen, unter die Gegenstände einreihen, für die man keinen Finderlohn gibt, weil sie wertlos sind.

Himmelfahrt. Leider nicht neu.

Franz Gater, Prag. Wir sind doch kein «Reiseverlag», wie das Fachwort so schön lautet. Machen Sie einen «Fremdenführer durch Melnik» daraus. Sie brauchen nicht viel zu ändern.

V. Heisa. Wir sollen im Briefkasten antworten, aber «nicht boshaft sein». Dabei schicken Sie uns eine reizende Babygeschichte von Frühling, Murmeltier und Igel. Wir sind artig: wir schweigen.

Genickstarre. Läßt unbedingt geistige Defekte zurück. Zwei Spielarten: in Preußen zieht sie den Kopf nach rückwärts und oben, in Österreich nach vorn und unten.

Hanns Fischl; Leo R.; P. M.; E. B.; M. M . . . . k.; 1236, Gmunden; Aichinger, Linz; O. in L. Nichts.

Altes Luder. «Wassergeschichten» erwünscht. Aber bessere.

Särnblom, Berlin. Wir honorieren **jede** Einsendung, **wenn** wir sie akzeptieren. Im gegebenen Falle also nicht. Rückporto!

Die Muskete

begann mit Nr. 27 ihr drittes Quartal!

Um Störungen in der Zusendung zu vermeiden, ersuchen wir, den

Abonnementspreis

sofort einzuzahlen, entweder
durch die Postsparkasse mit Erlagschein
oder
unter Bezug auf die Postzeitungsliste I (10 Heller Gebühr, aber keinerlei Schreiberei) oder
durch Postanweisung oder
bei allen Buchhandlungen und
bei allen Zeitungsverschleißen.

Zur besonderen Beachtung!

Ab 1. April 1906:

Kunstdrucke der **„Muskete"** in Passepartout montiert zum Einrahmen fertig **gratis!**

Bei halbjähriger Abonnements-Einzahlung liefern wir einen Kunstdruck **gratis.**

Bei ganzjähriger Abonnements-Einzahlung liefern wir zwei Kunstdrucke **gratis.**

Der Bezugspreis beträgt für

Österreich-Ungarn

vierteljährlich	K 3.80
halbjährlich	„ 7.50
ganzjährlich	„ 14.90

für das Deutsche Reich

vierteljährlich	Mk. 3.80
halbjährlich	„ 7.50
ganzjährlich	„ 14.90

单页和较小对开页上的画作，1901—1907年

13 (58%)

Im Zweifel wird wohl hier die Urkunde als zu Beweiszwecken gewollt und nicht als Erfordernis für die Giltigkeit des Vertrages anzusehen sein.

4.) Ist Schriftlichkeit erforderlich, so ist die F e r t i g u n g der Urkunde geboten. Bei einseitig verbindlichen Verträgen genügt die Fertigung durch den Verpflichteten.

14 (80%)

Sinne, ist von der blossen Aufforderung, Offerten zu stellen, wohl zu unterscheiden. Als blosse Einladung, Offerten zu stellen, ist anzusehen die Zusendung von Preislisten oder Lagerkatalogen Art. 337.

Der Antrag bedarf vielmehr jener Qualität, damit bei Annahme desselben durch den Oblaten die für den Vertrag erfor-

15 (80%)

16

17

18

19

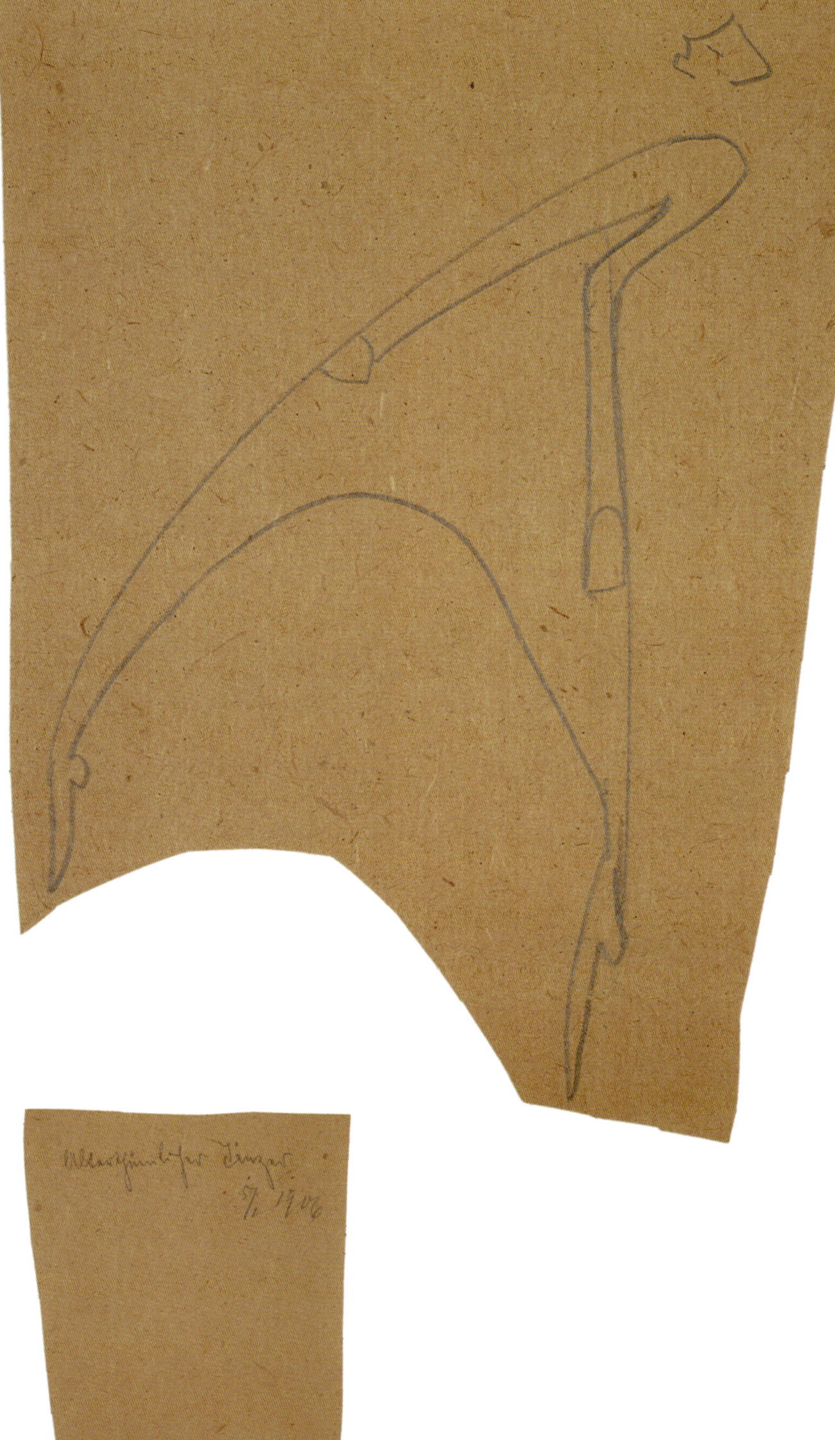

20

21

22

23

Max Brod's Literary Estate
NLI, ARC. 4° 2000
21
22
25
23
91

单页和较小对开页上的画作，1901—1907 年

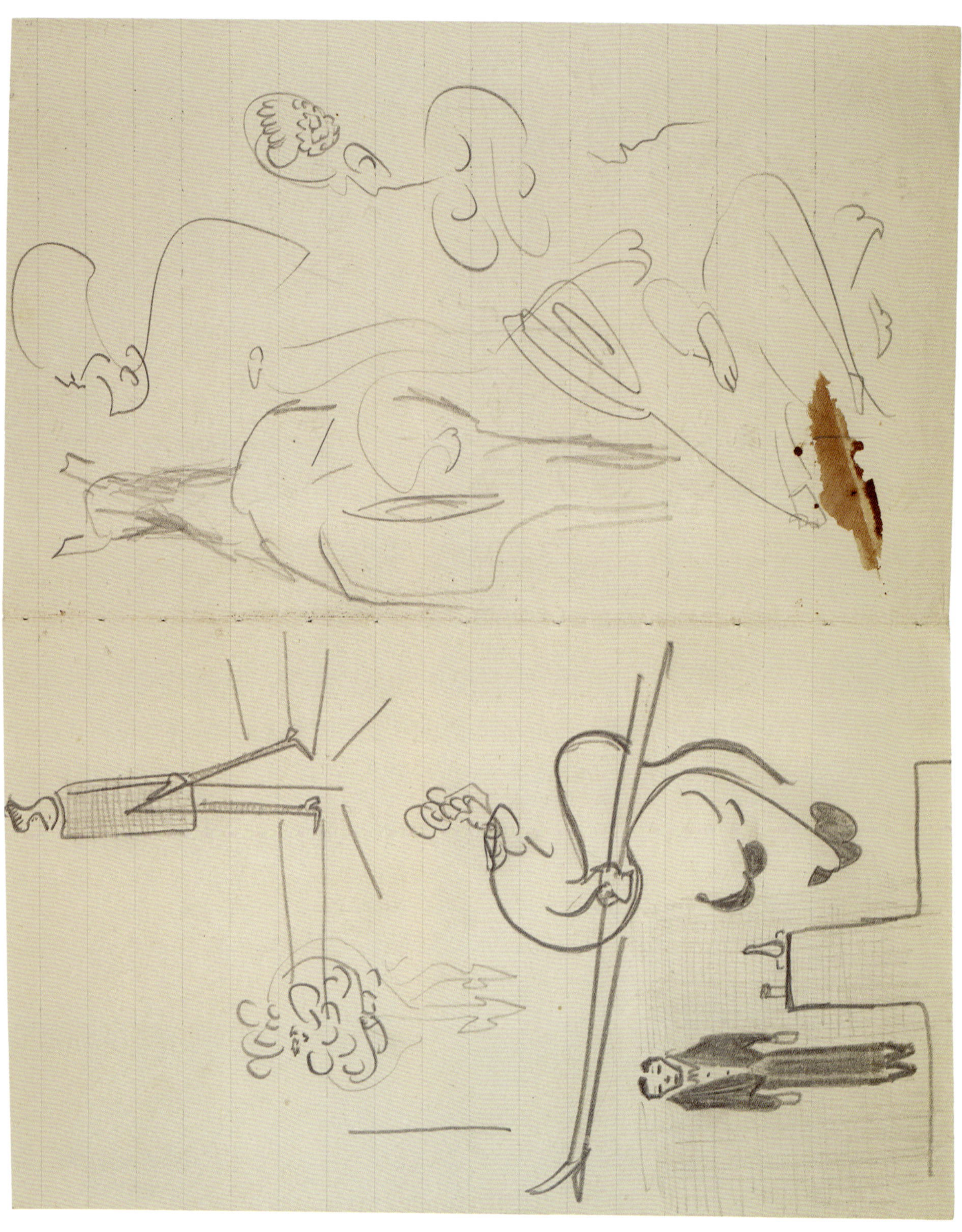

单页和较小对开页上的画作，1901—1907 年

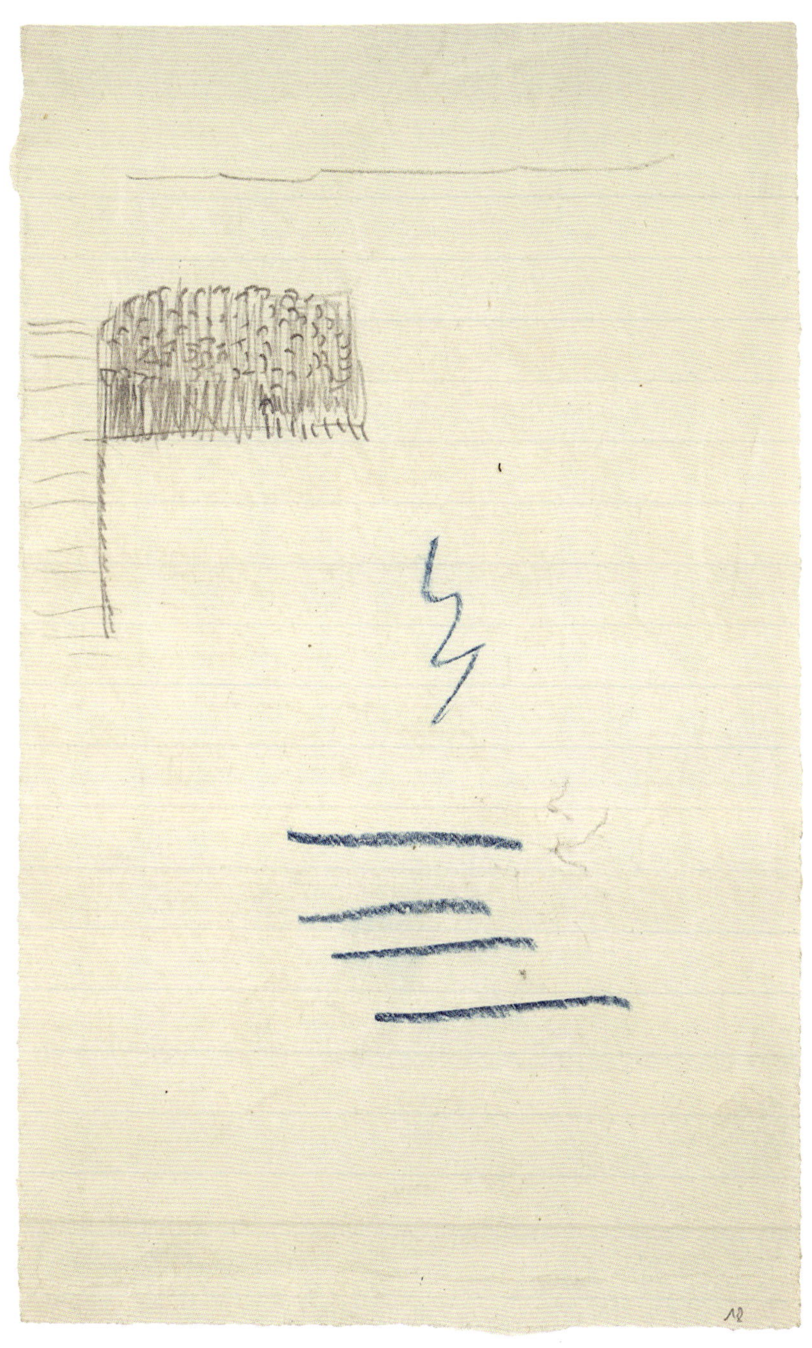

单页和较小对开页上的画作，1901—1907年

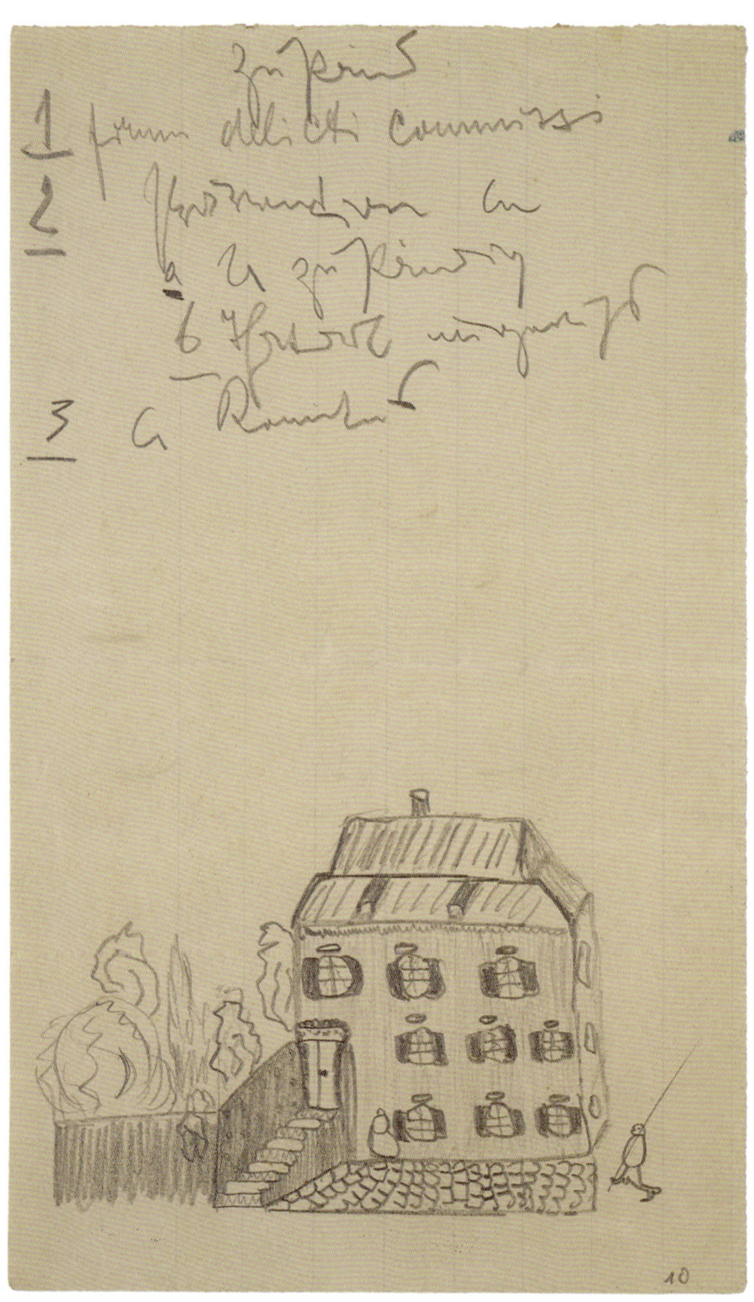

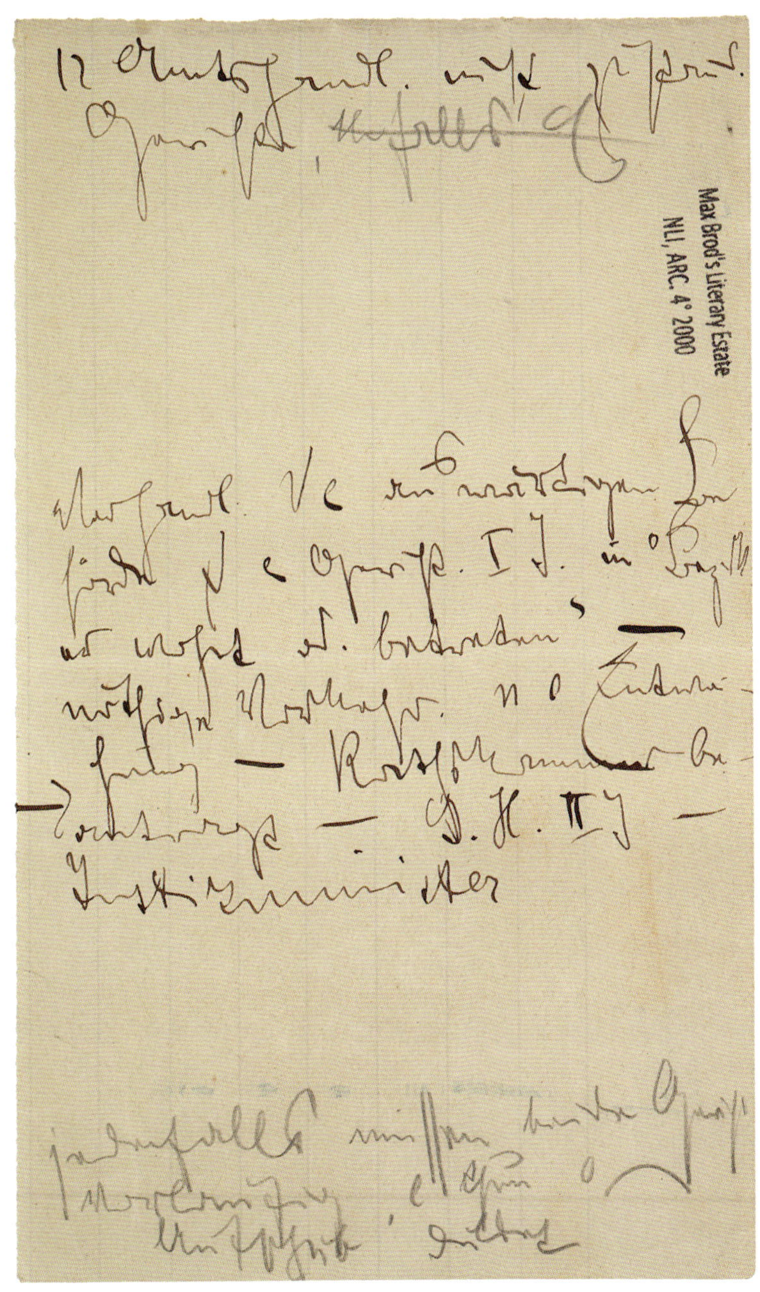
Max Brod's Literary Estate
NLI, ARC. 4° 2000

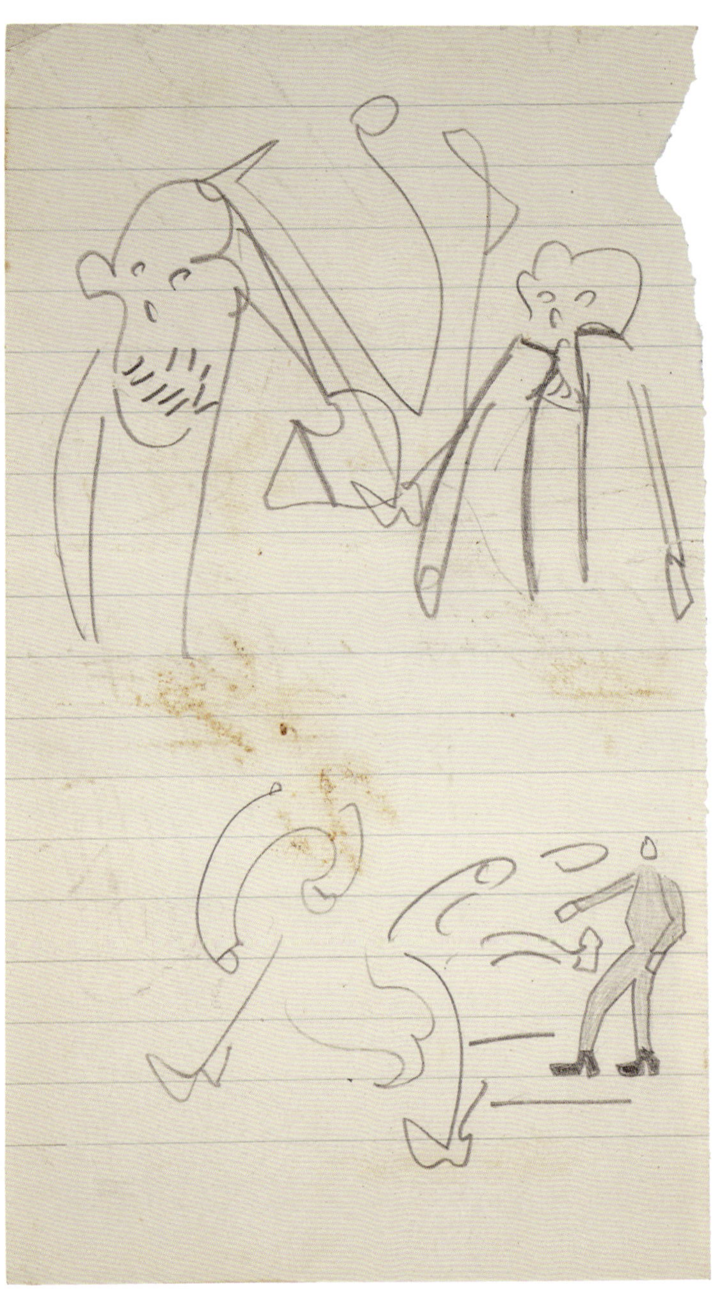

单页和较小对开页上的画作，1901—1907 年

39

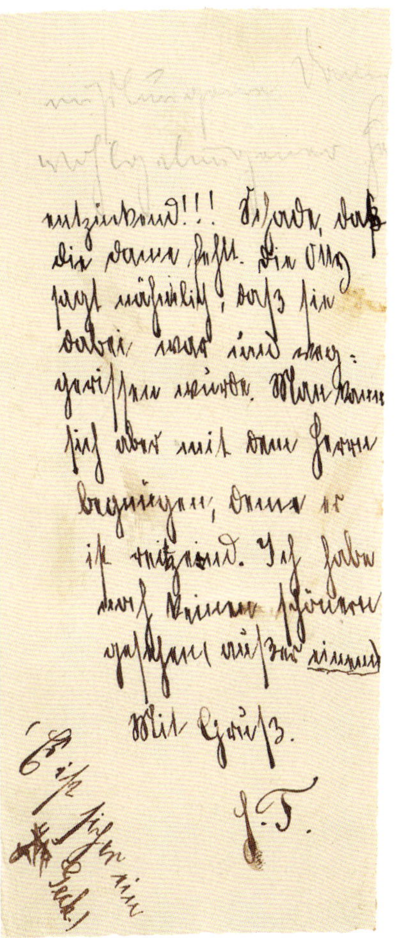

entzückend!!! Schade, daß die Dame fehlt. Die Ottla sagt nämlich, daß sie dabei war und weg-gerissen wurde. Man kann sich aber mit dem Herrn begnügen, denn er ist entzückend.

Mit Gruß

40

41

42

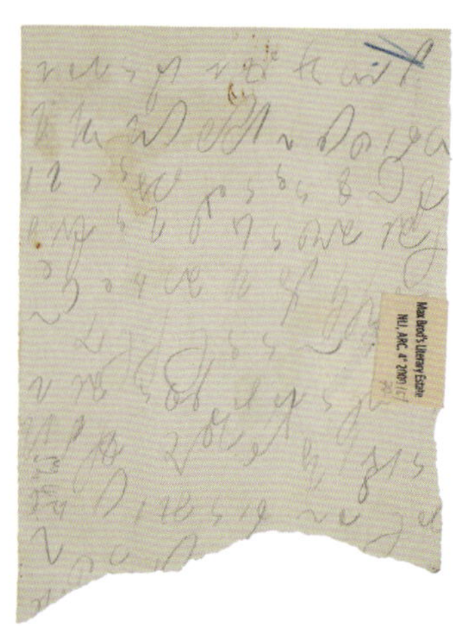

单页和较小对开页上的画作，1901—1907 年

5

GABRIELE D'ANNUNZIO
Gabriele d'Annunzio

Max Brod's Literary Estate
NLI, ARC. 4° 2000
23

4

B.S. & Co.
Max Brod's Literary Estate

Ellen Key

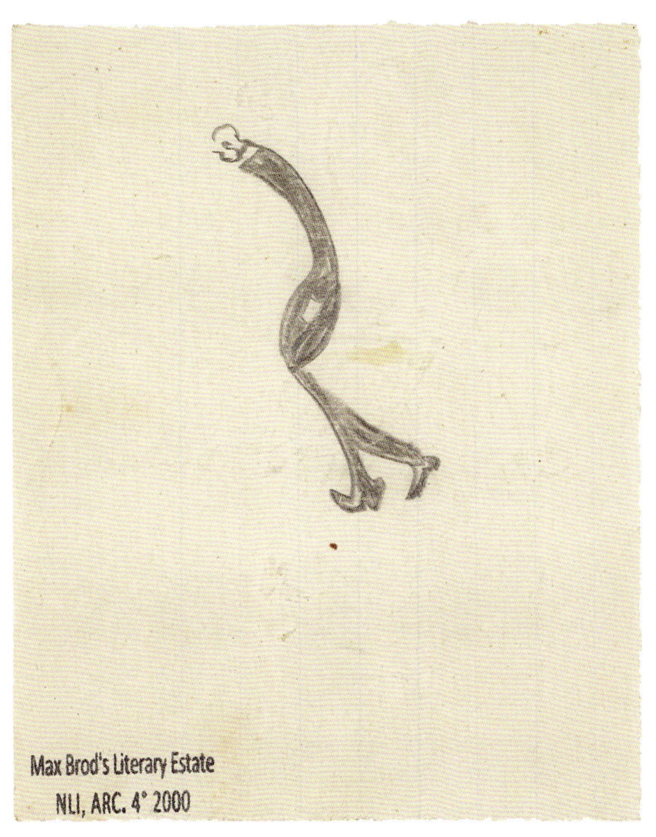
Max Brod's Literary Estate
NLI, ARC. 4° 2000

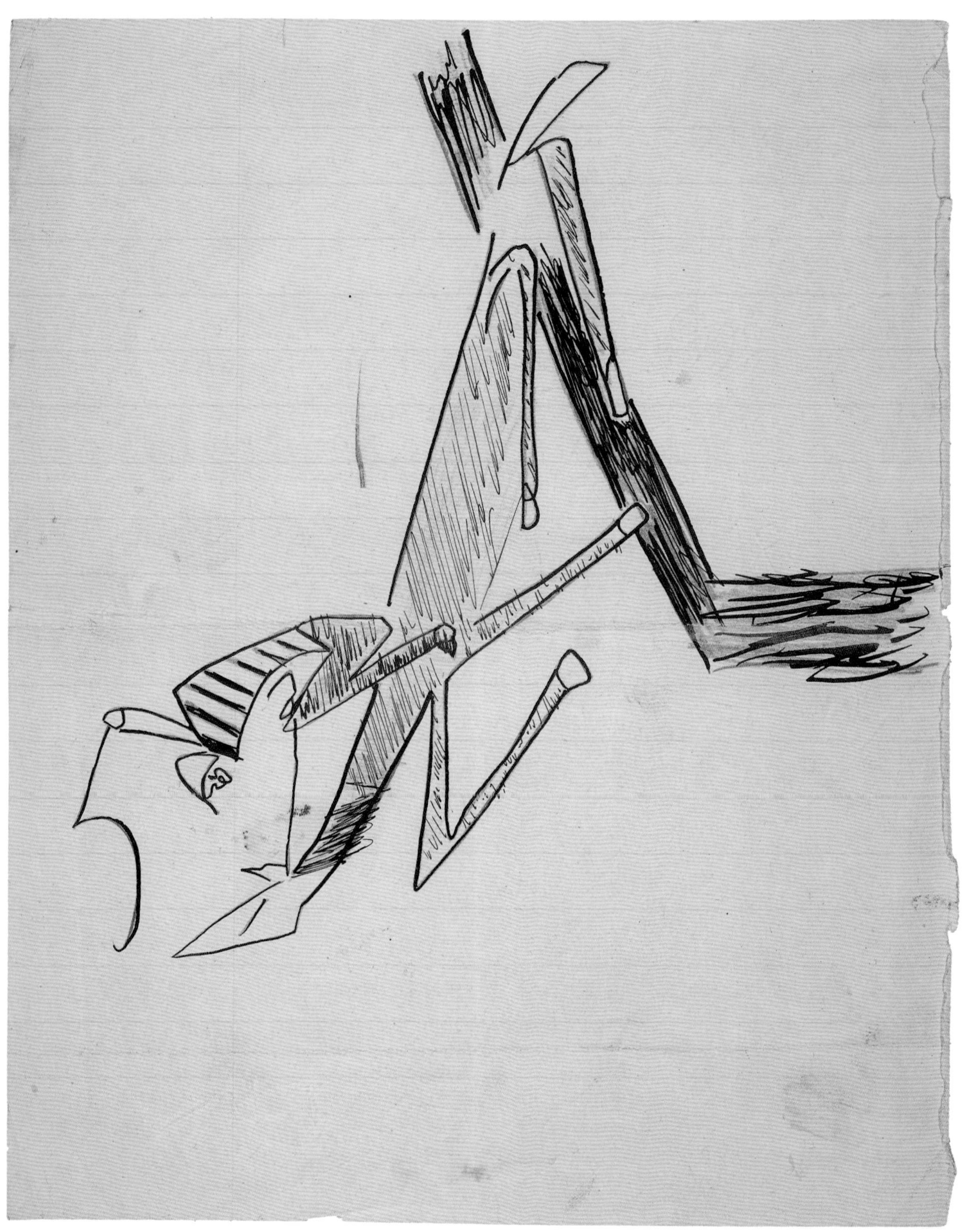

单页和较小对开页上的画作，1901—1907 年

58

59

60

61

62

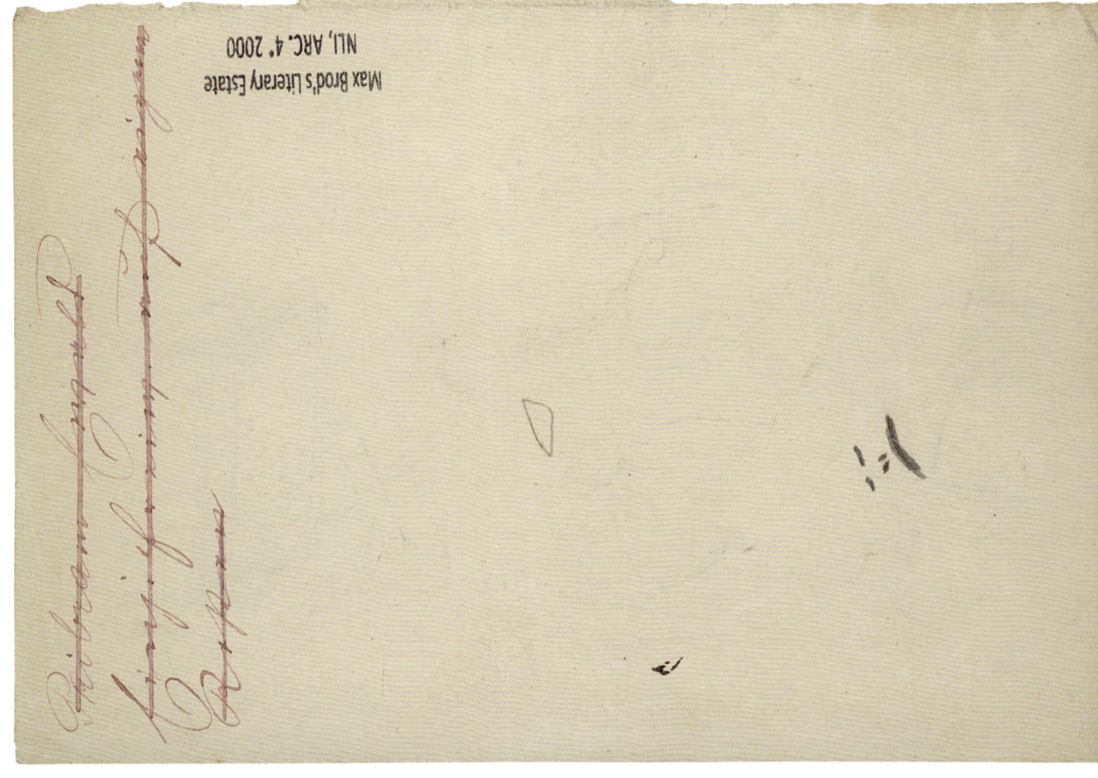

63

单页和较小对开页上的画作，1901—1907年

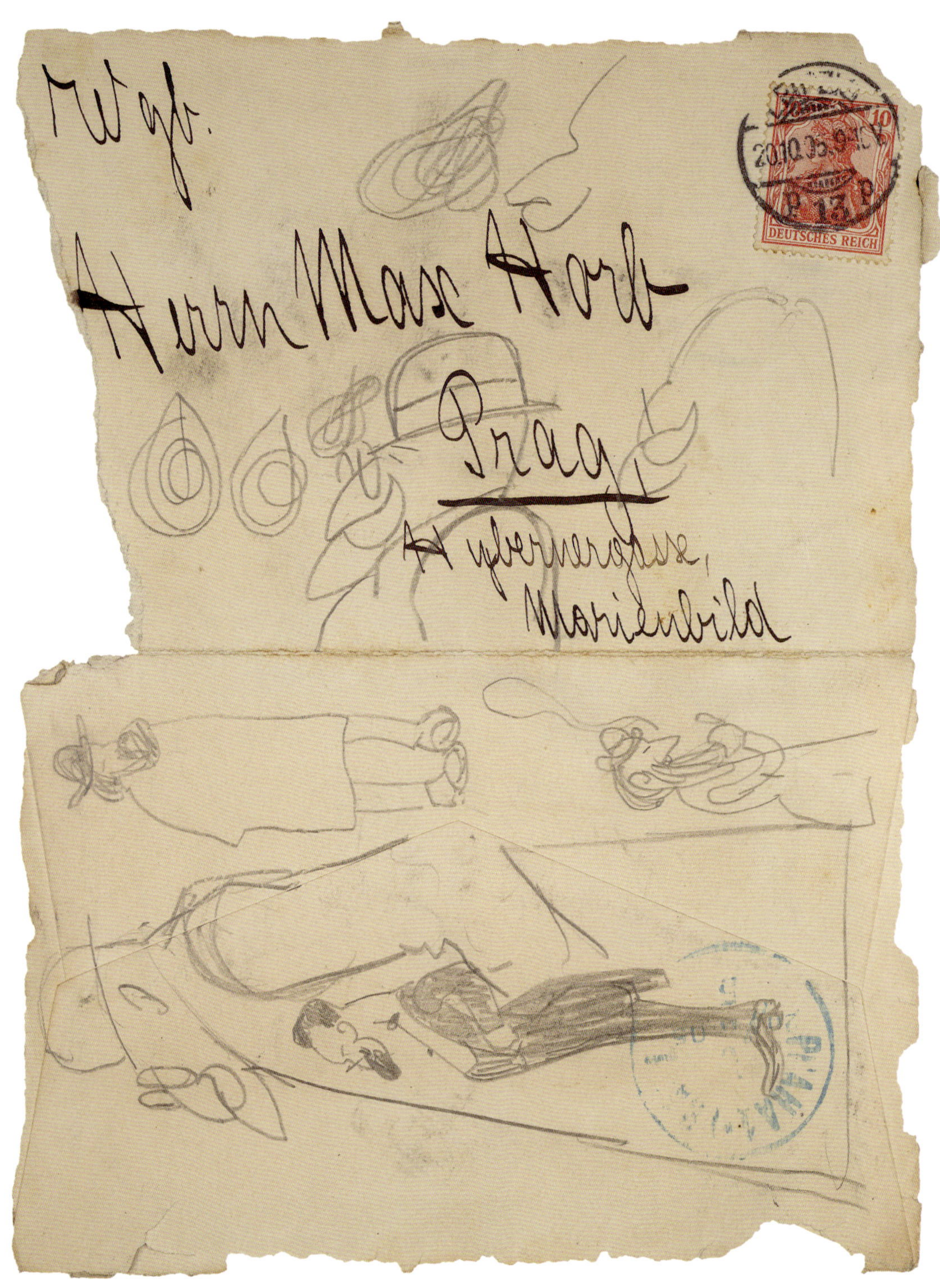
DEUTSCHES REICH
Herrn Max Brod
Prag
Hybernergasse,
Marienbild

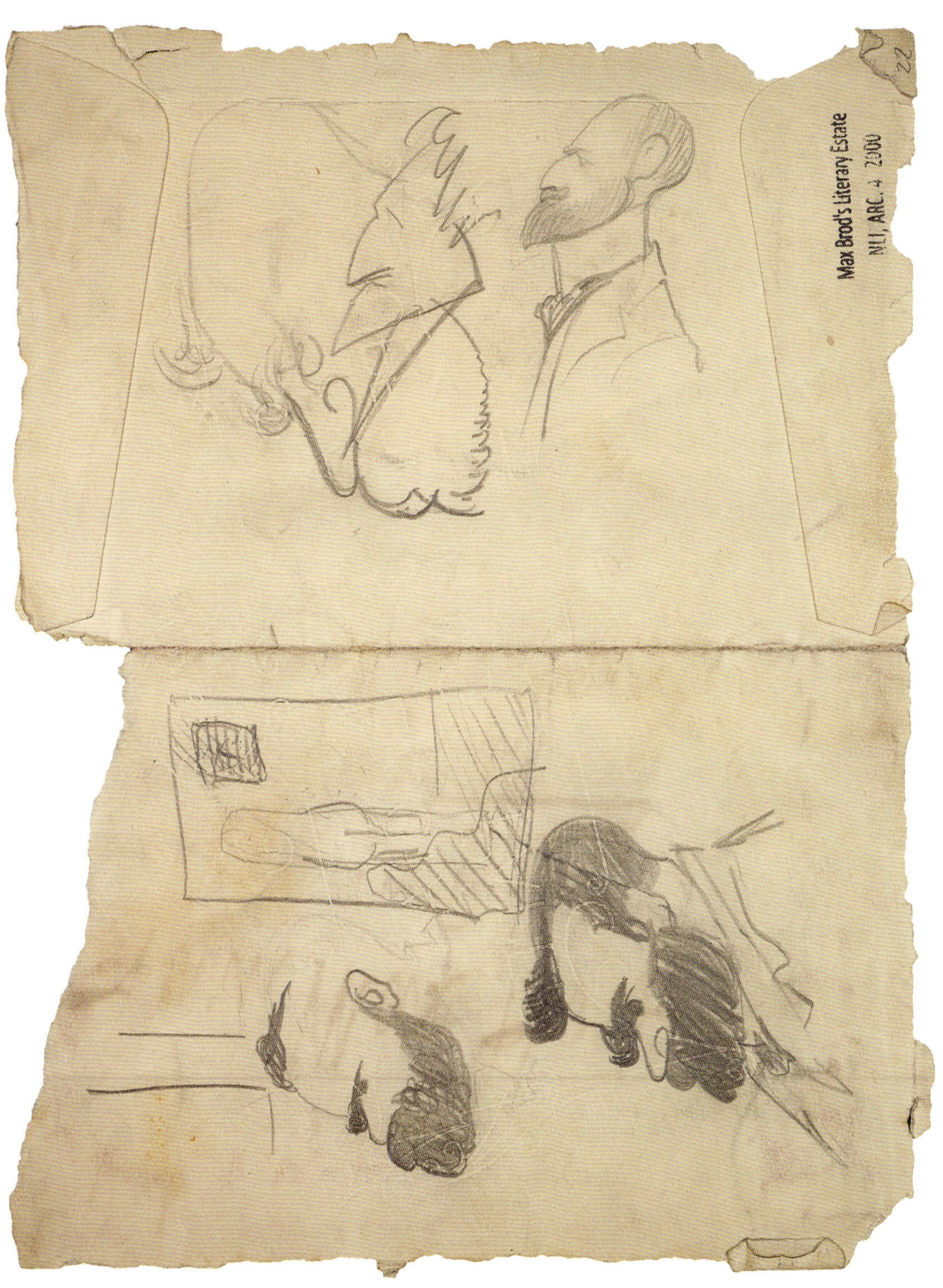

单页和较小对开页上的画作，1901—1907年

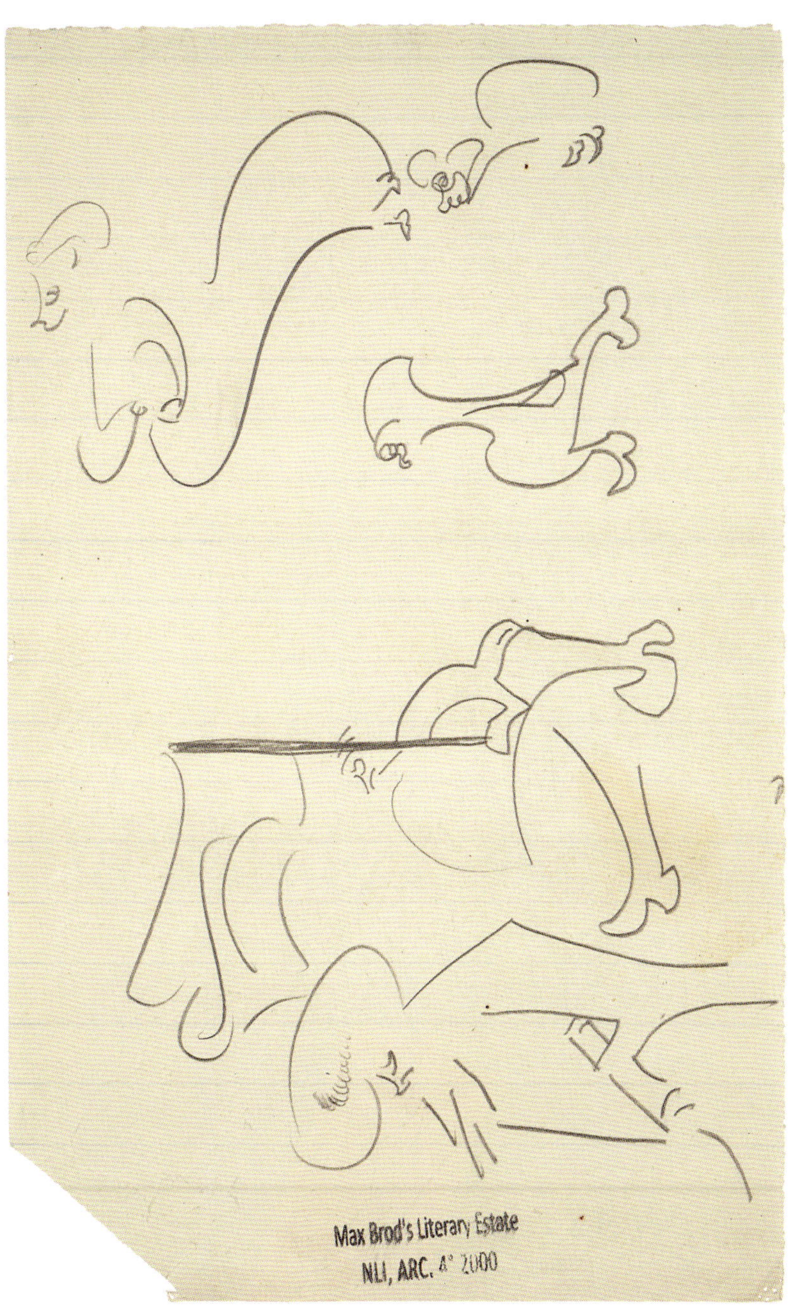

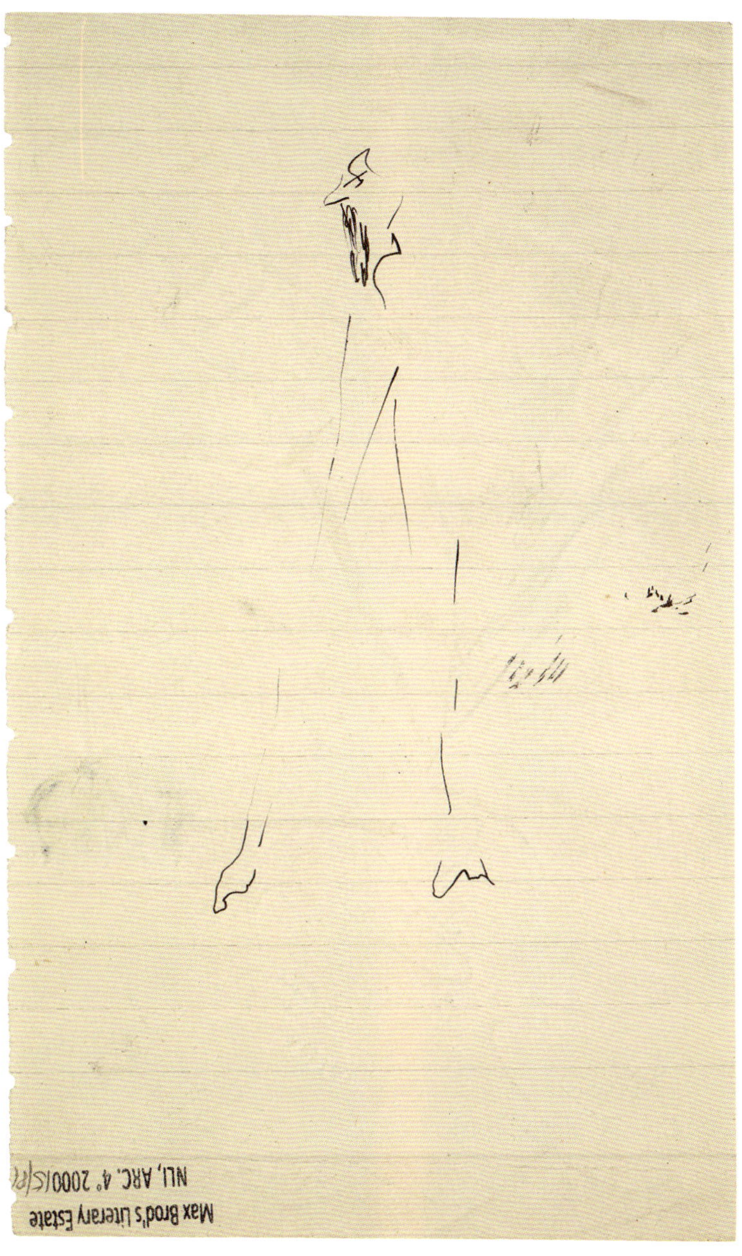
Max Brod's Literary Estate
NLI, ARC. 4° 2000

71(90%)

72(90%)

73(125%)

75(80%)

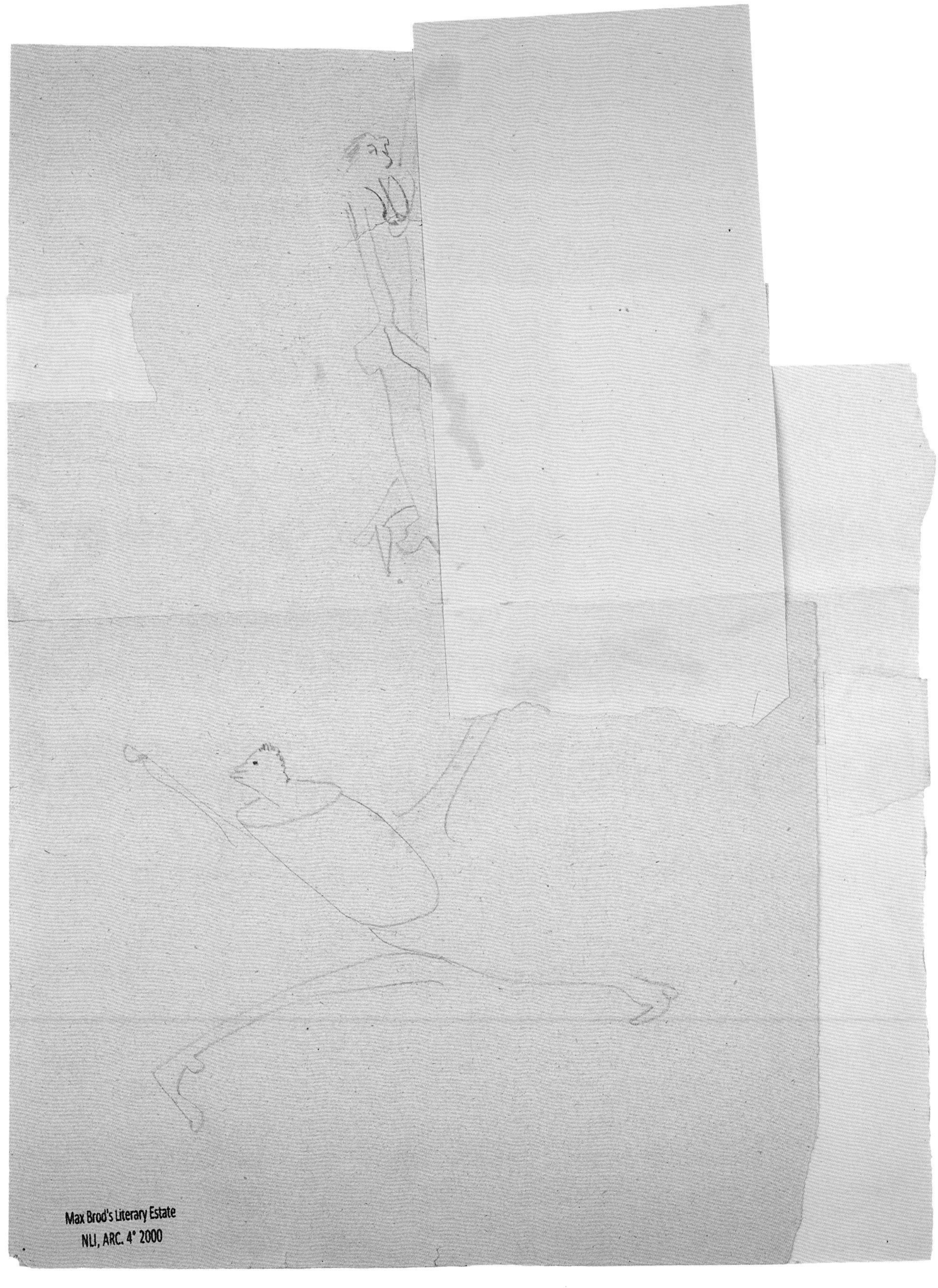

单页和较小对开页上的画作，1901—1907 年

76(80%)

77

78

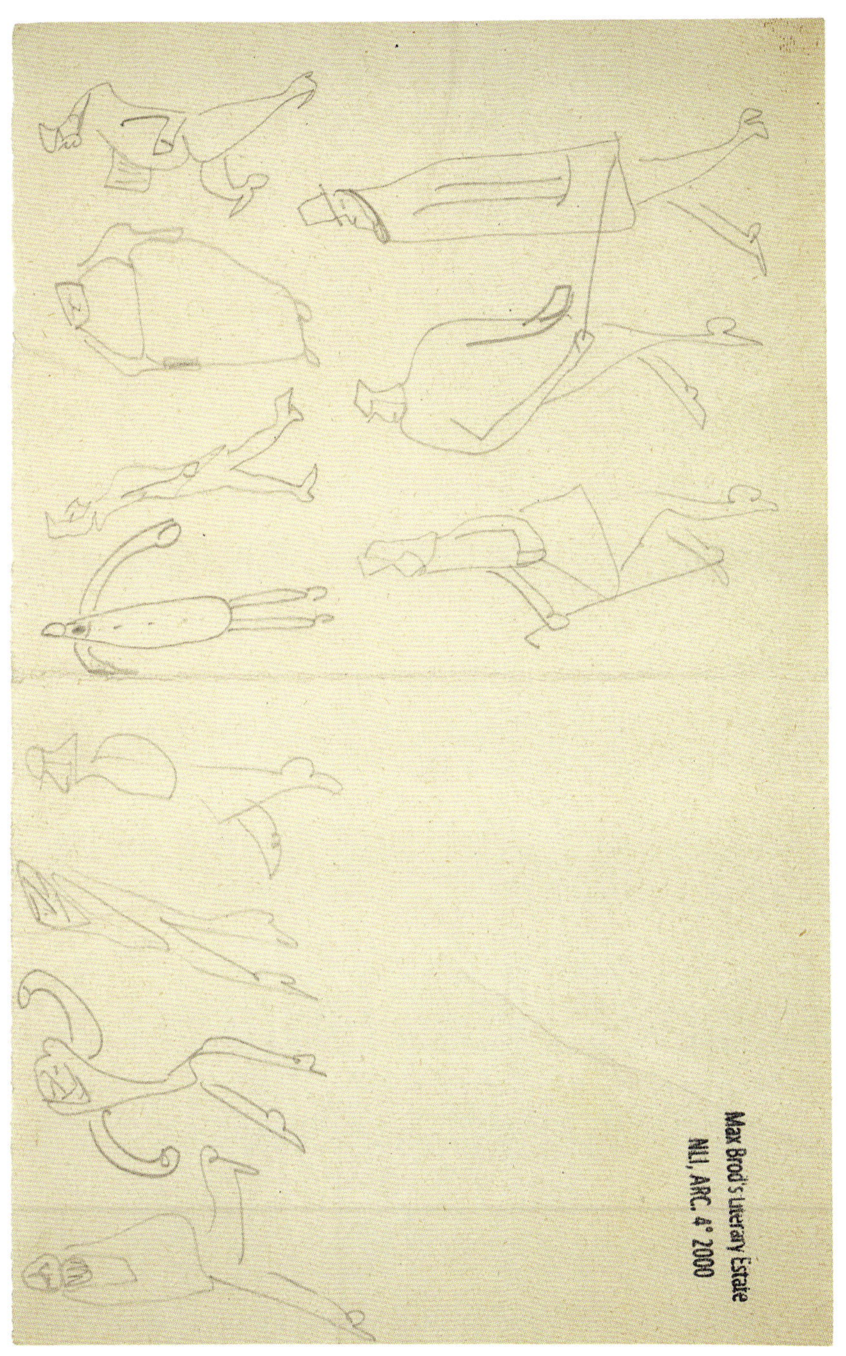

单页和较小对开页上的画作，1901—1907年

单页和较小对开页上的画作，1901—1907 年

卡夫卡的画

—

速写本

2

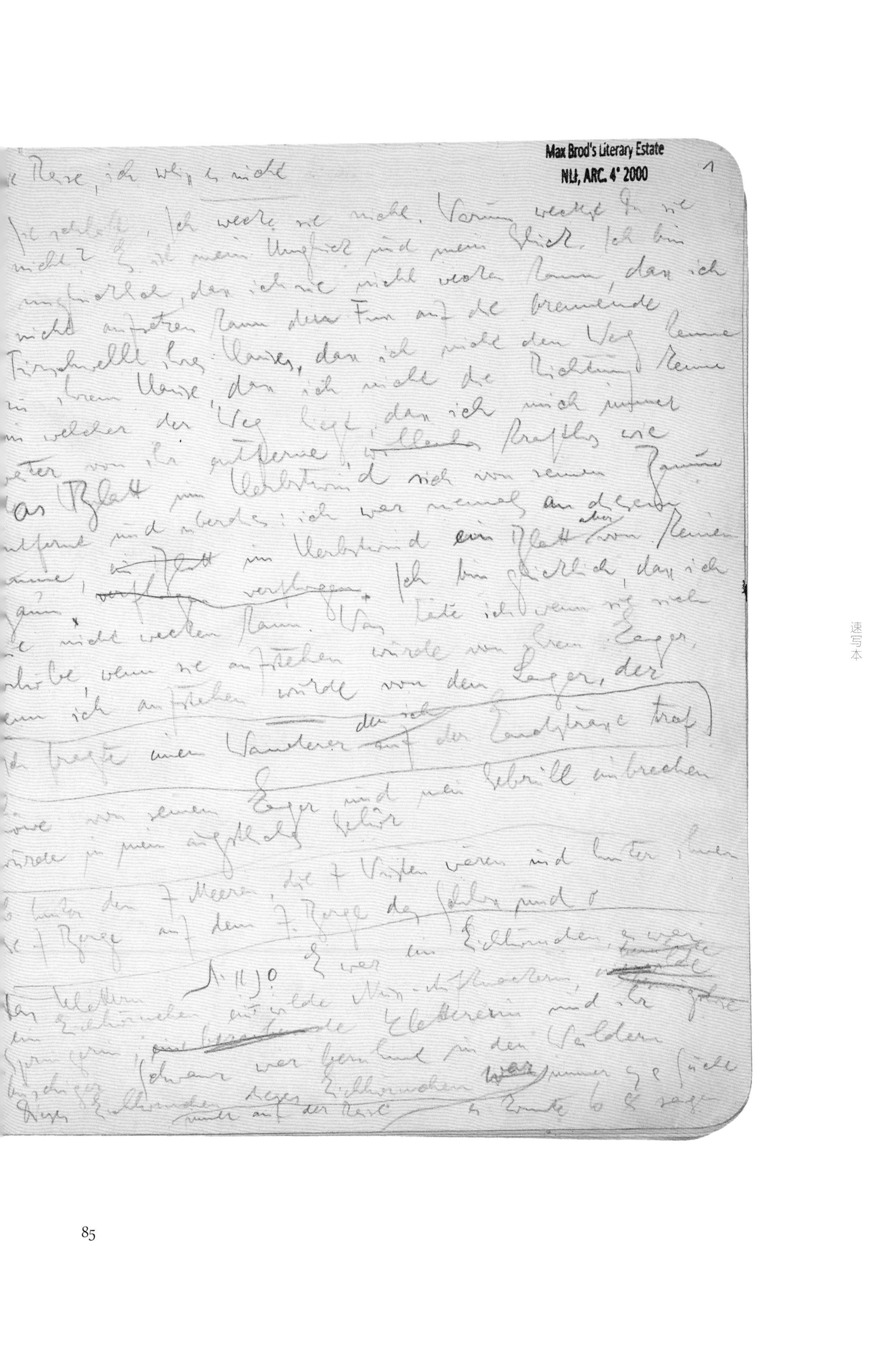

nicht viel, denn die Rede fehlte, es hatte sie aller
geeignete Zeit.

2

8

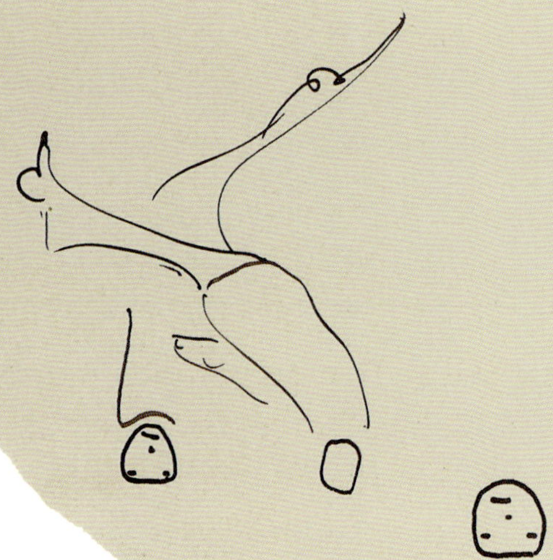

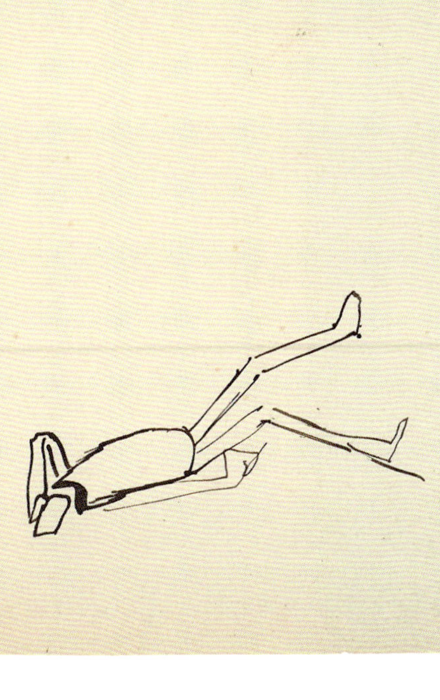

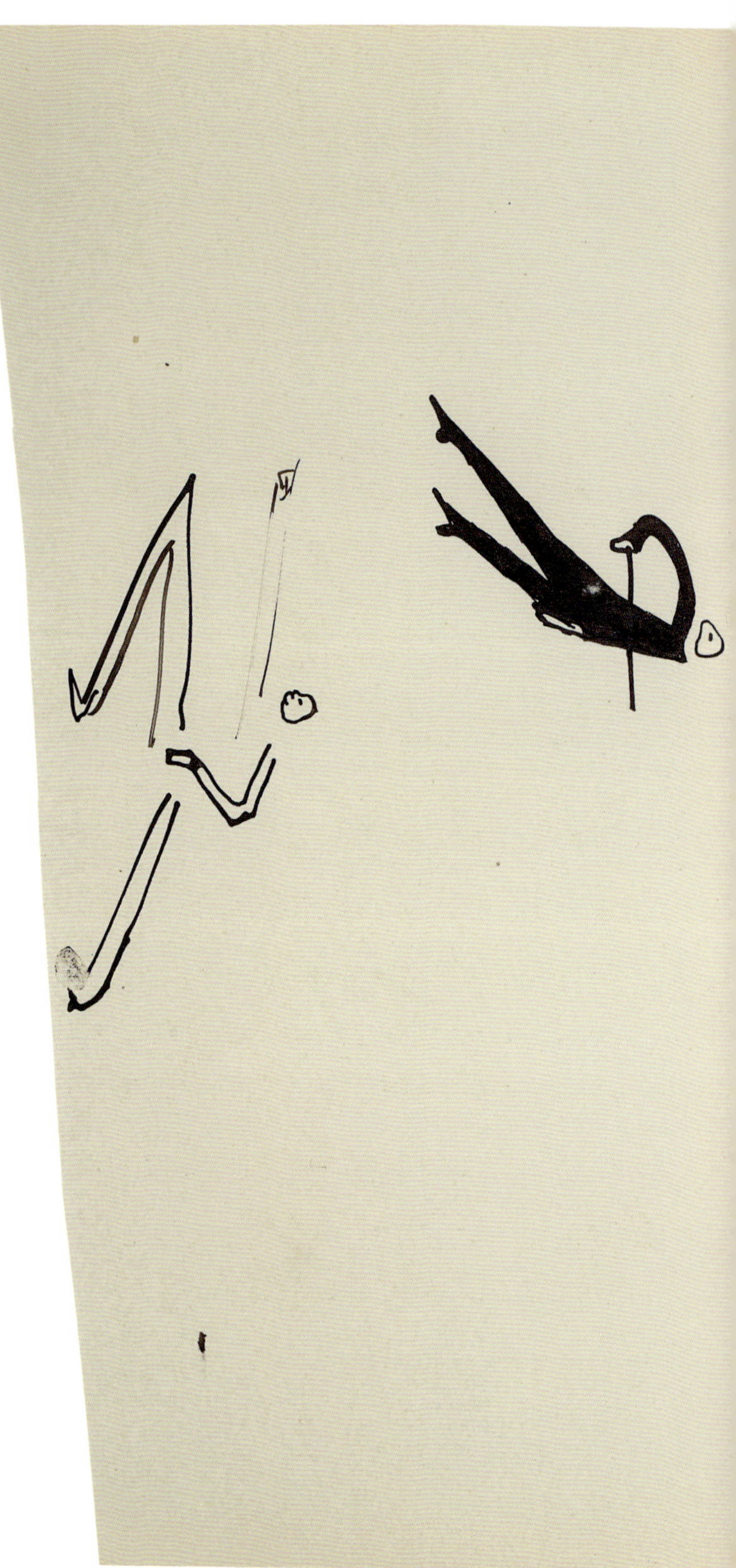

10

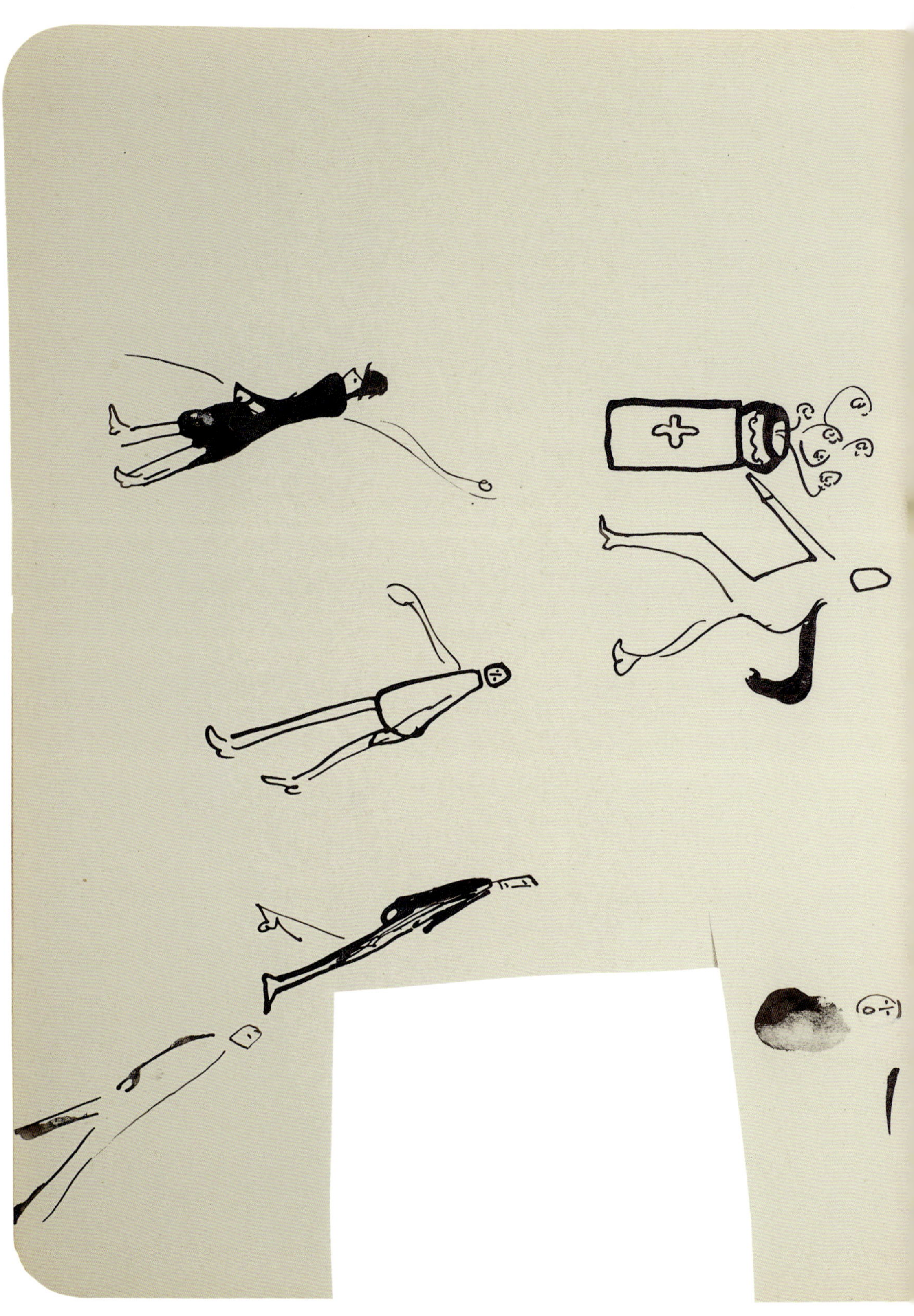

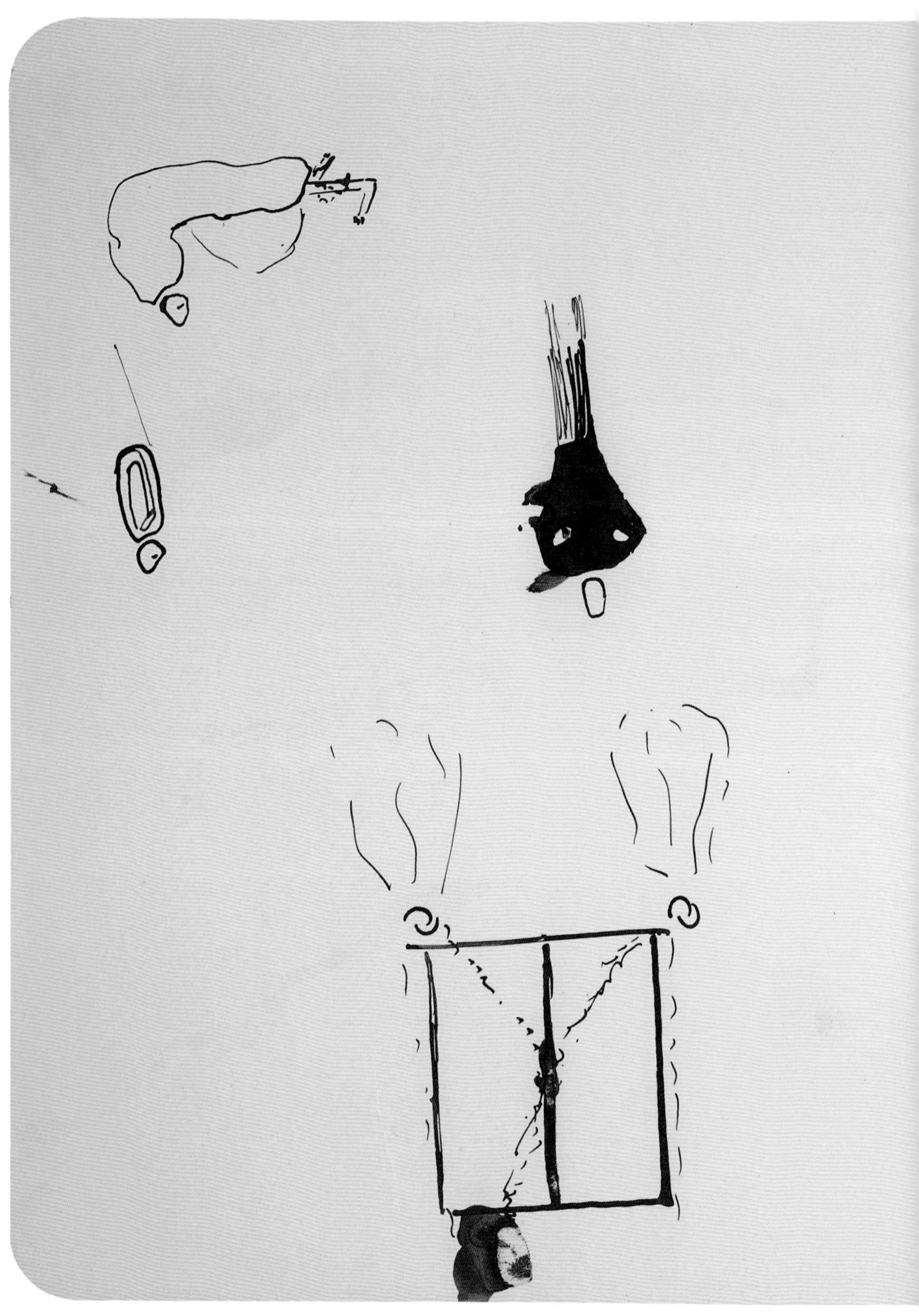

13

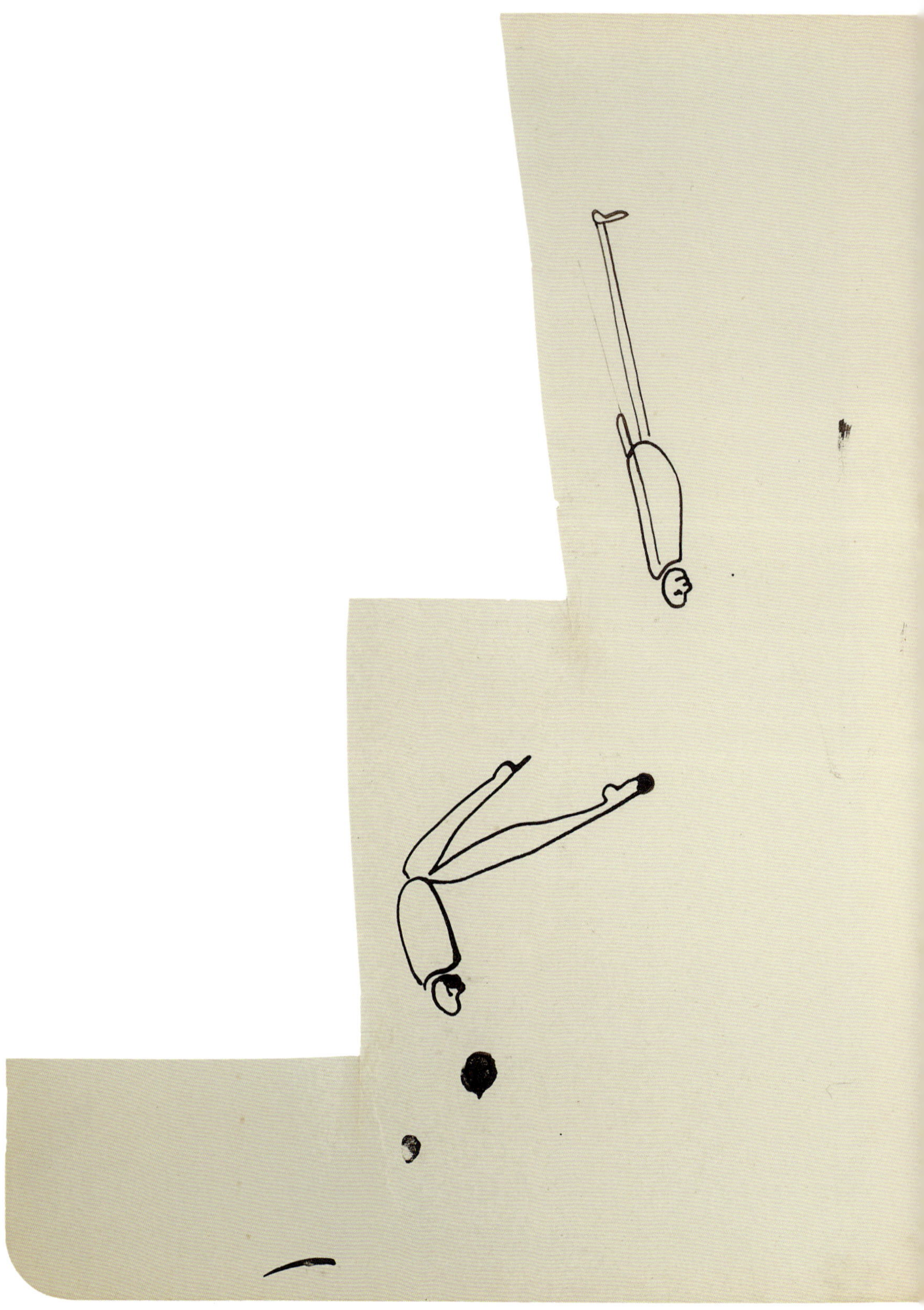

速写本

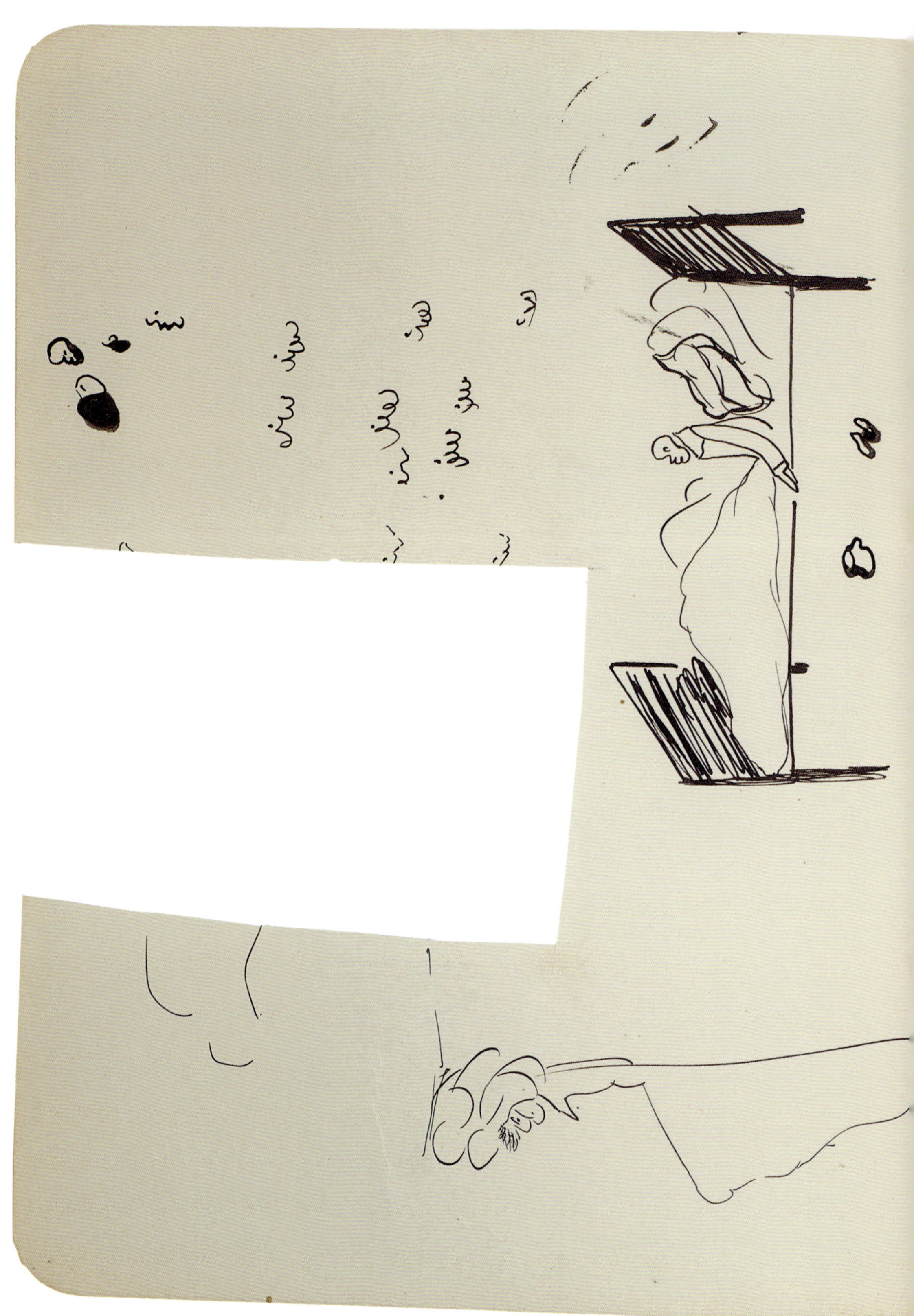

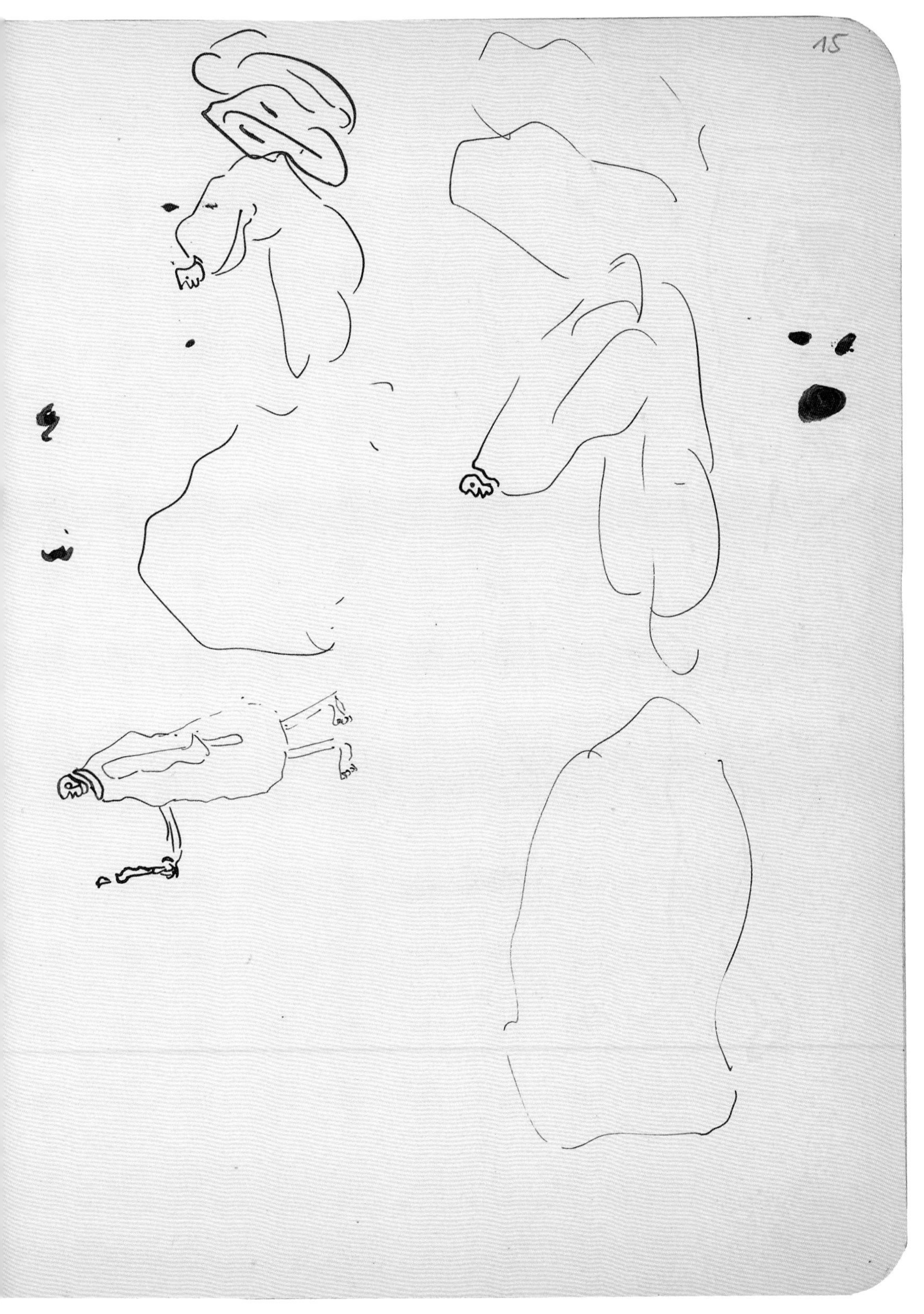
15

16

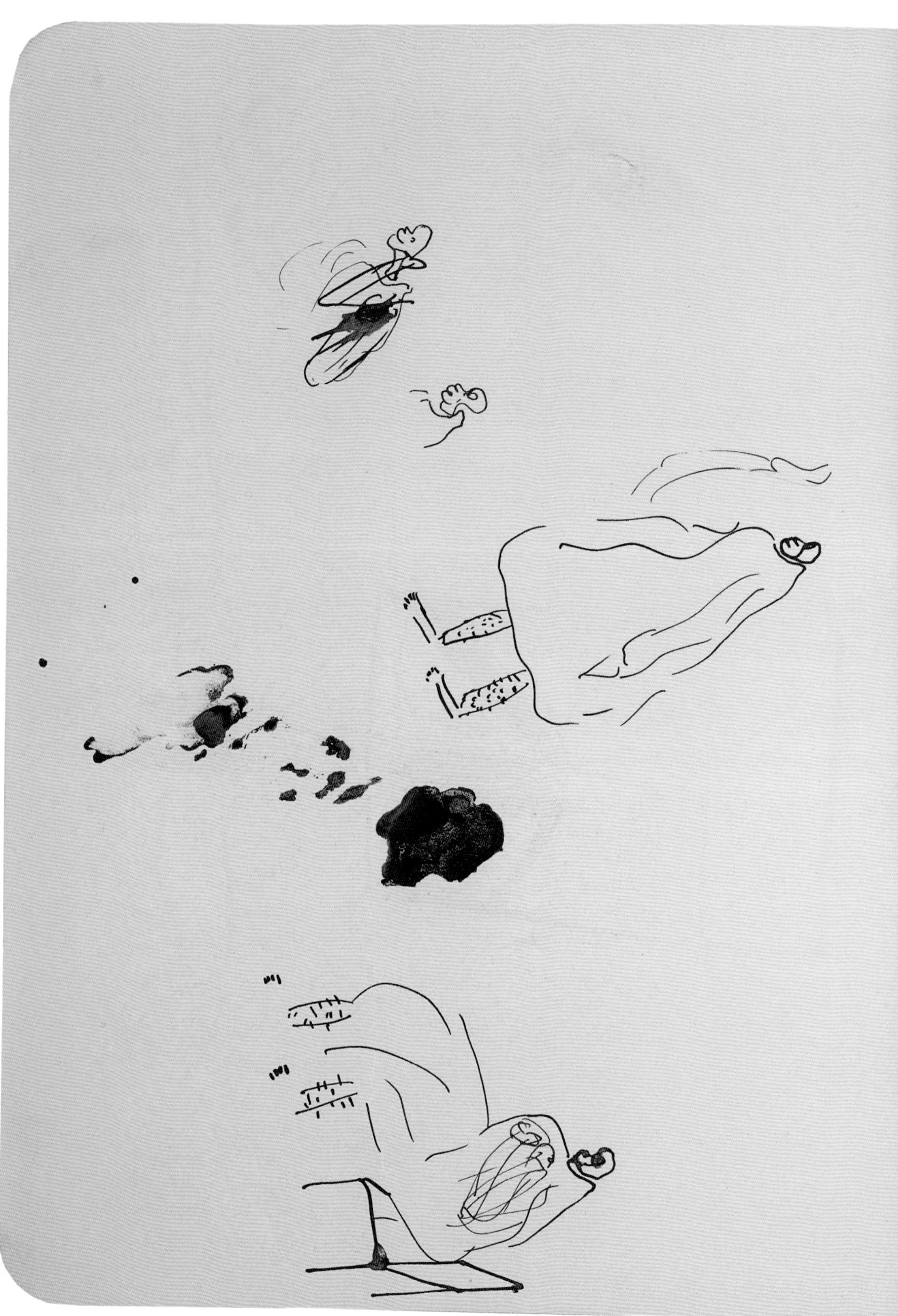

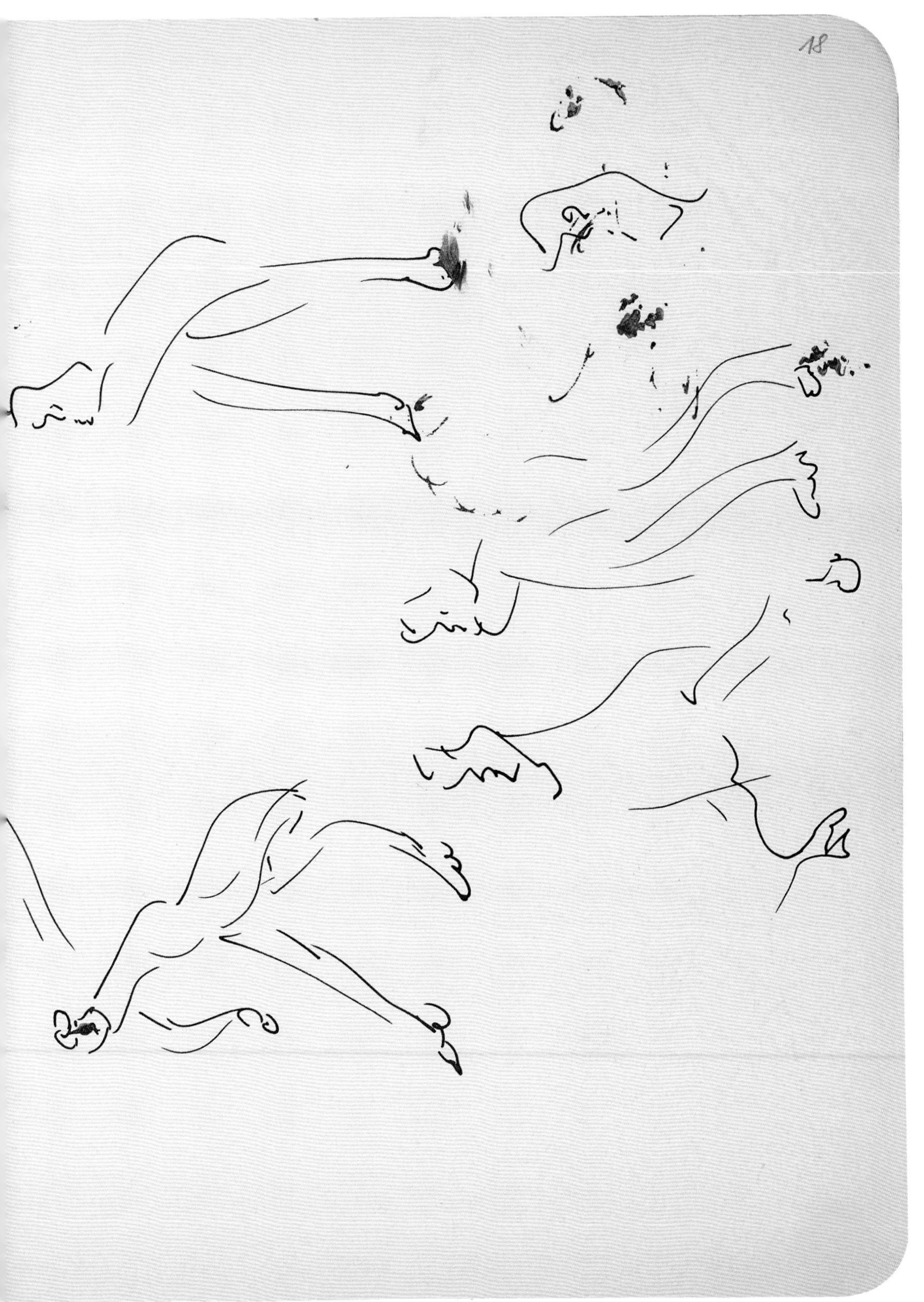
18

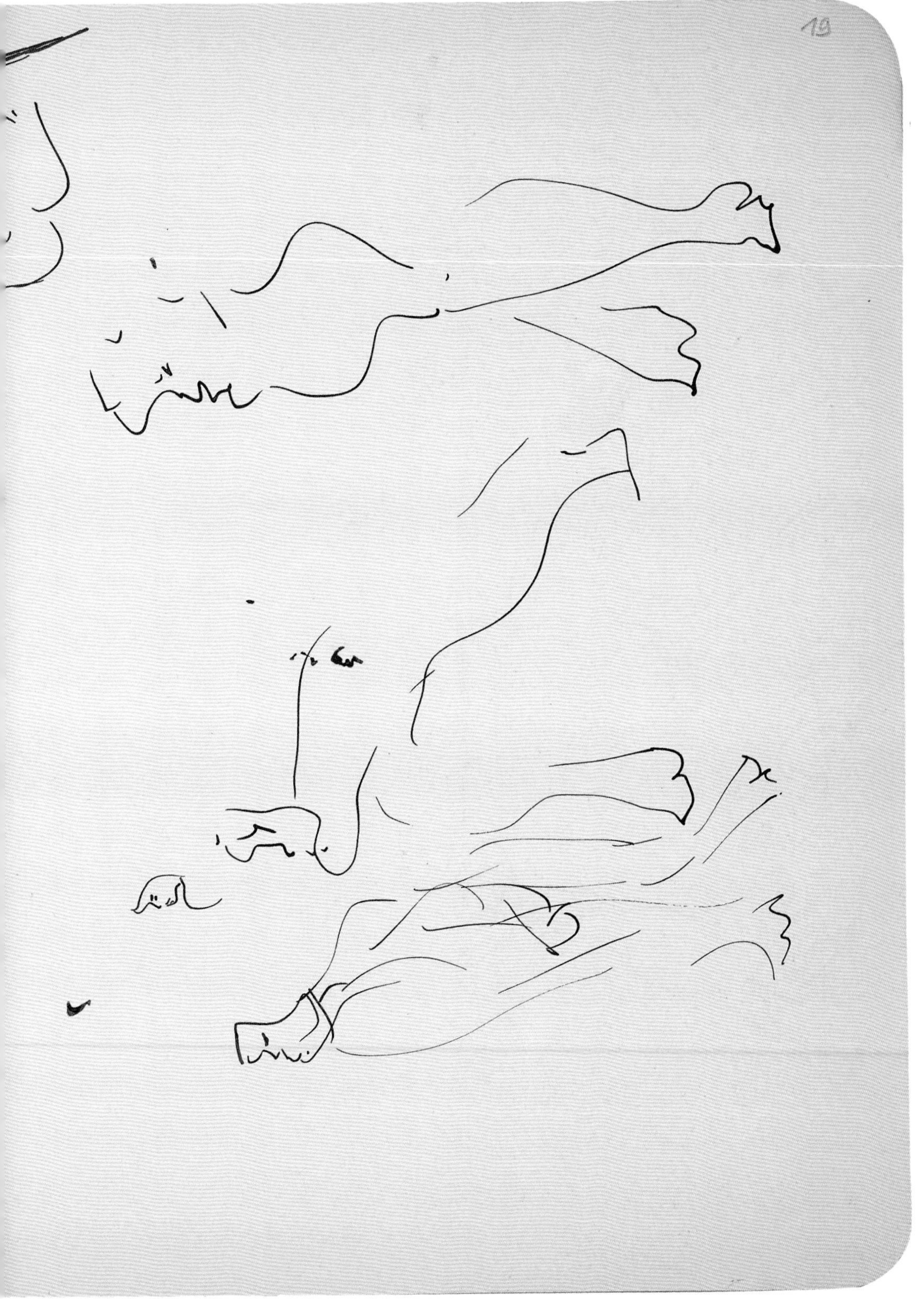

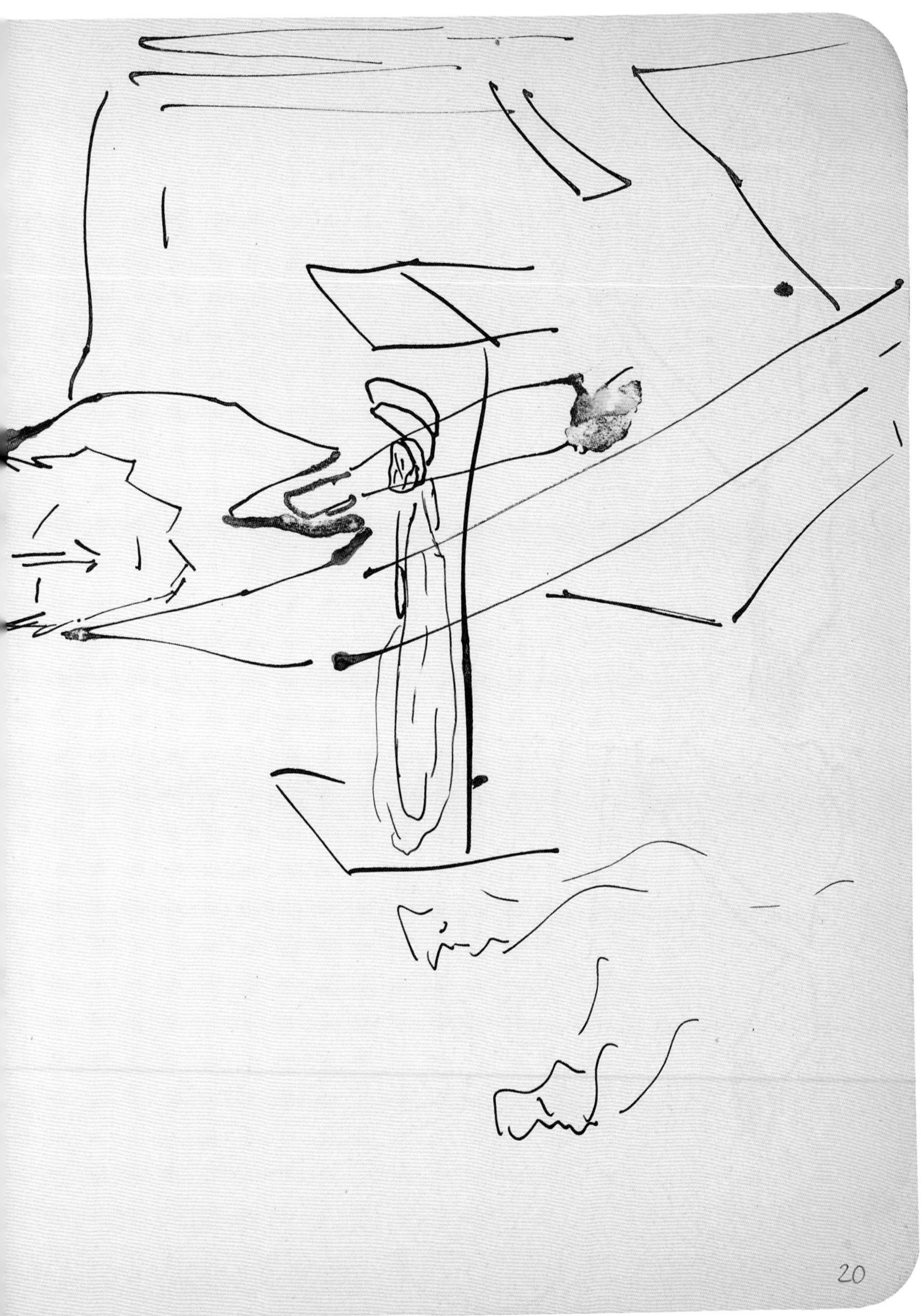
20

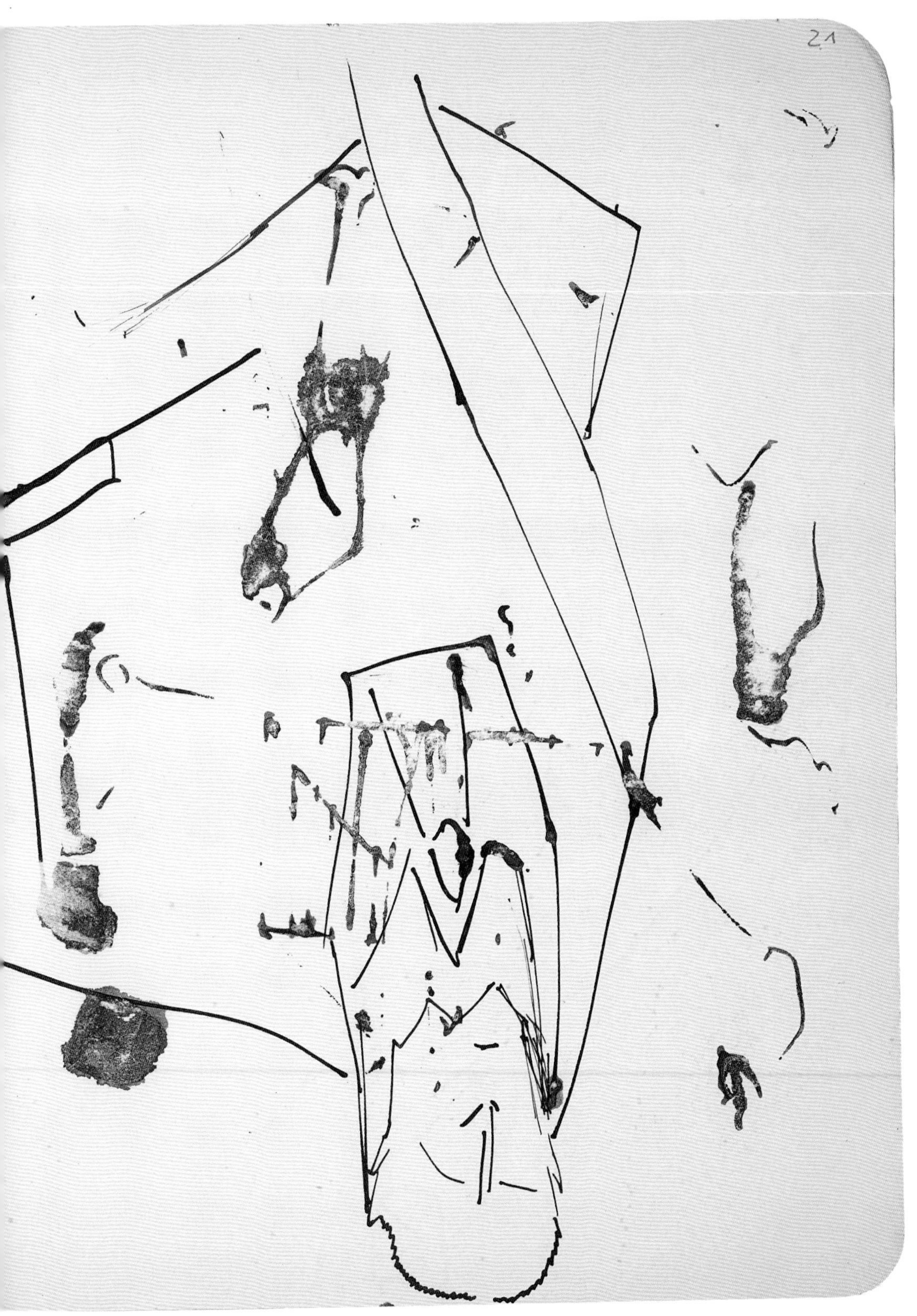
21

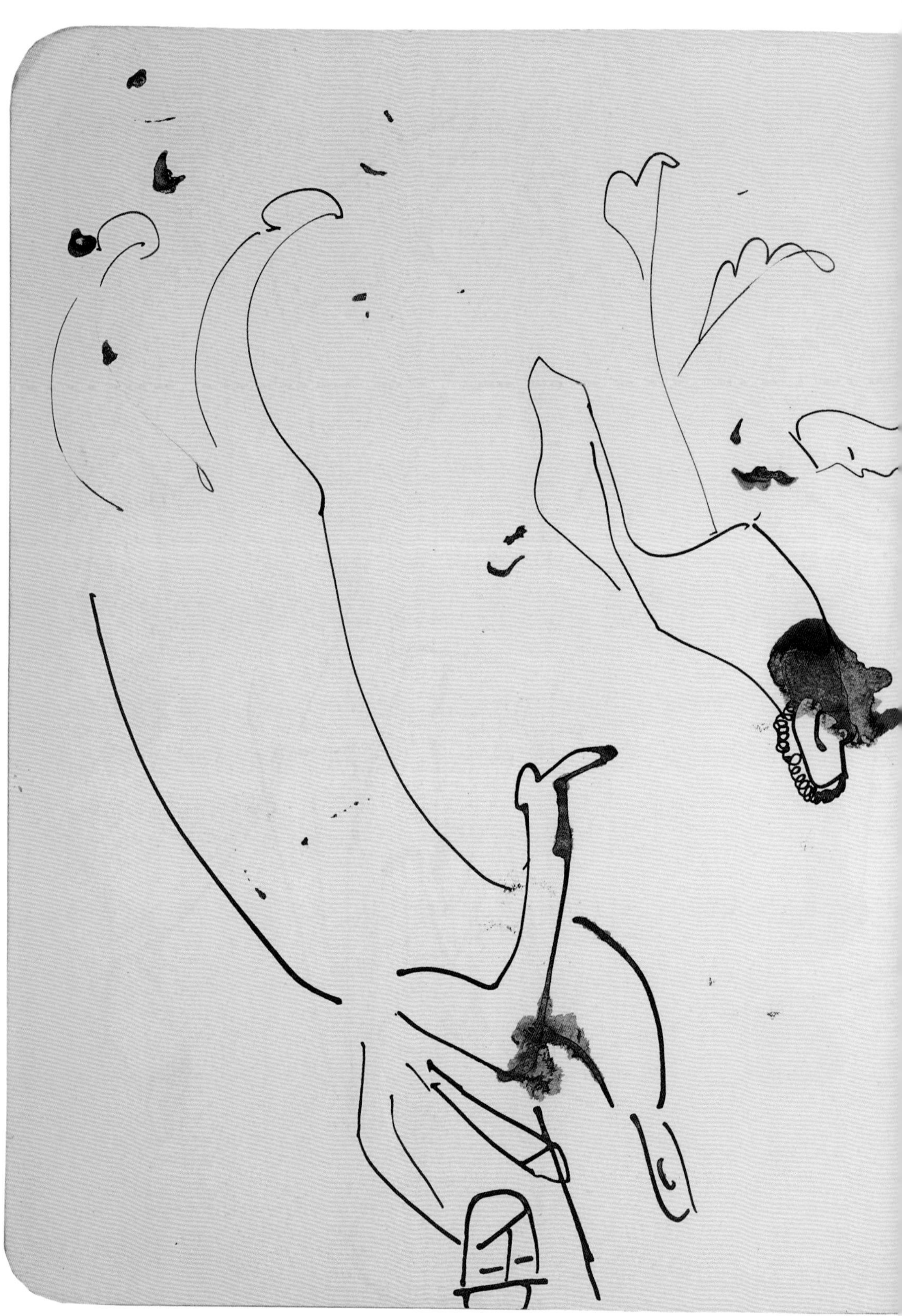

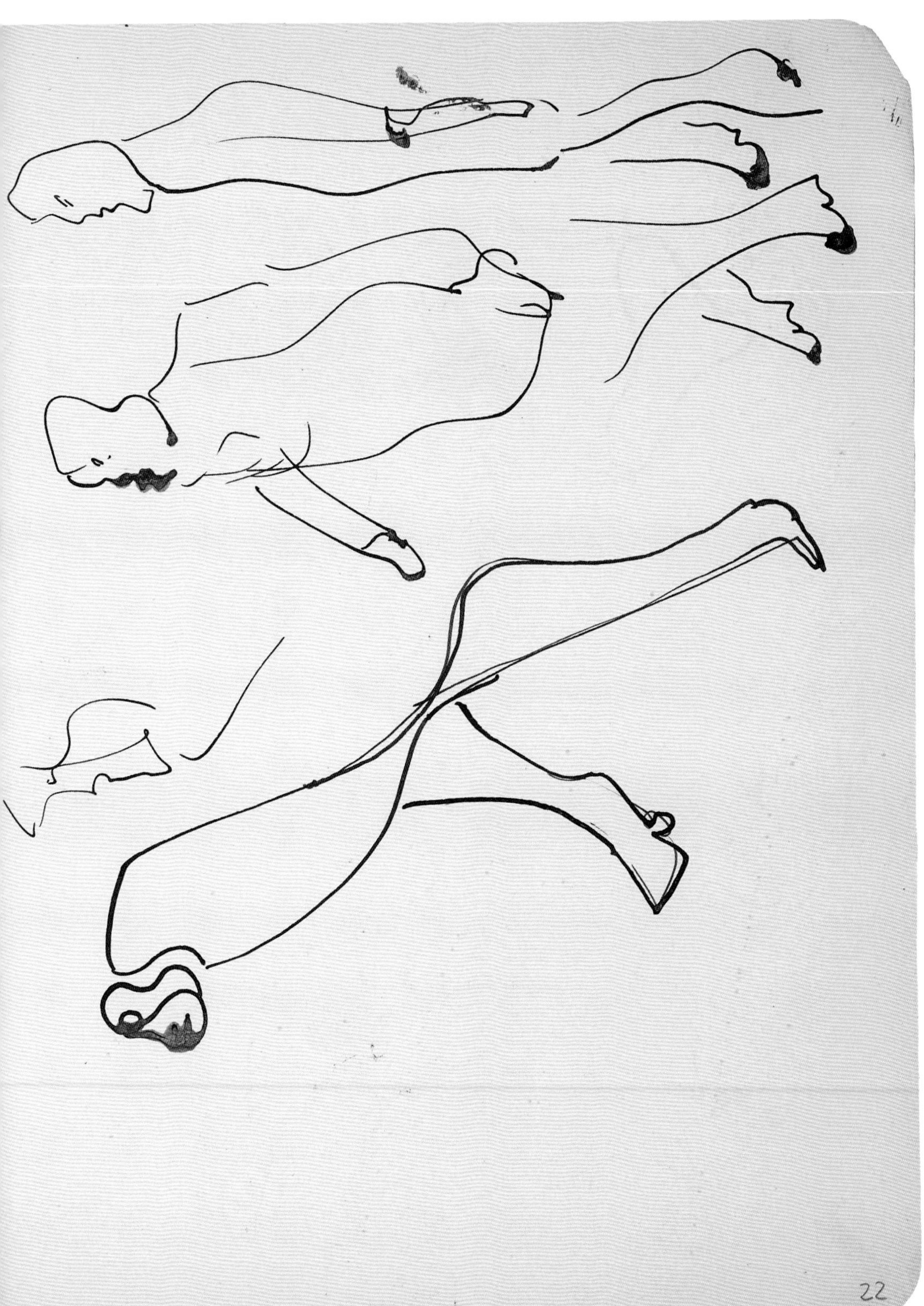
22

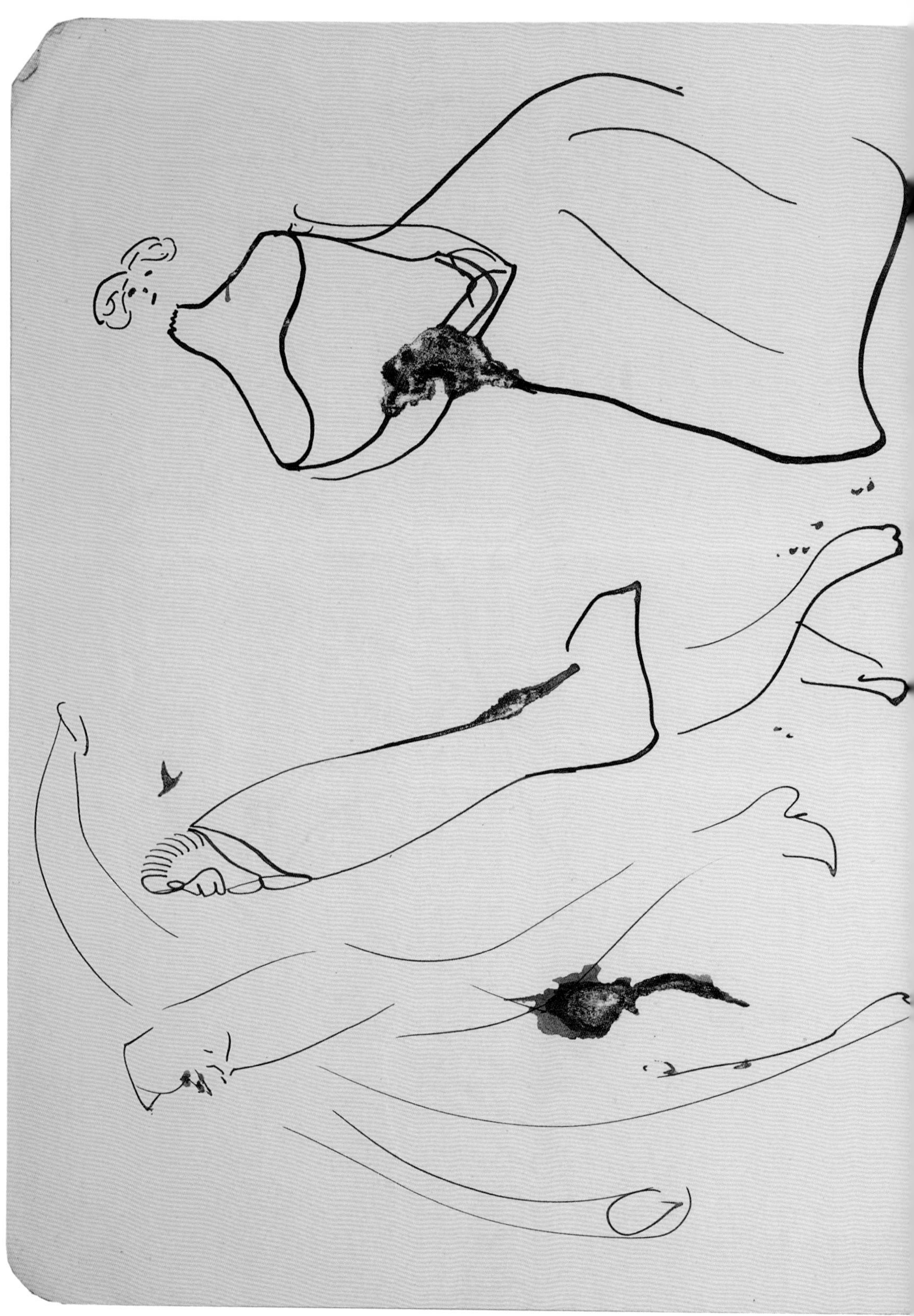

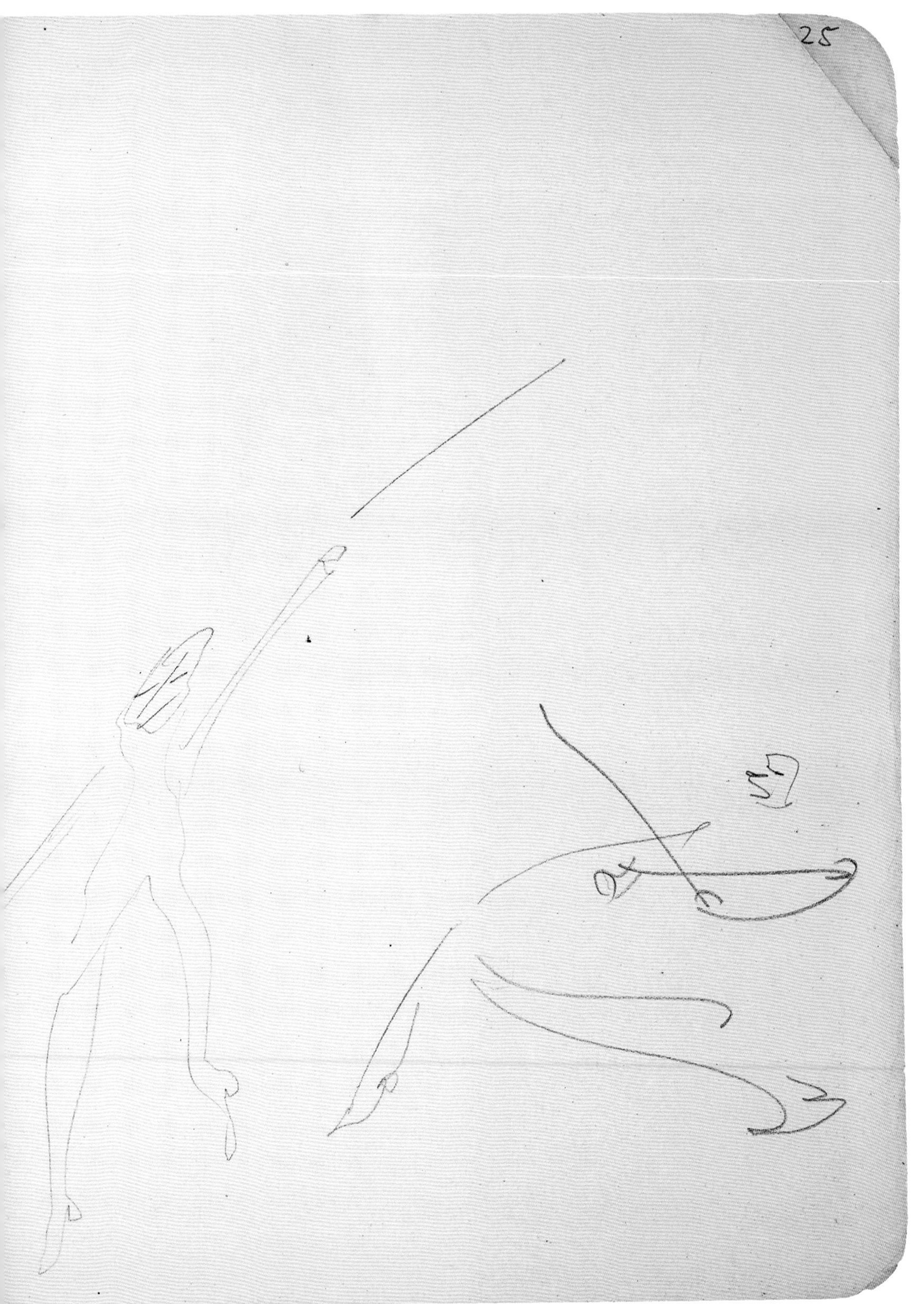

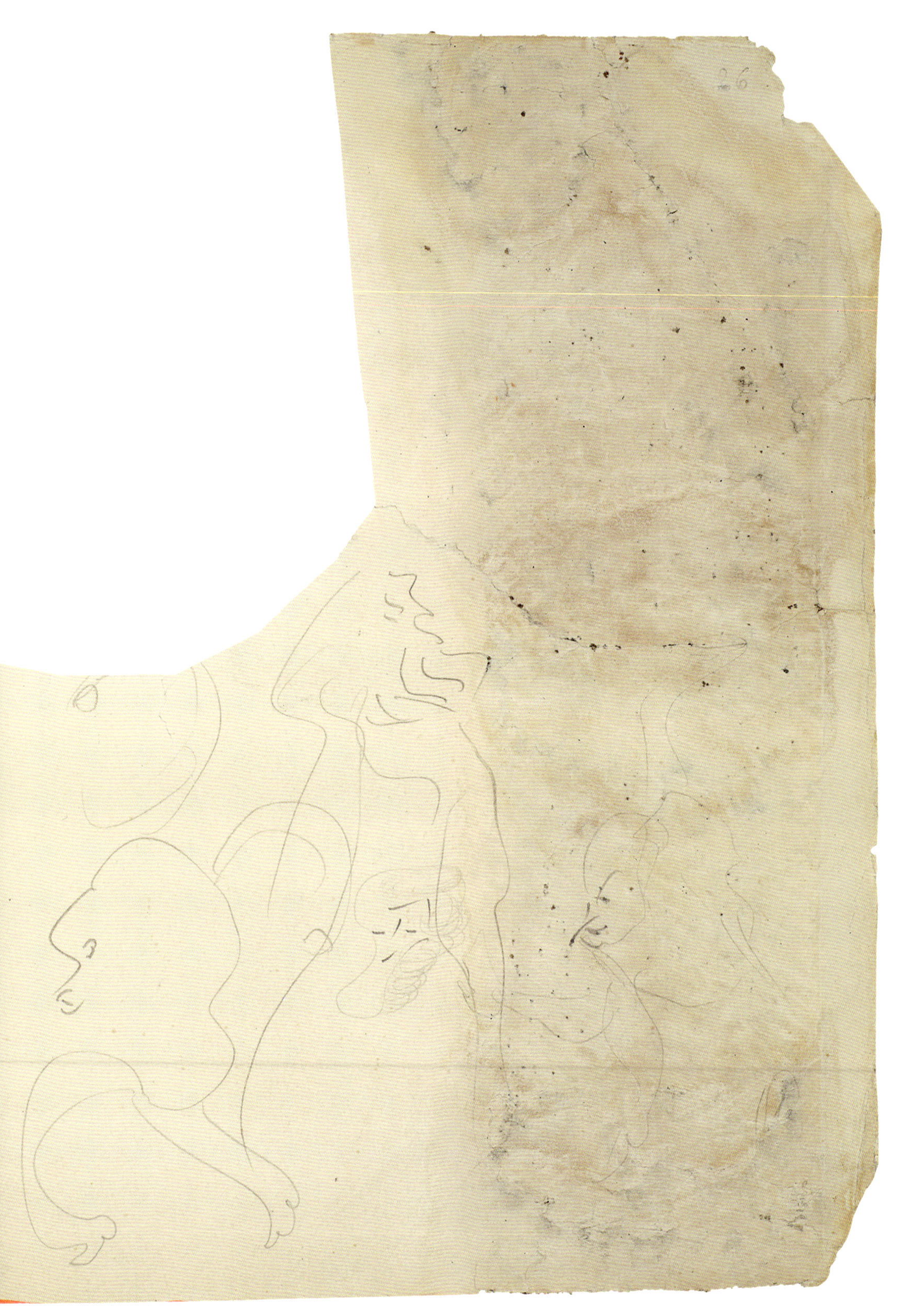

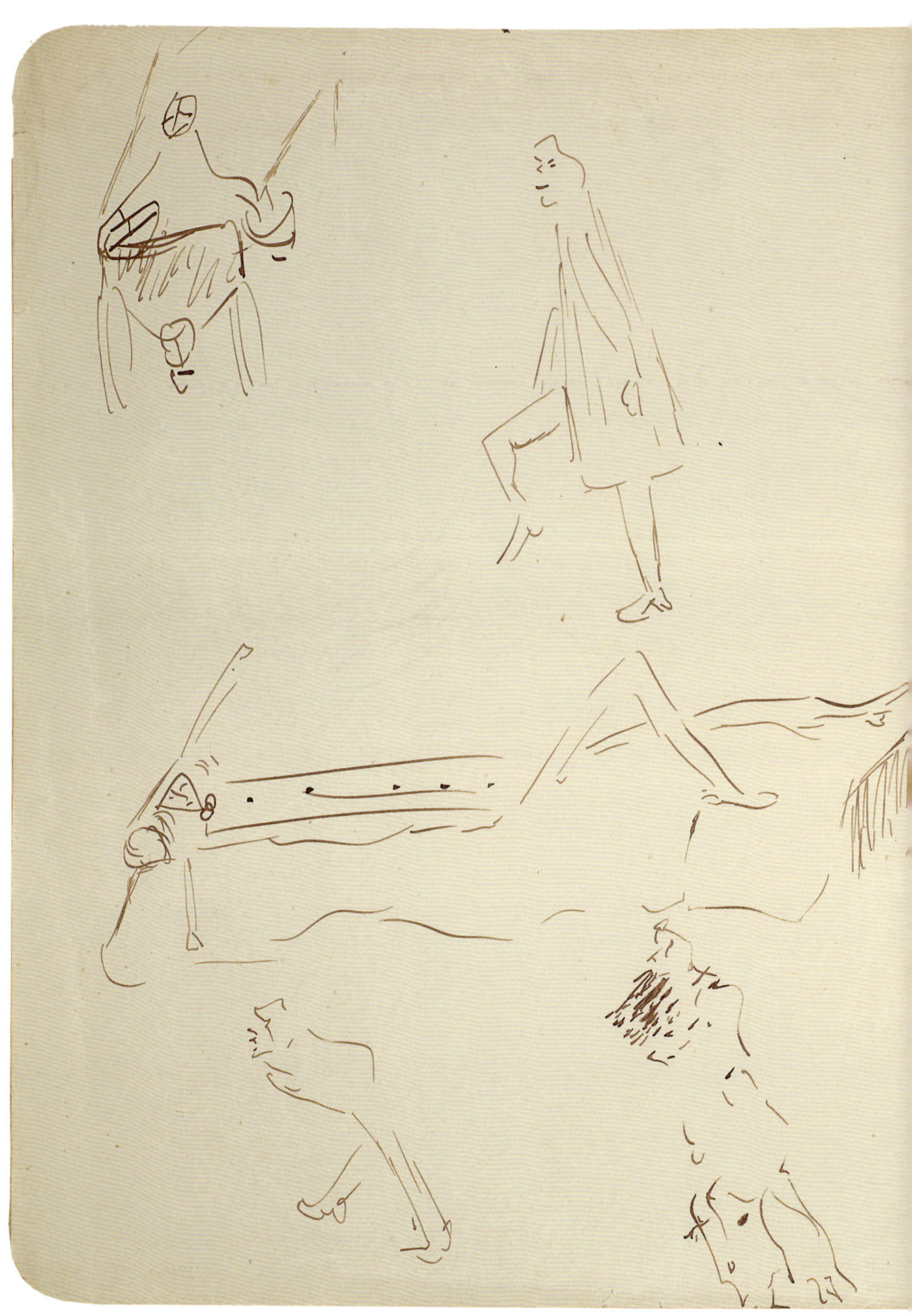

Max Brod's Literary Estate
NLI, ARC. 4° 2000

113~118，在信封中

109

110

111

112

115

116

117

118

3

旅行日记中的画，

1911—1912 年

selbst überlassen. Ich werde naß beim Anblick einer derartigen Brücke werde ich naß und verschaffe mir dadurch den ersten starken Eindruck von der Schweiz trotzdem ich sie schon lange aus innerer in äußerer Dämmerung anschaue. – Der Eindruck aufrechter, selbständiger Häuser in Gallen ohne Gassenbildung. – Winterthur. – Mann in der

Altern. Entdeckung des
Spielsaales in Luzern.
1 fr. Entrée. 2 lange
Tische. Wirkliche Sehens-
würdigkeiten sind häss-
lich zu beschreiben,
weil es ~~vor~~ förmlich Wartenden
geschehen muss. An ~~jeden~~ jedem Tisch
ein Angestellter in der
Mitte mit 2 Wächtern
nach beiden Seiten
hin.

Kugel rollt

öchsteinsatz 5 f. „Die Schweizer werden
beten, den Fremden den Vortritt zu
lassen, da das Spiel zur Unterhaltung der Gäste bestimmt ist."

1	2 4 6 8	2
4	5	3
7		6
8	1 3 7 9	9

Ein Tisch mit Kugel, einer mit
rdchen. Croupiers in Kaiserrock.

Freitag 1. IX 10 Abfahrt
10 15 von place Gugliel-
mo Tell. — Schablonenhafte
Analogie des Rücksitzes
im Wagen und im Schiff.
Gerüst für Tuchbespannung
auf den Booten wie bei
Milchwagen — Jeder
Schiffslandung ein Angriff.

Fahrt ohne Gepäck Hand
frei um den Kopf zu
halten — Gandria ein
Haus hinter dem andern
aufgesteckt, Loggien mit
farbigen Tüchern, reine
Vogelperspektive, Gassen
und reine Gassen —
S. Margaritha mit Spring-
brunnen u. Landungsstellen
Villa mit 12 Cypressen bei
Oria.

Balkoneingang im
Hemd — Mann kam
und wagt sich in Oria

旅行日记中的画，1911—1912 年

4

卡夫卡的画

—

书信中的画，

1909—1921 年

gehn wir durch den Wald zu den Stromschnellen auf denen wir herumfahren werden. Um 7 Uhr fahren wir mit dem Dampfer nach Prag. Überlege es Dir nicht weiter und sei um 3/4 6 auf der Bahn. —

Übrigens kannst Du doch eine Rohrpostkarte schreiben, dass Du nach Dobřichowitz oder anderswohin fahren willst. —

Mein lieber Max, stürze Dich nicht in Kosten wegen einer Rohrpostkarte, in der Du mir schreiben wirst, dass Du um 6 05 nicht auf der K. Josefs Bahn sein kannst, denn das musst Du, der Zug mit dem wir nach ~~Wien~~ fahren um 6 Uhr 05 fährt. Um 1/4 8 machen wir den ersten Schritt gegen Davle, wo wir um 10h bei Lederer eine Paprika essen werden, um 1/2 12 in Stechowitz mittagmahlen, von 2–1/2 4

das ist eine Feder von Sönnecken; die gehört nicht zur Geschichte

F

nach aneinander. Aber warte, ich zeichne es auf. Eingehängtsein ist so: Wir aber giengen so:

Wie gefällt Dir mein Zeichnen? Du, ich war einmal ein grosser Zeichner, nur habe ich dann bei einer schlechten Malerin schulmässiges Zeichnen zu lernen angefangen und mein ganzes Talent verdorben. Denk nur! Aber warte ich werde Dir nächstens paar alte Zeichnungen schicken, damit Du etwas zu lachen hast. Jene Zeichnungen haben mich zu seiner Zeit, es ist schon Jahre her, mehr befriedigt, als irgendetwas.

Liebste hast Du denn zu meiner geschäftlichen Tüchtigkeit gar kein Vertrauen? Versprichst Du Dir für den Kartographen gar keinen Nutzen von mir? Was ich

Úvaly. Celkový pohled.
Kleines Gabelfrühstück

Schirm zum Schutz
der Augen
Ottlas Zeichnung zum Beweis, daß ich einen Liegestuhl habe.
Der Becher ist nicht der heilige Gral, sondern ein Glas sauerer
Milch

129 (80%)

Ansichten aus meinem Leben

Und wie geht es Dir? Weihnachten bring Hefte und Bücher, ich werde Dich prüfen. Soll ich übrigens

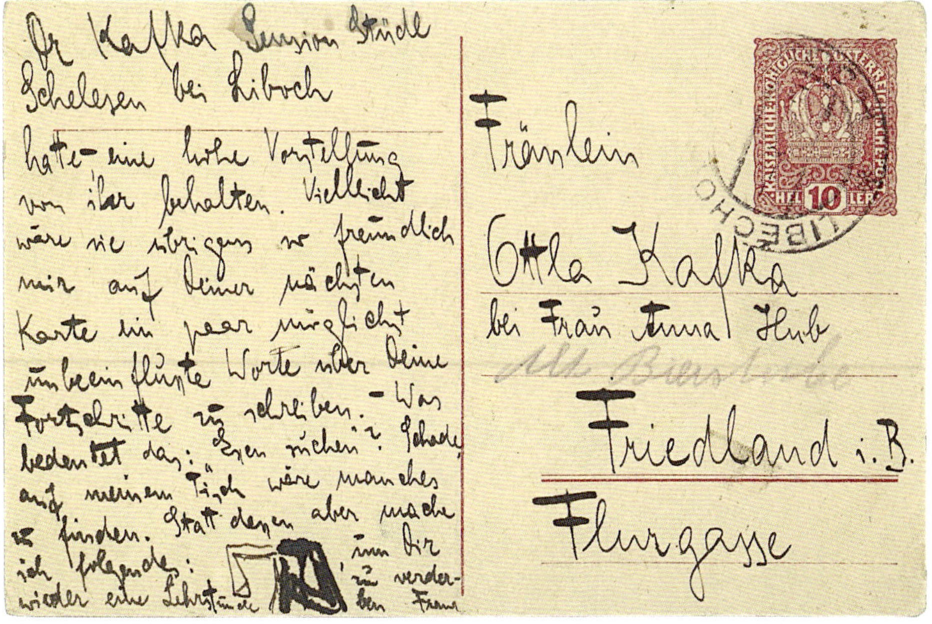

Dr Kafka Pension Stüdl
Schelesen bei Liboch

hatte eine hohe Vorstellung von ihr behalten. Vielleicht wäre sie übrigens so freundlich mir auf Deiner nächsten Karte ein paar möglichst unbeeinflusste Worte über Deine Fortschritte zu schreiben. – Was bedeutet das: Eier suchen? Schade, auf meinem Tisch wäre manches zu finden. Statt dessen aber mache ich folgendes: um Dir wieder eine Lehrstunde zu verderben Franz

Fräulein
Ottla Kafka
bei Frau Anna Hub
Friedland i.B.
Flurgasse

Warum mischst Du Gedichte auch in die Geschichten? Ich habe da vor mir auf dem Flugblatt noch eine Dich betreffende Zeichnung mit Blaustift von ihm.

sondern langweilig und ich vergaß es wieder. Wäre ich damals gleich zum Arzt gegangen – nun so wäre alles wahrscheinlich genau so gewesen, wie es ~~mit dem~~ ohne Arzt geworden ist, nur wußte aber damals niemand von dem Blut, eigentlich auch ich nicht und niemand hatte Sorgen. Jetzt hat aber jemand Sorgen, also bitte geh zum Arzt.

Die Zeichnung ist etwa so: ein schweres Bilderrätsel

Merkwürdig daß Dein Mann sagt, er werde mir schreiben das und das. Und schlagen und würgen? Ich verstehe das wirklich nicht. Ich glaube Dir natürlich vollständig, aber es ist mir so sehr unmöglich es mir vorzustellen, daß ich gar nichts dabei fühle, so wie wenn es eine ganz fremde ferne Geschichte wäre. So wie wenn Du hier wärest und sagtest: „Jetzt in diesem Augenblick bin ich in Wien und es wird geschrien und so" Und wir würden beide aus dem Fenster gegen Wien hin schauen und natürlich wäre nicht der geringste Anlaß für irgendeine Aufregung.

Aber doch etwas: Vergißt Du nicht manchmal wenn Du von der Zukunft sprichst daß ich Jude bin? (jasné nezapletené) Gefährlich bleibt es das Judentum, selbst zu Deinen Füßen..

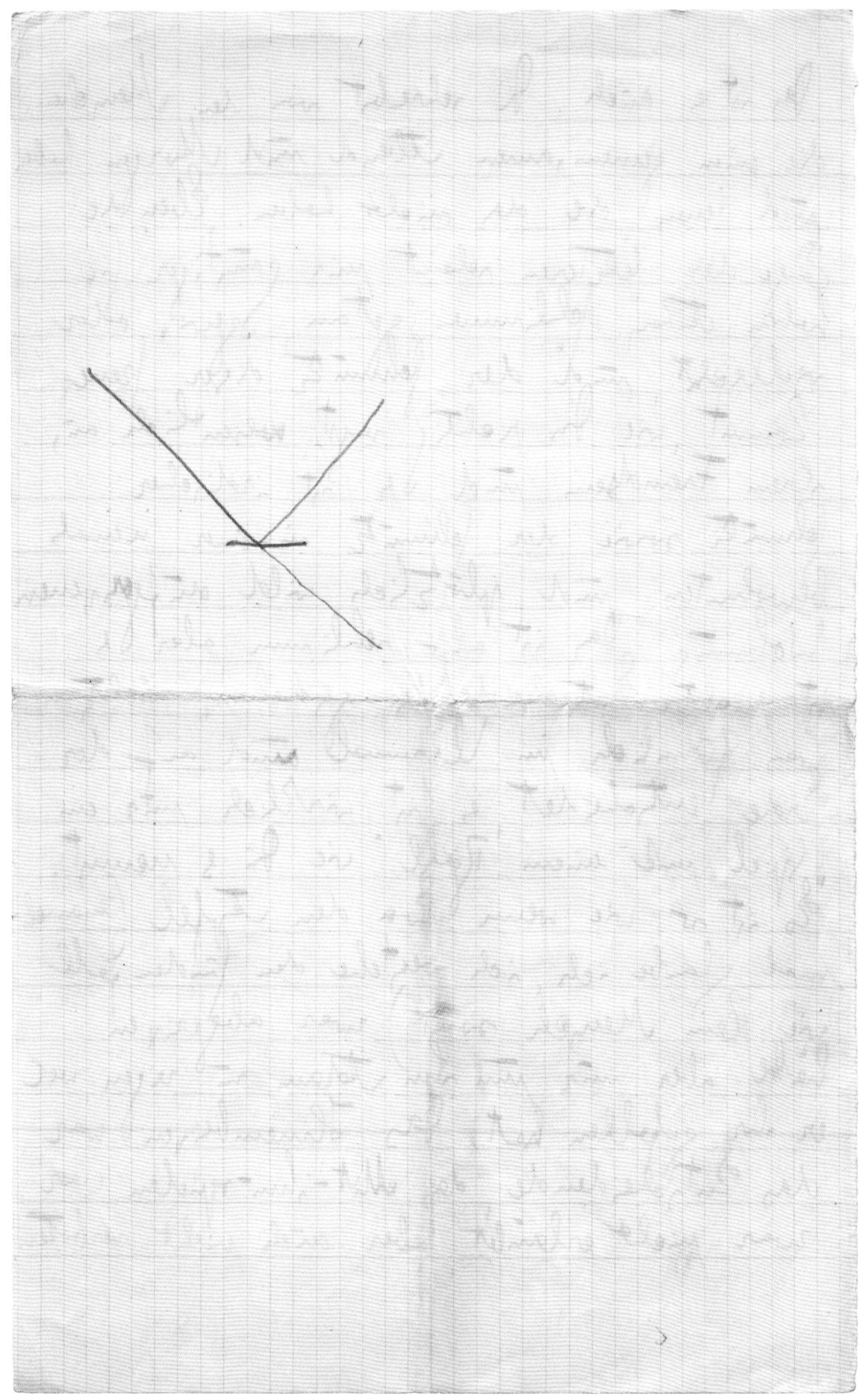

133 (95%)

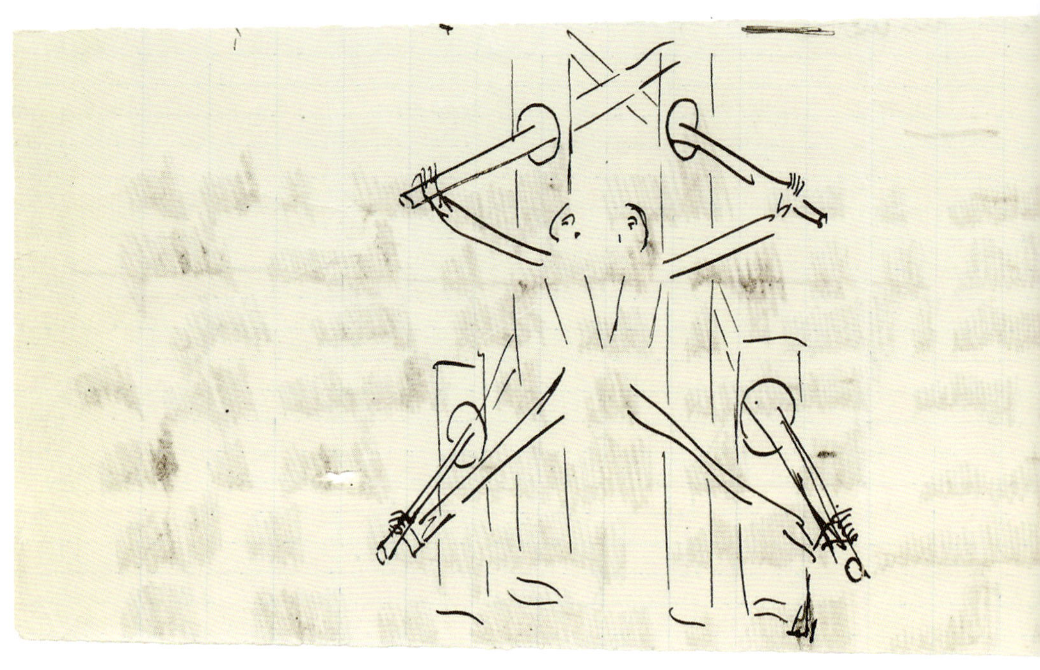

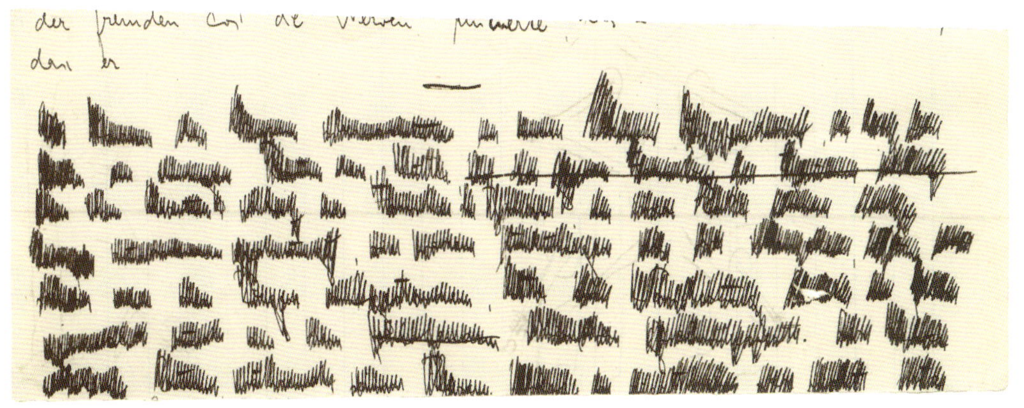

-2/1- [Mitte Januar?]

Liebster Max, noch ein Nachtrag, damit Du siehst, wie der „Feind" vorgeht, es sind ja gewiss unsere Gesetze aber es sieht fast wie nach anderen Gesetzen eingerichtet aus. Vielleicht verstehst Du als körperlich Unbeteiligter es besser.

Ich hatte das Balkon-Unglück bei weitem nicht überwunden, der obere Balkon ist zwar jetzt still, aber meine angstgeschärften Ohren hören jetzt alles, hören sogar den Zahntechniker, trotzdem er durch 4 Fenster und 1 Stockwerk von mir getrennt ist

Kaschauer
Zahntechniker
jetzt
Wohnung
ich
Stille nur manchmal gähnende Apothekersgattin
F

und wenn er auch ein Jude ist, bescheiden gewiss und gewiss keine bösen Absichten hat, ist er für mich durchaus der „fremde Teufel". Seine Stimme macht mir Herzbeschwerden, sie ist matt, schwer beweglich eigentlich leise, aber dringt durch Mauern. Wie ich sehe, ich muss mich erst davon erholen vorläufig stört mich noch alles,

5

日记和笔记本中的画，

1909—1924 年

Ich schreibe das ganz bestimmt aus Verzweiflung über meinen Körper und über die Zukunft mit diesem Körper.

Wenn sich die Verzweiflung so bestimmt gibt, so an ihren Gegenstand gebunden ist, so zurückgehalten wie von einem Soldaten, der den Rückzug deckt und sich dafür zerreissen lässt, dann ist es nicht die richtige Verzweiflung. Die richtige Verzweiflung hat ihr Ziel gleich und immer überholt (bei diesem Beistrich zeigte es sich, dass nur der erste Satz richtig war) meiner Leiter nicht einmal jene Sohlen zu Verfügung stehn. Es ist das natürlich nicht alles und eine solche Anfrage bringt mich noch nicht zum Reden. Aber jeden Tag soll zumindest eine Zeile gegen mich gerichtet werden wie man die Fernrohre jetzt gegen den Kometen richtet. Und wenn ich dann einmal vor jenem Satze erscheinen würde hergelockt von jenem Satze, so wie ich z. B. ~~letzte~~ Weihnachten gewesen bin und wo ich so weit war, dass ich mich nur noch gerade fassen konnte und wo ich wirklich auf der letzten Stufe meiner Leiter schien, die aber ruhig auf dem Boden stand und an der Wand. Aber was für ein Boden, was für eine Wand! Und doch fiel jene Leiter nicht, so drückten sie meine Füsse an den Boden, so hoben sie meine Füsse an die Wand.

4

14 früheste Jugend wird später hell wie die Zukunft
ist und das Ende der Zukunft ist mit allen
unseren Seufzern eigentlich schon erfahren und
Vergangenheit. So schließt sich fast dieser Kreis,
an dessen Rand wir entlang gehn. Nun dieser
Kreis gehört uns ja, gehört uns aber nur so-
lange als wir ihn halten, rücken wir nur einmal
zur Seite, in irgendeiner Selbstvergessenheit, in
einer Zerstreuung einem Schrecken, einem Erstau-
nen, einer Ermüdung, schon haben wir ihn
in den Raum hinein verloren, wir hatten bis-
her unsere Nase im Strom der Zeiten stecken,
jetzt treten wir zurück, gewesene Schwimmer,
gegenwärtige Spaziergänger und sind verloren.
Wir sind außerhalb des Gesetzes, keiner weiß es
und doch behandelt uns jeder danach.

15 II 15 Alles stockt. Schlechte unregelmäßige Zeiteinteilung. Die Wohnung verdirbt mir alles. Heute wieder die Französischstunde der Haustochter angehört.

16 II 15 Finde mich nicht zurecht. Als sei mir alles entlaufen, was ich besessen habe und als würde es mir kaum genügen, wenn ~~ich~~ es zurückkäme.

22 II 15 Unfähigkeit in jeder Hinsicht und vollständig.

25. II Nach tagelangen ununterbrochenen Kopfschmerzen endlich ein wenig freier und zuversichtlicher. Wäre ich ein Fremder der mich und den Verlauf meines Lebens beobachtet müßte ich sagen, daß alles in Nutzlosigkeit enden muß, verbraucht in unaufhörlichem Zweifel, schöpferisch nur in Selbstquälerei. Als Beteiligter aber hoffe ich.

1. III 15 Mit großer Mühe nach wochenlanger Vorbereitung und Angst gekündigt, nicht ganz mit Grund, es ist ja ruhig genug; ~~ich~~ habe bloß noch nicht gut gearbeitet und deshalb ~~die~~ weder die Ruhe noch die Unruhe genügend ausgeprobt. Gekündigt habe ich vielmehr aus eigener Unruhe. Ich will mich quälen, will meinen Zustand immerfort verändern, glaube zu ahnen, daß in der Veränderung meine Rettung liegt und glaube weiter, daß ich durch solche kleine Veränderungen, die andere im Halbschlaf, ich aber unter

auch schon einer den Waldweg herauf. Er trug ein lang-
gebrauchtes Kleid über der Schulter, hielt den Kopf zur
Brust geneigt und setzte ~~den~~ mit gebreiteter Hand den
Stock bei jedem Schritt weit von sich auf den Boden 246

—

14 Isaac verleugnet seine Frau vor Abimelech, wie
schon früher Abraham die seine.

—

Verwirrung mit den Brunnen in Gerar. Wiederholung eines Verses.

—

Die Sünden Jakobs. Prädestination in Esau.

—

Im trüben Sinn schlägt eine Uhr
Höre auf sie wenn Du eintrittst ins Haus

—

15 Er suchte Hilfe in den Wäldern, er sprang fast ~~schlug sich~~
durch die Vorberge, er eilte zu den Quellen der
ihm begegnenden Bäche, ~~wie ein Schwimmer~~ schlug er
die Luft mit den Händen, er schnaufte durch
Nase und Mund

—

19. IV 16 Träume und weine armes Geschlecht
findest den Weg nicht, hast ihn verloren
Wehe! ist Dein Gruß am Abend, Wehe! am Morgen

23

141 (80%)

Das Pferd wurde vorgeführt. Der 18
Mann zögerte. Die Frau schlug die
Augen auf als Zeichen der Zustimmung.
Von der Landstrasse her kam ein
Trupp Reiter. Man begrüßte einander.

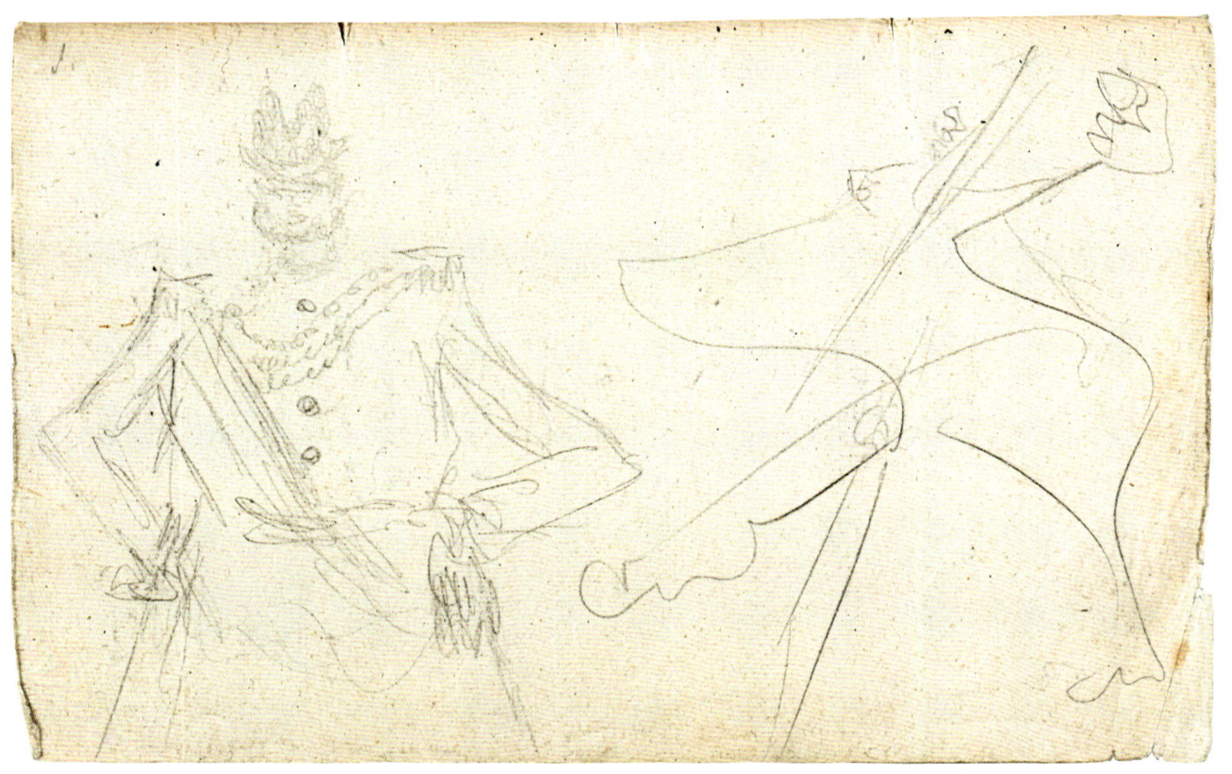

日记和笔记本中的画，1909—1924 年

MS. Kafka 23

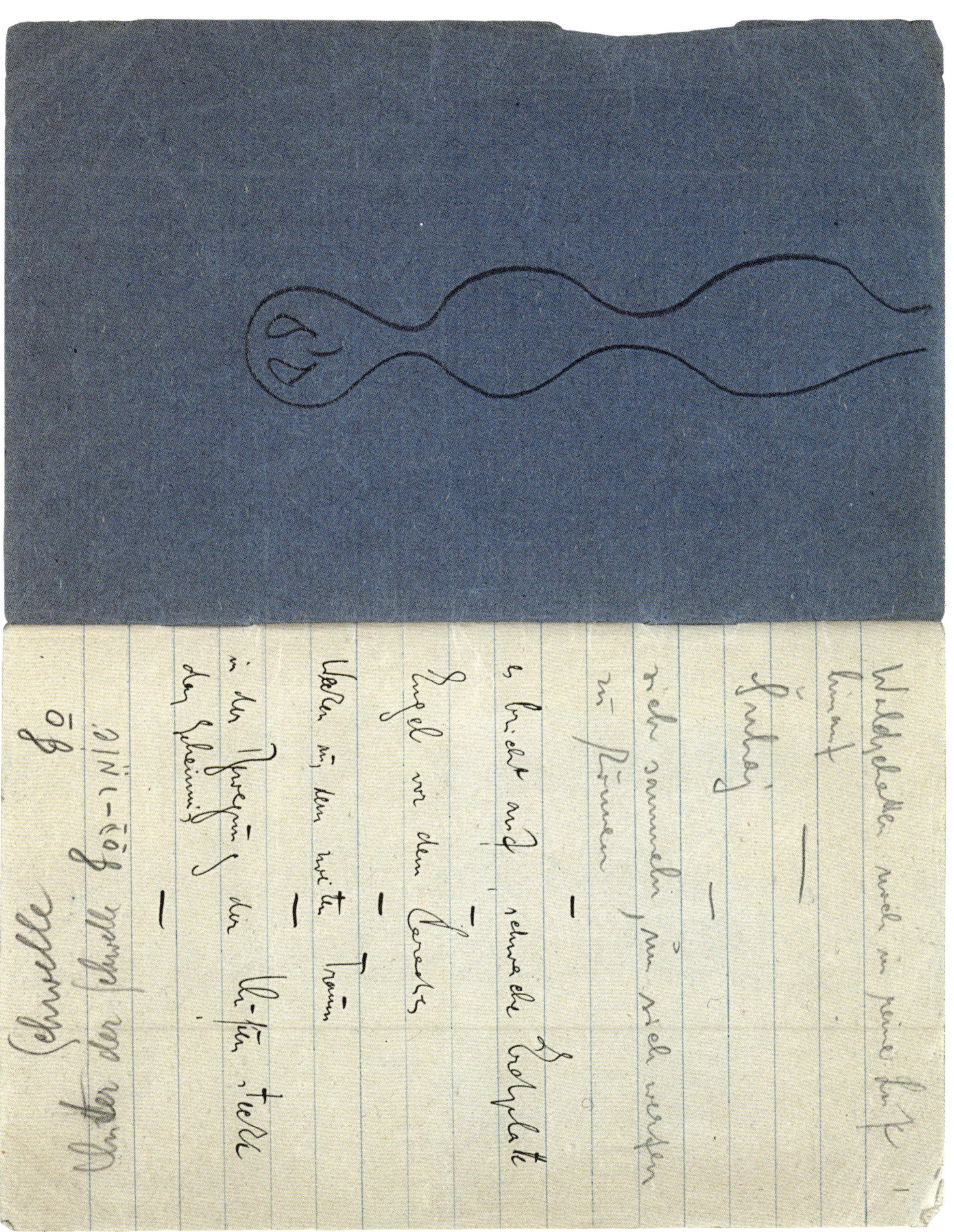

145 (92%)

6

带有图案和装饰的手稿，

1913—1922 年

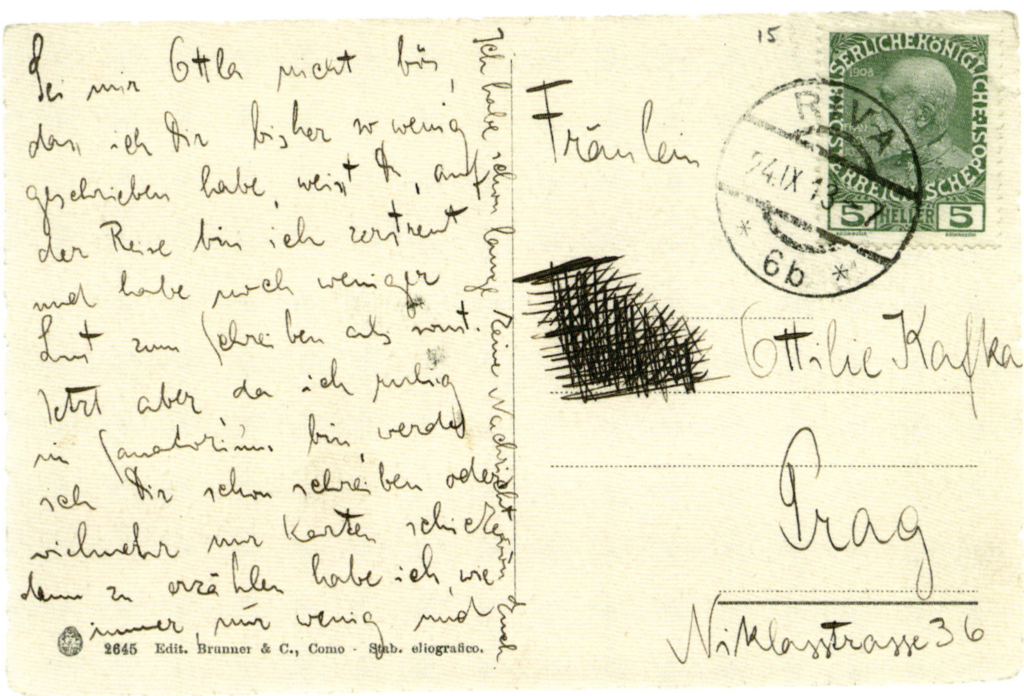
Sei mir Ottla nicht bös, dass ich Dir bisher so wenig geschrieben habe, weisst Du, auf der Reise bin ich zerstreut und habe noch weniger Lust zum Schreiben als sonst. Jetzt aber da ich ruhig im Sanatorium bin, werde ich Dir schon schreiben oder vielmehr nur Karten schicken, denn zu erzählen habe ich, wie immer, nur wenig und

Ich habe schon lange keine Nachricht von Euch

2645 Edit. Brunner & C., Como - Stab. eliografico.

15

Fräulein

Ottilie Kafka

Prag

Niklasstrasse 36

wieder. Vor ihm dehnte sich ein langer Gang, aus dem eine Luft wehte, mit der verglichen die Luft im Atelier erfrischend war. Bänke waren zu beiden Seiten des Ganges aufgestellt, genau so wie im Wartezimmer der Kanzlei, die für K. zuständig war. Es schienen genaue Vorschriften für die Einrichtungen von Kanzleien zu bestehn. Augenblicklich war der Parteienverkehr hier nicht groß. Ein Mann saß dort halb liegend, das Gesicht hatte er auf der Bank in seine Arme vergraben und schien zu schlafen, ein anderer stand im Halbdunkel am Ende des Ganges. K. stieg nun über das Bett, der Maler folgte ihm mit den Bildern. Sie trafen bald einen Gerichtsdiener – K. erkannte jetzt schon alle Gerichtsdiener an dem Goldknopf, den diese an ihrem Civilanzug unter den gewöhnlichen Knöpfen hatten – und der Maler gab ihm den Auftrag, K. mit den Bildern zu begleiten. K. wankte mehr als er gieng, das Taschentuch hielt er an den Mund gedrückt. Sie waren schon nahe dem Ausgang, da stürmten ihnen die Mädchen entgegen, die also K. auch nicht erspart geblieben waren. Sie hatten offenbar gesehn, daß die zweite Tür des Ateliers geöffnet worden war und hatten den Umweg gemacht, um von dieser Seite einzudringen. „Ich kann Sie nicht mehr begleiten“ rief der Maler lachend unter dem Andrang der Mädchen, „Auf Wiedersehn! Und überlegen Sie nicht zu lange!“ K. sah sich nicht einmal nach ihm um. Auf der Gasse nahm er den ersten Wagen der ihm in den Weg kam. Es lag ihm viel daran, den Diener loszuwerden, dessen Goldknopf ihm unaufhörlich in die Augen stach, wenn er auch wahrscheinlich niemandem auffiel. In seiner Dienstfertigkeit wollte sich der Diener noch auf den Kutschbock setzen. K. jagte ihn aber hinunter. Mittag war schon längst vorüber, als K. vor der Bank ankam. Er hätte gern die Bilder im Wagen gelassen, fürchtete aber, bei irgendeiner Gelegenheit genötigt zu werden, sich dem Maler gegenüber mit ihnen auszuweisen. Er ließ sie daher in sein Bureau schaffen und versperrte sie in die unterste Lade seines Tisches, um sie wenigstens für die allernächsten Tage vor den Blicken des Dir. St. in Sicherheit zu bringen.

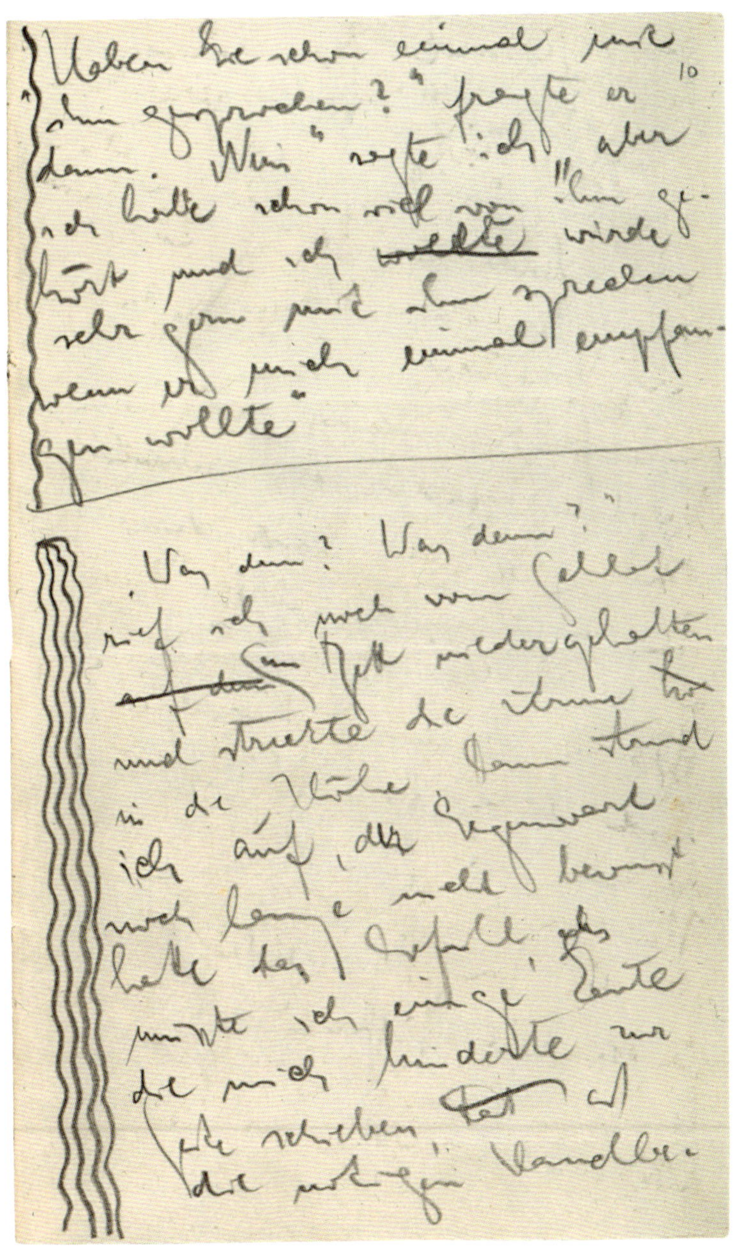

"Haben Sie schon einmal mit 10
ihm gesprochen?" fragte er
dann. "Nein" sagte ich aber
ich hatte schon viel von ihm ge-
hört und ich ~~wollte~~ würde
sehr gern mit ihm sprechen
wenn er mich einmal empfan-
gen wollte"

"Was denn? Was denn?"
rief ich noch vom Schlaf
~~auf dem~~ ins Bett niedergehalten
und streckte die Arme [illegible]
in die Höhe. Dann stand
ich auf, die Gegenwart
noch lange nicht bewusst
hatte das Gefühl, als
müsste ich einige Leute
die mich hinderten zur
Seite schieben ~~[illegible]~~ [illegible]
die nötigen Handbe-

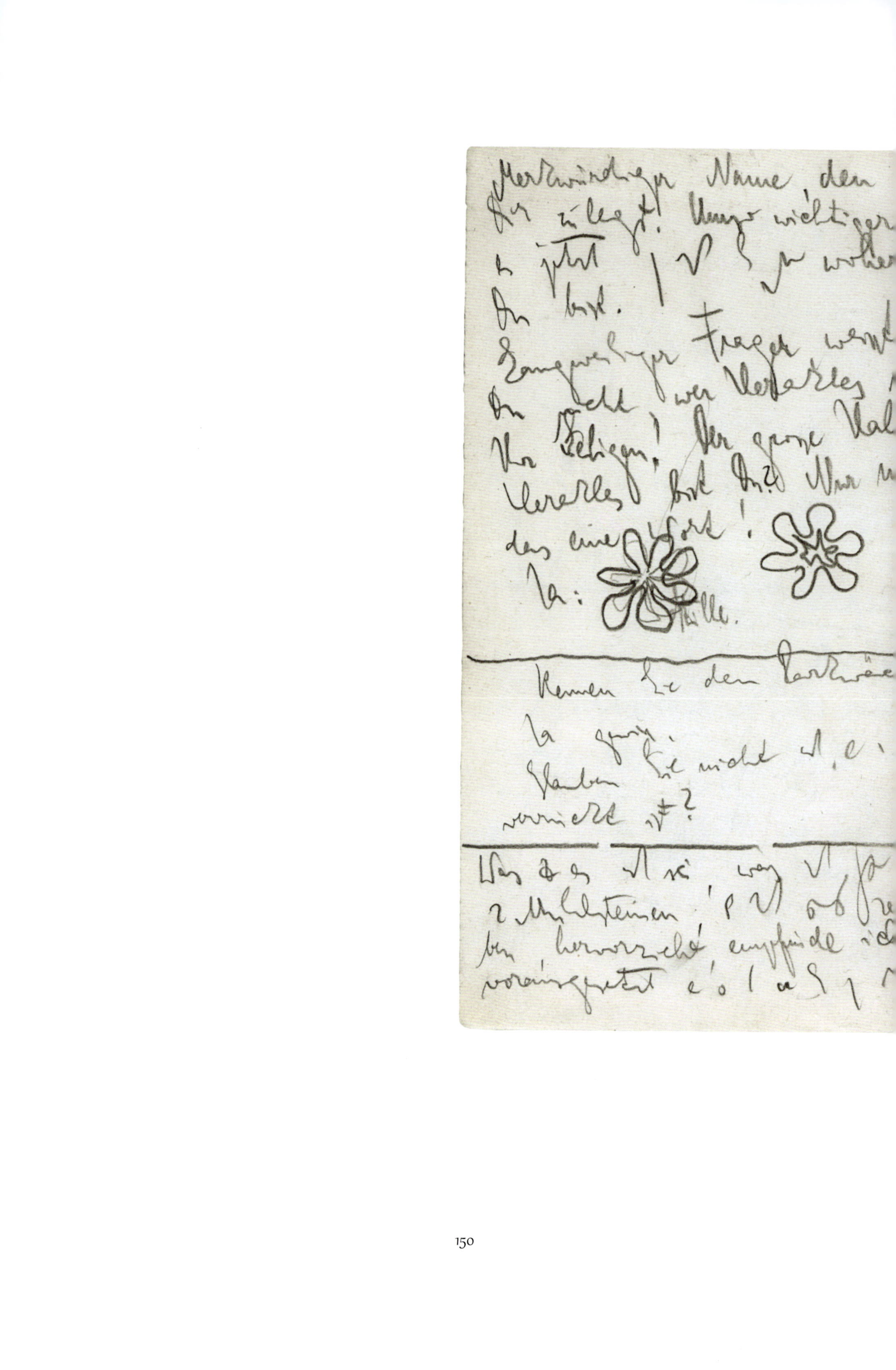

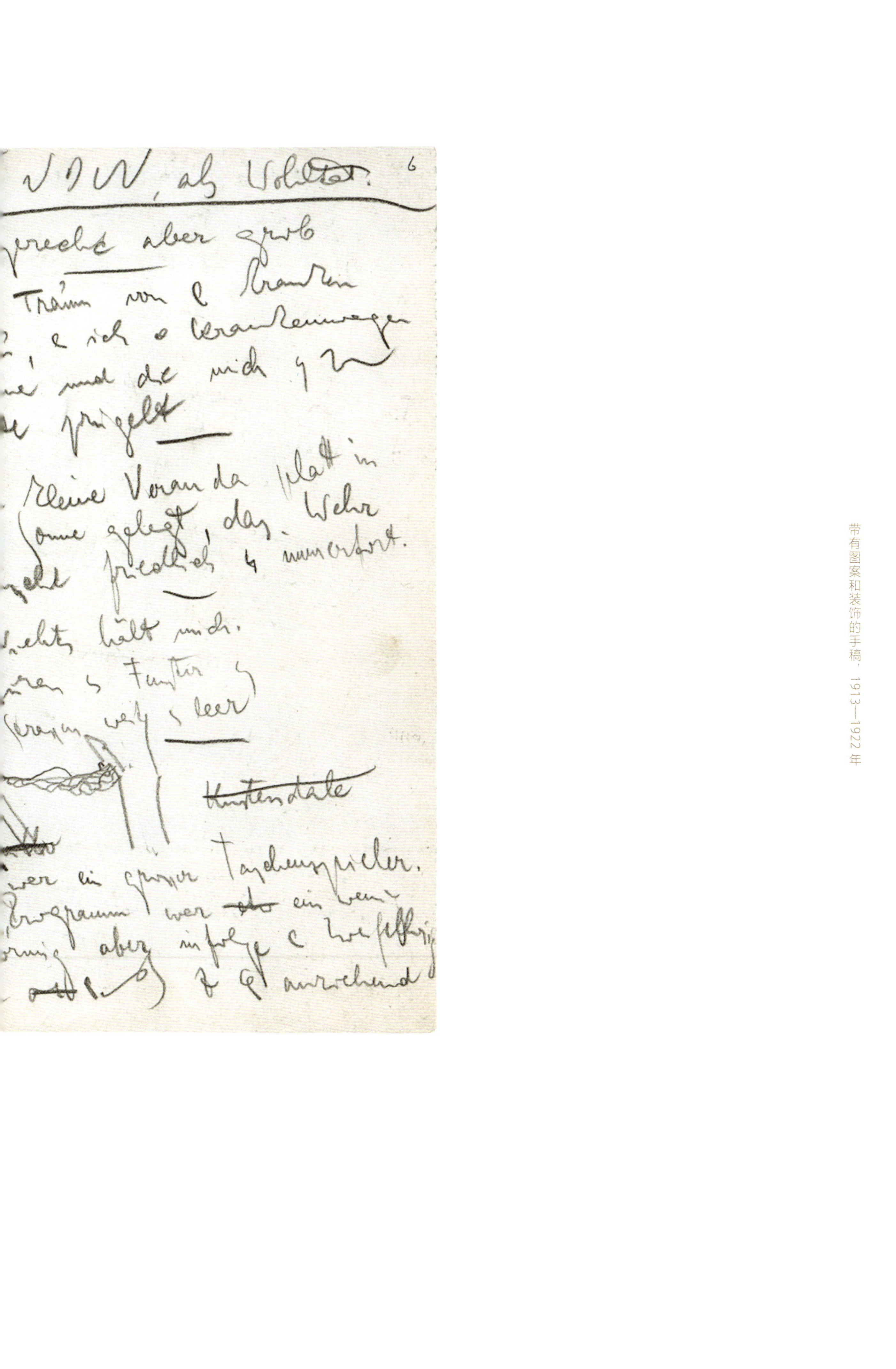

[illegible] 2

Ich weiß ~~[illegible]~~ [illegible]

Tiefer Raum ich

Falls ich in nächster Zeit ~~an~~ sterben ~~sollte~~ oder gänzlich lebensunfähig werden sollte – diese Möglichkeit ist groß da ich in den ~~vorletzten~~ ~~Nacht~~ letzten 2 Nächten starken Bluthusten hatte – so darf ich sagen, daß ich mich selbst zerrissen habe. Wenn mein Vater früher in wilden aber leeren Drohungen zu sagen pflegte: Ich zerreiße Dich wie einen Fisch – tatsächlich berührte er mich | √ Finger – so verwirklicht

Wenn ich berühre verfällt

Das Traumjahr war vorüber
Die Flügel der Vögel waren
schlaff
Der Mond entblößte sich
in kühlen Nächten
Mandel und Ölbaum waren
längst gereift

Die Wohltat der Jahre

Der Mantelnehmer

带有图案和装饰的手稿，1913—1922年

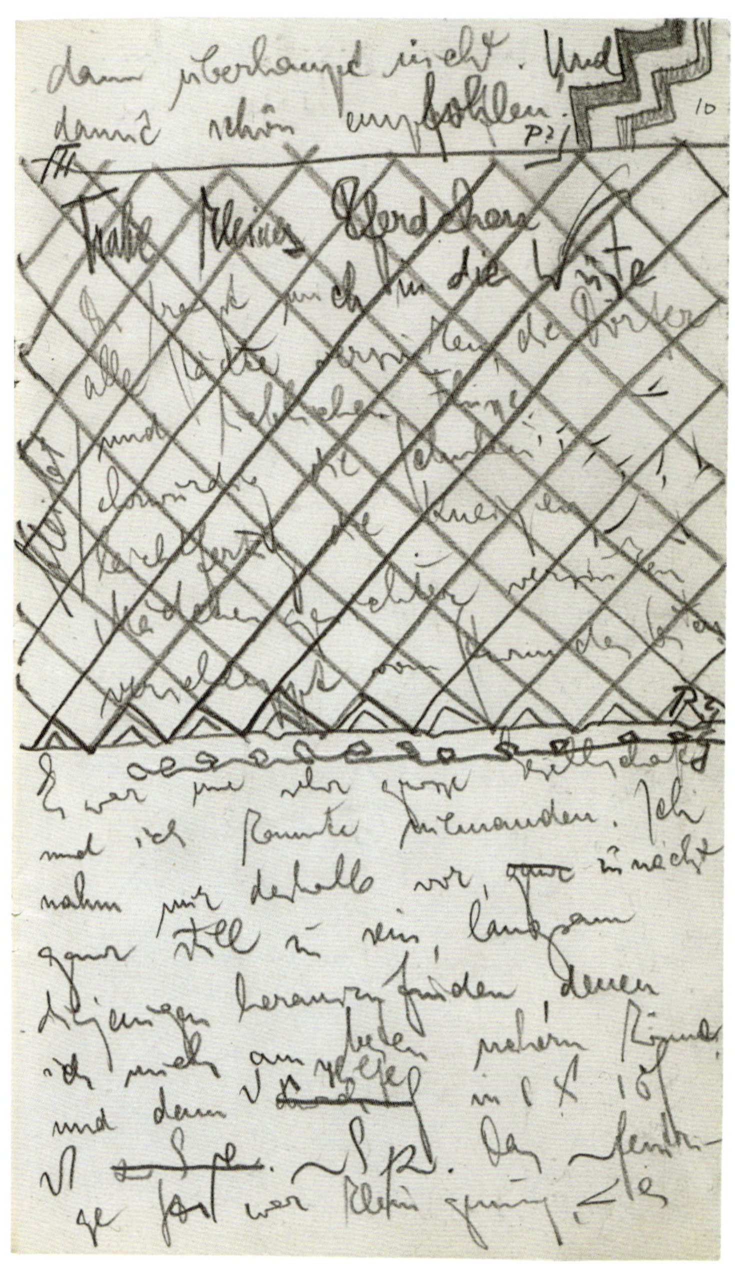

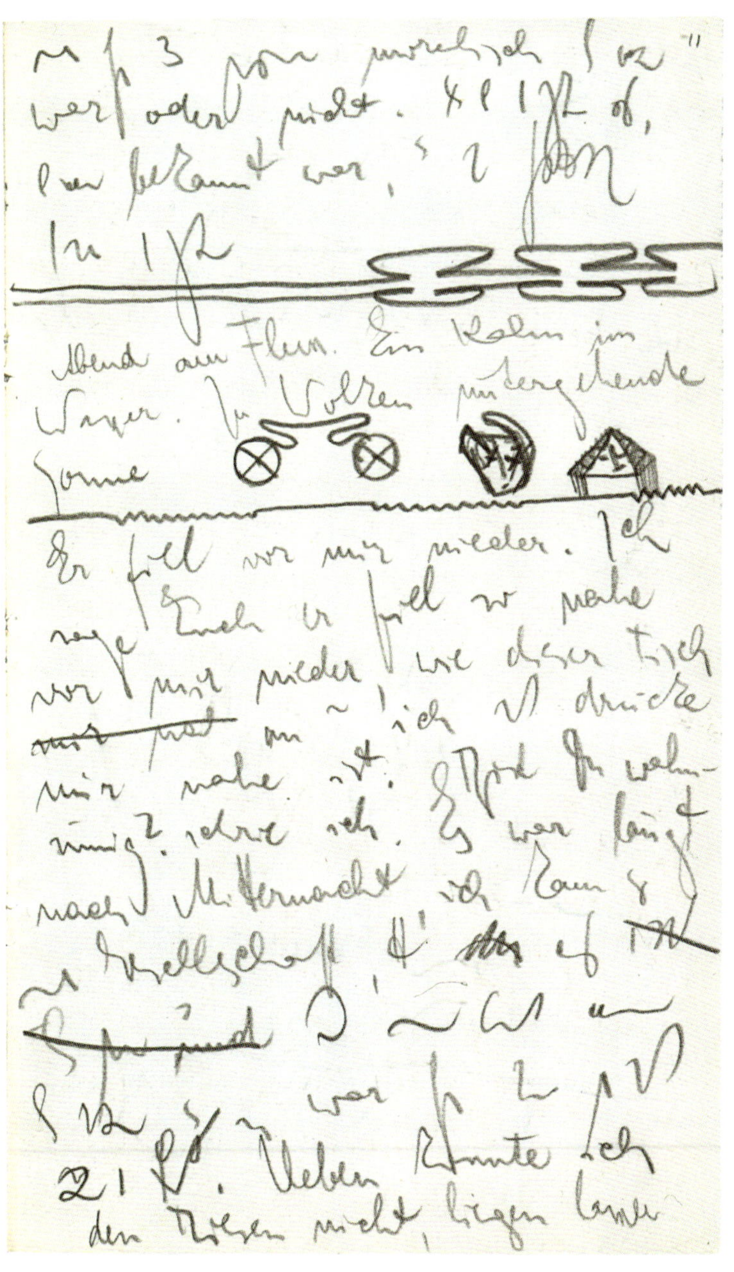

Süße Schlange warum bleibst Du so fern komm näher noch näher, genug, nicht weiter dort bleib! Ich für Dich gibt es keine Grenzen. Wie soll ich nur Herrschaft [illegible] anerkennst! [illegible] Ich beginne damit dass ich Dich bitte Dich zusammenzuringeln. Zusammenringeln sagte ich, Du streckst Dich. Verstehst Du mich denn nicht? Du verstehst mich nicht. Ich sage [illegible]: Zusammenringeln! Nein Du fasst es nicht. Ich zeige es Dir also hier mit dem Stabe. Zuerst musst Du einen großen Kreis beschreiben, dann

17

[illegible]. Wir sprachen über Geschäfte

A. Wohin ist er gegangen?

B. Er sagte er gienge zur Bank

A. Bitten bitten Dank

B. Dank?

A [illegible]

B. [illegible] noch ein [illegible] im Zimmer.

Diener: Sie sind da.

B. Bitte

V. M. B.

[illegible]

B. [illegible], herrlich, willkommen

Die Gräfin ist photographiert worden, sie steht mit ihrer Tochter und ihrem Sohn auf Rosenplatz vor dem großen dem Schloss

weil er fromm ist, sondern
weil er darauf abzielt, daß
sein Haus verschont bleibt P]

[H
Der Betrachtende dort im gewöhnlichen Sinne
der Mitlebende, er hängt sich
an den Lebenden, er sucht mit
dem Wind Schritt zu halten.
Das will ich nicht sein P]

[H
Leben heißt in der Mitte des
Lebens sein, mit dem Blick das
Leben sehn, in dem ich es er-
schaffen habe P]

[H
Die Welt kann nur von der
Stelle aus für gut angesehen
werden, von der aus sie ge-
schaffen wurde, denn nur dort wurde gesagt ~~denn nur von~~
~~dort kann~~ sie weg geht und nur von dort
aus kann sie verurteilt und
zerstört werden P] Ich nun daher

war es nicht, es war eine Pause in 27
der Vorstellung und die Deputation
ging daher ins Leere. Wo
wird sie enden? Wird sie
zurückkommen? Wird sie
rechtzeitig erkennen, wie die Dinge
stehn? Der Lehrer, der auch
teilnahm, tritt schon aus der
Gruppe und übernimmt den
großen Unterricht. Mit
kleinen Stecken schiebt er alles
unten
vom Tische hinunter, was dort war,
zieht ihn mit der Fläche nach
vorn als Tafel in die Höhe und
schreibt darauf mit einer
Kreide die Ziffer 1.

Wir tranken; das Kanapee
wurde uns zu eng, unaufhör-
lich drehten sich die Zeiger
der Wanduhr im Kreise. Der
Diener sah herein, wir
winkten ihm mit erhobenen

hauptsächlich verstehn zu können) ich sehe förmlich auch keinen Schmutz, nichts derartiges, was von außen reizt, ist da, aber alles, das von innen Leben bringt, kurz etwas von der Luft ist da, die man im Paradies vor dem Sündenfall geatmet hat. Nur etwas von dieser Luft, daher fehlt „touha" nicht, jene ganze Luft daher gibt es „Angst" nicht. — Nun weißt Du es also. Und darum hatte ich zwar „Angst" vor einer Gmündener Nacht, aber nur die „übliche" („ach es genügt die übliche") Angst, die ich auch in Prag habe, keine „besondere Gmündner Angst".

Und nun erzähl von Emilie, ich kann den Brief noch in Prag bekommen.

—

Heute lege ich nichts bei, erst morgen. Dieser Brief ist doch wichtig, ich will, daß Du ihn ungefährdet bekommst.

—

Die Ohnmacht es ist nur ein Zeichen unter andern. Bitte komm nach Gmünd bestimmt. Wenn es Sonntag früh regnet dann kommst Du nicht kommen? Nun ich bin also jedenfalls Sonntag vormittag vor dem Gmündner Bahnhof. Dein Franz 41 doch nicht stundenlang den Satz für mich aufsagen mit dem ich Dich begrüßen will.

Brauchst Du etwas, was ich Dir mitbringen könnte? Mit Deiner Erwähnung Staša's meinst Du daß ich zu ihr gehn soll? Sie ist aber doch kaum in Prag. (Wenn sie in Prag ist, ist es natürlich noch schwieriger zu ihr zu gehn.) Ich warte damit bis zur nächsten Erwähnung oder bis zum Mund. Staša sagte es übrigens soweit ich mich erinnere als etwas ganz selbstverständliches, daß Dein Vater und Dein Mann hätten miteinander gesprochen und öfters

Die Bemerkung über Laurin (was für eine Verdächtigung! – das ist nicht Ironie sondern Eifersucht und nicht Eifersucht sondern dummer Spaß) hast Du mißverstanden. Es war mir nur auffallend, daß alle Leute von denen er sprach entweder „Dummköpfe" oder „Gauner" oder „Fensterspringerinnen" waren, während Du einfach Milena und zwar eine sehr respektable warst. Das freute mich und deshalb habe ich Dir davon geschrieben und nicht etwa weil es Deine, sondern weil es seine Ehrenrettung war. Übrigens gab es um genau zu sein auch noch paar andere Ausnahmen, sein damals künftiger Schwiegervater, seine Schwägerin, sein Schwager, der frühere Bräutigam seiner Braut, alle die waren aufrichtig „herrliche" Menschen,

带有图案和装饰的手稿，1913—1922年

161 (75%)

Traurig lief die alte Magd vom Berg trug den Korb mit Äpfeln voll beladen,

—

Ich habe meinen Verstand in die Hand vergraben, fröhlich aufrecht trage ich den Kopf, aber die Hand hängt müde hinab, der Verstand zieht sie zur Erde. Sieh nur die kleine, bartenhäutige, aderndurchzogene, ~~[illegible]~~ faltenzerissene, breitädrige fünffingrige Hand, wie gut dass ich den Verstand in ~~[illegible]~~ unscheinbaren Behälter ~~[illegible]~~ [illegible]. Ferner ist es vorzüglich, dass ich zwei Hände habe. Wie im Kinderspiel frage ich: In welcher Hand habe ich meinen Verstand, niemand kann es erraten, denn ich kann durch Falten der Hände ~~[illegible]~~ den Verstand aus einer Hand in die andere übertragen.

—

Wiederum wiederum weit verbannt, weit verbannt.
Berge Wüste weites Land
gilt es zu durchwandern

—

Sieh nur sieh nur immer wieder [Klage] pfiff des bösen Mannes

Ein Wolkenring schwebend

Ich bin ein Jagdhund. Karo ist mein Name. Ich hasse alle und alles. Ich hasse meinen Herrn, den Jäger, hasse ihn

带有图案和装饰的手稿，1913—1922年

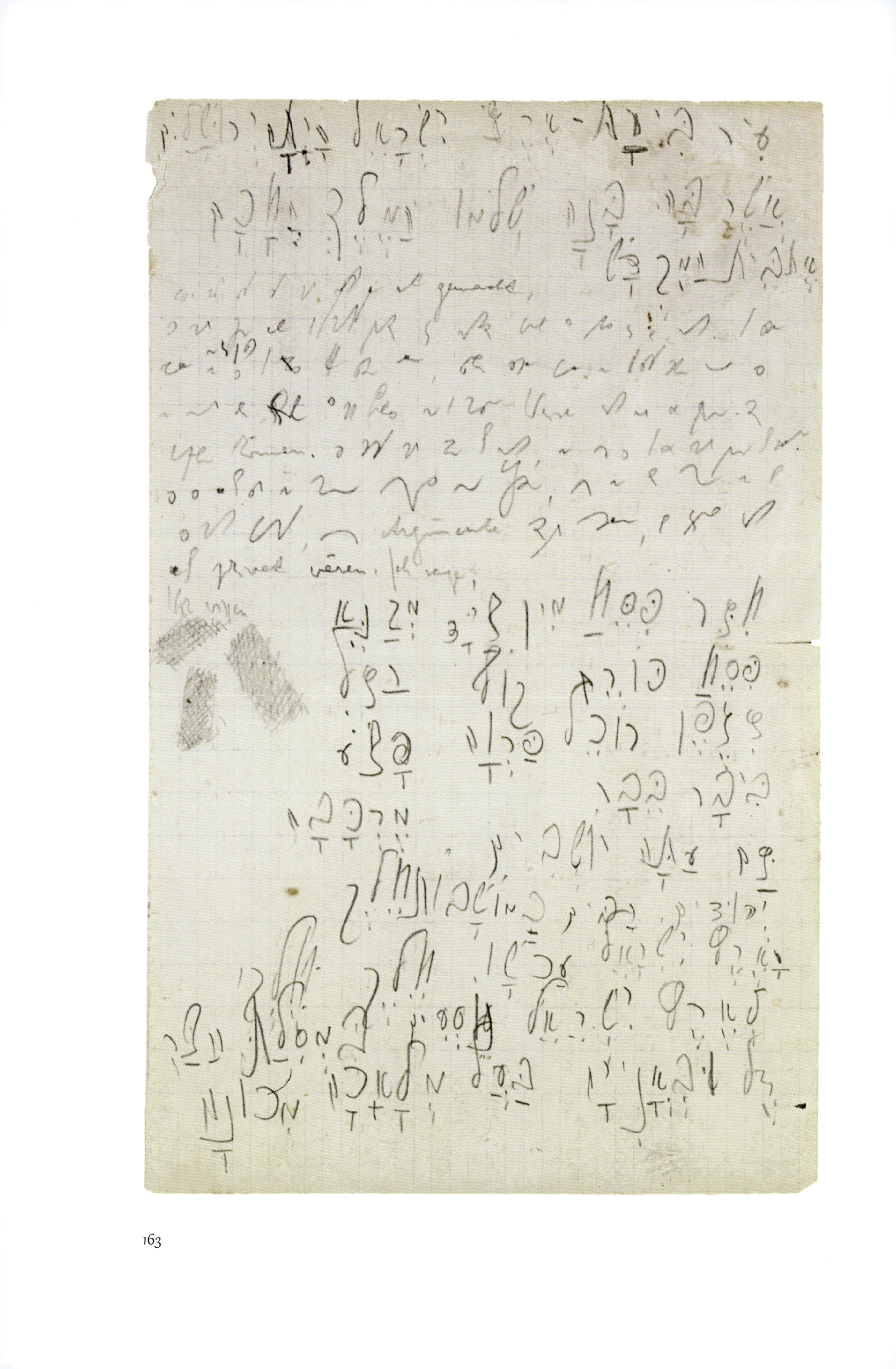

卡夫卡的绘画与写作

Zeichnen und Schreiben bei Kafka

安德烈亚斯·基尔彻

通过讨论卡夫卡的绘画及其与写作之间的关系，我们将在下文中试图达成两个基本目标：其一是对卡夫卡的画作进行历史性、传记性的分析，其二是对卡夫卡的画作进行美学和诗学上的编排。这两个目标将分为四个步骤具体落实。首先，历史和传记性分析的基础，在于卡夫卡早期对视觉艺术的兴趣，这种智识兴趣在他的余生中一直延续了下去；其次，卡夫卡自己的艺术实验清楚显现了这种兴趣，这主要发生在他的学生时代，但直到他生命的最后几年中还在零星地进行；第三，我们将主要从美学和诗学层面，首先从画作的角度，讨论这些绘画实践与写作的关系；第四，也是最后一点，这种关系必须从写作的补充角度被考虑——被视作文本和图像之间的张力。

人们通常认为，作为故事叙述者的犹太作家会将其他一切事情抛开——作为一个作家，他会将写作置于首位，因此拒绝图像，仿佛这是犹太人的天性。人们将这种观点套用在卡夫卡，以及其他犹太作家身上。而提出它的，是传播最广但最不可靠的一本卡夫卡传记资料，它巧妙地让卡夫卡自己说出了这一观点。[1]《卡夫卡谈话录》(1951 年) 记录了一段对话，是年轻的非犹太裔高中生古斯塔夫・雅诺施——卡夫卡一位同事 17 岁的儿子，于 1920 年左右与这位他最崇拜的犹太作家所进行的对话。据雅诺施自己所说，他将这些对话记录在了一个名为“思想库”的笔记本上，几十年后，1947 年，他以《弗朗茨・卡夫卡说……》为题，用捷克语“重现”了这些对话。

中文版为《阅读是砍向我们内心冰封大海的斧头：卡夫卡谈话录》，徐迟译，果麦文化 / 天津人民出版社，2021 年。另有赵登荣译本，收录于《卡夫卡全集 4》。——编者注

马克斯・布罗德于 1951 年在第一版德语版卡夫卡作品集中编录了这些对话。对话特殊的影响在于，它们被包括布罗德自己在内的卡夫卡的故交们视为可靠的资料，因此长期以来都是卡夫卡研究的重要资料来源。尤其是卡夫卡对于绘画的阐述，这方面内容他自己很少谈及，但在雅诺施的书中却占了不少篇幅，至今它们仍被援引，用来证明卡夫卡作为艺术家的自我认知。[2] 例如，雅诺施笔下的“弗朗茨・卡夫卡博士”曾提出这样一个观点，将犹太民族中的图像和文本、绘画和叙述精确地联系起来：“‘我们犹太人不是真正的画家。我们不能静止地描绘事物。我们总是看见它们在流动、运动、变化。我们是故事叙述者。’……然而，卡夫卡最后说：‘我们不谈这个了。一个故事叙述者不能谈论叙述。他要么叙述，要么沉默。这就是一切。他的世界要么开始在他身上发出声响，要么陷入沉默。’” [3]

本书有关卡夫卡的引文，包括其小说、书信、日记、谈话录片段，译文主要参考《卡夫卡全集》，叶廷芳等译，石家庄：河北教育出版社，1996 年。——译者注

如果仔细审视这番被认为出自卡夫卡之口的观点，就会发现它其实只是“犹太裔故事叙述者反对被视作艺术家”的一种陈词滥调罢了。这首先是基于《圣经》十诫中第二诫对“形象”的禁止(《出埃及记》20:1—6)，从中引申出犹太人没有能力从事此种艺术活动的论点。[4] 当雅诺施笔下的“卡夫卡博士”(他始终如此称呼卡夫卡) 如

此谈论犹太人时——“我们不能静止地描绘事物。我们总是看见它们在流动”，他还重述了另一种陈词滥调，即犹太人作为一个民族，无法与任何场域或土地建立联系，而这一点也适用于艺术再现的媒介与载体。雅诺施表示，图像不属于犹太人，因为图像具有太多空间上的根基；属于他们的更多是游牧式写作——载体是流动不定的，而“弗朗茨·卡夫卡博士”认为，这一问题不能在理论中被意识到，只能在叙事实践中被摸索认识。尽管关于犹太民族叙事的两条理论（它与图像的对立以及它的游牧性质）也可以在犹太现代主义学说中找到[5]，但在雅诺施借卡夫卡之口表述的观点中，它们是陈腐且漏洞百出的。

这尤其是因为，雅诺施笔下的卡夫卡常常与历史上那个真实的卡夫卡没有太多关系。书中的很多陈述，比如关于绘画的陈述，甚至与卡夫卡本人的观点截然相反。据雅诺施自己所说，他拒绝阅读卡夫卡的文学作品，因为他不想损害自己心目中卡夫卡的理想化形象——也可以说是扭曲的形象。[6]如果他仔细阅读过卡夫卡的作品，就会发现，卡夫卡并没有把写作和绘画放在这种民族或宗教的二元对立当中；相反，我们可以在卡夫卡的作品中看到这两种艺术媒介之间明确存在又充满张力的关系。

在这种背景下，以往对卡夫卡画作的解释，包括它们与写作之间的关系，都必须进行修正，不应当再将它们理解为写作的延伸，比如次要于文学作品的“插图”，虽然在直到最近的研究中，这种观点似乎仍被认为是理所当然的。[7]绘画和写作的关系应从绘画的角度加以阐明。与此同时，我们也需要对这一关系进行系统分析。这就需要公正地对待其中的两部分：图像——不仅要考虑其图像特质，也要将它视作一种写作的形式；文本——不仅要考虑其写作方面的特质，也要将它视作一种图像。一方面，这意味着要将卡夫卡的画作视为独立的图像；另一方面，画作也需要在它与写作的关系中被注意到。我们将清楚地看到，二者的关系在卡夫卡的作品中绝不是和谐的，文本和图像并没有组成诠释学上的统一体，也并不是“图像形象化地解释说明了文字”或“文字描述出了图像”这么简单。相反，文本和图像在卡夫卡的创作中总是处于彼此摩擦的状态：不是“看图写作”，而是图像与写作的结合。

通过讨论卡夫卡的绘画及其与写作之间的关系，我们将在下文中试图达成两个基本目标：其一是对卡夫卡的画作进行历史性、传记性的分析，其二是对卡夫卡的画作进行美学和诗学上的编排。这两个目标将分为四个步骤具体落实。首先，历史和传记性分析的基础，在于卡夫卡早期对视觉艺术的兴趣，这种智识兴趣在他的余生中一直延续了下去；其次，卡夫卡自己的艺术实验清楚显现了这种兴趣，这主要发生在他的学生时代，但直到他生命的最后几年中还在零星地进行；第三，我们将主要从美学和诗学层面，首先从画作的角度，讨论这些绘画实践与写作的关系；第四，也是最后一点，这种关系必须从写作的补充角度被考虑——被视作文本和图像之间的张力。因此，下文的阐述可以被理解为一种双重陈述：先是对卡夫卡绘画作品中的艺术意义进行阐释，从而引申出一种扩展的诗学，即在图像这一原初、基本的维度上对“写作的爱欲”进行补充。[8]

卡夫卡与视觉艺术

Kafka und die bildende Kunst

卡夫卡对艺术的兴趣在他于布拉格老城高中上学时就已经被唤醒形成了，并在就读布拉格德语大学时得到了进一步强化。[9] 他的高中同学们，包括他的童年好友奥斯卡·波拉克在这方面起了特殊作用。1901 年 7 月高中结业考试后，卡夫卡、波拉克和雨果·伯格曼开始一起学习化学，不过在接下来的专业学习中分道扬镳了：卡夫卡学的是法律，波拉克学的是考古学和艺术史，伯格曼学的是哲学。尽管如此，大学一年级的第一学期，卡夫卡仍然与波拉克保持着密切的联系，他们都对视觉艺术感兴趣。1902 年左右，卡夫卡开始给波拉克（后来成为研究文艺复兴和巴洛克艺术的专家）写信，把自己的作品初稿寄给他看。卡夫卡对美术的兴趣主要也是由波拉克唤醒的。

早在 1898 年，还是高中生时，波拉克就鼓励卡夫卡阅读费迪南德·阿芬纳留斯主办的《艺术守护者》杂志，卡夫卡随后在 1901 至 1904 年年中上大学时订阅了该杂志。[10] 这是 1900 年前后德语世界中重要的文学和艺术刊物，它受到尼采的启发，宣传古典和新浪漫主义的艺术思想，同时还宣扬生活改革思想。《艺术守护者》虽具有德意志民族倾向性，但绝不是只接纳如阿道夫·巴特尔这样倡导民族性的文学研究者（他非常反对“现代主义”）。相反，它接纳犹太作者，比如塞缪尔·卢布林斯基，后者于 1904 年写了《现代主义回顾》。无论如何，《艺术守护者》的美学思想对年轻的卡夫卡产生了影响，包括将美学思想扩展到“生活”“自然”“工作”“手艺”“民族”“家乡”等领域，这也是隶属于《艺术守护者》的艺术家组织“丢勒联盟”所提倡的。[11] 在 1937 年的卡夫卡传记里，布罗德也从卡夫卡写给波拉克的信中看到了这本杂志带给他的影响：“《艺术守护者》所传播的艺术作

生活改革运动在当时的德语国家中流行，主张回归自然，拒绝现代工业化的影响，提倡少穿衣物、素食等。——译者注

品和艺术价值带来的影响，可以在信件的每一个细节中被清楚窥见。”[12] 他引用了卡夫卡 1903 年 9 月写给波拉克信中的话来强调这一点：“艺术需要手艺，而不是手艺需要艺术。”[13]

甚至是卡夫卡在父母家（位于采尔特纳巷）房间中的陈设，也显示出了这种美学特征。《艺术守护者》曾大力提倡：“把自由的艺术带进你的家！”意指“高雅的画作复制品”和“石膏模型”。[14] 卡夫卡照此践行。值得注意的是，布罗德第一次描述卡夫卡带有艺术装饰品的房间，并不是在 1937 年的《卡夫卡传》中，而是在他于卡夫卡去世 4 年后创作的小说《爱的魔力王国》（1928 年）里，这是他第一次尝试用文字描述这位已故的朋友，将其具象化为小说人物理查德·加尔塔。关于他的房间，书中说：“这个房间……有一种‘临时未定’的气氛，非常简单的家具——床、衣柜、一张小小的旧书桌，上面有几本书和堆得乱七八糟的手稿。不能算是没法住，但对于那些追求传统装饰、舒适性的人来说，也许会觉得不太舒服。光秃秃的墙上只有两幅艺术品：一幅是《艺术守护者》中的印刷品，一名耕夫站在一片宽阔的犁沟前；另外一幅是小型古董浮雕石膏画，一位穿着纱衣的酒神女祭司跳着舞，挥舞着一只动物的残肢。”[15] 1937 年的传记只明确指出了《耕夫》是汉斯·托马的作品，他是《艺术守护者》的重要供稿人之一。[16]

卡夫卡是在另一位高中同学保罗·基希的帮助下得到这两件复制品的，后者从 1902 年的夏季学期开始在慕尼黑学习德语语言文学，卡夫卡于 1903 年秋天去拜访了他。卡夫卡从慕尼黑约翰·魏纳希特雕塑艺术及镀金制品工作室的经典浮雕仿制品销售目录中订购了那幅浮雕画。1903 年 2 月 7 日，他写信给慕尼黑的基希，想要把这份目录中的第 47 号商品作为生日礼物送给母亲，即多纳泰罗《施洗者约翰》（1457 年）的石膏像，并补充道：“我还想从魏纳希特那儿给自己买点东西，目录中编号 64 的跳舞酒神女祭司（象牙黄色）。”[17] 另外，基希在 1902 年夏天来布拉格时，从慕尼黑为卡夫卡带来了托马创作于 1897 年的蚀刻画《耕夫》的仿品。[18]

汉斯 · 托马,《耕夫》,蚀刻画,1897 年

《跳舞的酒神女祭司》,浮雕,公元前 5 世纪
(大英博物馆,卡夫卡从慕尼黑购买了复制品)

除了托马，毕德麦雅时期的画家路德维希·里希特也是《艺术守护者》的重要供稿人，卡夫卡很早就关注他了。卡夫卡有一本保罗·莫恩写的《路德维希·里希特》(1897年)，后来他还读了里希特的自传，正如他在1917年2月19日所写："今天读了一些……里希特的回忆录，看了一些他的画。"[19]此后不久，他将《路德维希·里希特的家园与人民》(1917年)题赠给了妹妹奥特拉的一位朋友。[20]里希特的事例不仅证实了《艺术守护者》主要的审美偏好与1900年前后出现的现代主义潮流相去甚远，它还表明，除了艺术作品本身，卡夫卡对艺术家的传记也很感兴趣，而这些传记的主题他非常熟悉，即为争取艺术在社会生活中的地位而进行存在主义式的奋斗。

布罗德的《爱的魔力王国》以小说的形式明确指出，在上文所说的这种双重意义上，艺术是加尔塔（即卡夫卡）及他同学们的主要兴趣。在现实中，像卡夫卡一样的法律系学生们只是把艺术作为辅修专业，但在小说里，它被提升为他们的主修专业。除了加尔塔，克里斯托夫·诺伊和盖斯特塔格也主修艺术，他们争夺着加尔塔的友谊。在这两个角色身上，融合了布罗德和波拉克的特征，而"诺伊"显然是维利·诺瓦克名字的缩写——他于1903年至1906年在布拉格艺术学院学习，与布罗德和卡夫卡相识。当克里斯托夫·诺伊逐步成为研究巴洛克风格的专家，撰写了一本关于吉安·洛伦佐·贝尔尼尼的书（这两点都与波拉克的经历相符）时，加尔塔（他因肺结核英年早逝，被活着的友人克里斯托夫尊为"圣人"）则据说"以艺术……为乐"。[21]

就这样，布罗德的小说暗示卡夫卡（像布罗德和其他人一样）在法学专业之外，还完成了艺术和文学研究的非正式辅修课程，而后者才是他真正的爱好。从1901年至1902年——他在大学的头一个学年里可以清楚地发现，卡夫卡不仅修习了法律课、德语文学课和哲学课，还修习了艺术课程，特别是艺术史教授阿尔温·舒尔茨的课程。卡夫卡上了舒尔茨有关"德国艺术史""建筑史""荷兰绘画史""基督教雕塑史""艺术史运动"的课。[22]尽管卡夫卡在1903年秋天就选择了法学专业，但他在

1905 年的夏季学期仍然听了“艺术史运动”课。

在大学四年里，卡夫卡首先是在学生团体之中追求他对文学和艺术只增不减的兴趣的。这一点从他参与“布拉格德语学生阅读演讲厅”举办的活动中就能清楚体现。1901 年 10 月，卡夫卡开始大学生活时就加入了该团体[23]，他主要参与的是“文学和艺术部”的活动，演讲厅的年度报告等资料记录了这些情况。卡夫卡与其他一些同学参与其中，不仅包括他当时的密友奥斯卡·波拉克，还有马克斯·布罗德（1902 年秋天，他在阅读演讲厅认识了卡夫卡[24]），以及画家马克斯·霍布。对他们来说，阅读演讲厅提供了一个展示他们真正兴趣爱好（文学，尤其是艺术）的舞台。从 1904 年秋天开始，阅读演讲厅迁到了克拉考街 14 号的新会所，

37

II. Wintersemester 1903—1904.

Im Wintersemester 1903—1904 entfaltete die Abteilung für Literatur und Kunst eine überaus rege Tätigkeit.

Sämtliche Vorträge waren sehr besucht, die Debatten anregend und lebhaft.

Namentlich erfreute sich die Veranstaltung eines Vorlesungszyklus heimischer Autoren des lebhaftesten Interesses seitens aller literarischen Kreise, wofür als der schönste Beweis der äußerst zahlreiche Besuch sämtlicher Vorlesungen anzusehen ist. Die Interpretation der — zum größten Teile ungedruckten — Dichtungen besorgten bestbewährte Vorleser.

Obmann: Herr Phil. Max Milrath.
Obmannstellvertreter: Jur. Alfred Utitz.
Literaturberichterstatter: Jur. Paul Soudek.
Kunstberichterstatter: Phil. Oskar Pollak.
1. Schriftführer: Techn. Arnold Spritzer.
2. Schriftführer: Phil. Viktor Freud.
1. Kassier: Jur. Arthur Lasch.
2. Kassier: Med. Leopold Pollak.
1. Preßreferent: Jur. Max Brod.
2. Preßreferent: Jur. Richard Sgalitzer.

Im Laufe des Semesters schieden folgende Herren aus der Leitung aus: Utitz, Soudek, Oskar Pollak, Sgalitzer.

An deren Stelle wurden gewählt:
Obmannstellvertreter: Jur. Max Brod.
Literaturberichterstatter: Jur. Rudolf Schwarzkopf.
Kunstberichterstatter: Jur. Kafka.
Preßreferent: Techn. Oskar Weil.

Vorträge:
1. Phil. Viktor Freund: Über Heyses „Maria von Magdala".
2. Phil. Paul Kisch: Über Schnitzlers „Reigen".
3. Ernst Limé: Über „Kunst und Weltanschauung".
4. Jur. Oskar Trier: Über „Maxim Gorki".
5. Jur. Richard Porges: Über Scheffels „Ekkehard".
6. Jur. Wilhelm Hahn: Über „Emerson".

Vorlesungszyklus heimischer Autoren.
1. Friedrich Adler.
2. Gustav Meyrink.
3. Hedda Sauer, Heinrich Teweles, Emil Faktor.
4. Paul Leppin, Oskar Wiener.
5. Eugen Lirsch, Fr. W. v. Oesterén.

阅读演讲厅第 55 次年度报告，1903 年

那里有一座专门配备的图书馆和一个礼堂。卡夫卡在那里发挥的积极作用，体现为他在1903年秋天接替波拉克成为所在部门的艺术记者。[25] 而一个学期之前，波拉克是从布罗德手中接过这个职位的，那时布罗德晋升成了“副主席”。

但甚至在这之前，早在1902年底，卡夫卡就已经在阅读演讲厅与艺术有了密切接触。1902年11月由“波希米亚◆艺术协会”在鲁道夫美术馆举办的布拉格画家、版画师埃米尔·奥利克作品大型展览是一个重要契机，该展览设有“来自日本”的部分，这部分特别设置了奥利克关于日本绘画的讲座，比如他在布拉格艺术和工艺博物馆主讲的《日本的艺术和生活》。[26] 奥利克对东亚的兴趣

◆波希米亚：捷克西部地区，广义上包括捷克全境，16世纪隶属于奥匈帝国，“一战”后成为争议领土，纳粹德国曾把该地区吞并为“保护地”，在此成立傀儡政权。——编者注

1902年布拉格鲁道夫美术馆举办的奥利克展览的展品目录（苏黎世联邦理工学院艺术收藏馆）

源于他 1900 至 1901 年的日本之行，这段在日本学习绘画和木刻技术的经历为他日后的创作带来了深远启发。在作品集《来自日本》（1904 年）中，他收录了这段时间创作的 16 幅作品，在布拉格的展览中，这些作品也以“来自日本”为主题展出。在展品目录中，86 号展品包含三幅木版画：《木刻家》《画家》《印刷者》，它们将艺术活动本身作为主题，奥利克在讲座和论文中也提及了这个主题。

在 1902 年 12 月 29 日的《布拉格日报》上，还可以看到奥利克就这一主题举办的早期讲座。这则报道题为《日本人的艺术》：“昨天，埃米尔·奥利克举办了他关于日本的第二场讲座。他的第一场讲座描述了这个古老文化民族的生活，而这次他转向了这一文化本身以及它最为成熟

埃米尔·奥利克，《木刻家》《印刷者》，1901 年，彩色木版画，1902 年在布拉格鲁道夫美术馆展出，收录于作品集《来自日本》（苏黎世联邦理工学院艺术收藏馆，1904 年）

的产物——它的艺术。他在这个话题上如鱼得水，他极具说服力的演说，不仅成功强调了日本绘画的本质及其对欧洲绘画的影响，也着重阐明了葛饰北斋、尾形光琳、歌川广重等日本著名艺术家的独特风格，现在他们的名字在欧洲也为人熟知了。”[27]

奥利克在布拉格的展览和讲座，特别是那些关于日本的，激发了演讲厅的学生们对艺术和文学的兴趣，尤其是马克斯·霍布、马克斯·布罗德、奥斯卡·波拉克和弗朗茨·卡夫卡。霍布从高中时就是布罗德的朋友，不久后就将去往布拉格艺术学院。1902 年 11 月 25 日，他在阅读演讲厅举办的讲座《埃米尔·奥利克的展览》中对奥利克大力赞扬。[28]

埃米尔·奥利克，《日本画家狩野友信》，1901 年，铜版画和彩色木版画，1902 年在布拉格鲁道夫美术馆展出，收录于作品集《来自日本》（苏黎世联邦理工学院艺术收藏馆，1904 年）

仅仅两周后，奥斯卡·波拉克在另一场题为《审美文化》的演讲中，将他们共同的热情提升到了更普遍的层面，这一点在会议记录中可以看到：“波拉克先生从埃米尔·奥利克的展览开始，谈到了我们这个时代中美学的匮乏……”[29]但这还不是全部：卡夫卡显然也极大地受到了奥利克“日本主义”[30]的启发，以至于宣称要在阅读演讲厅举办一场更具普遍意义的讲座《日本和我们》。[31]最终他并没有办成这场讲座，但仅从这一意图，我们就能看出一种明显具有《艺术守护者》倾向的艺术美学所造成的特殊影响。同一时期，奥利克也在他的讲座和文章中概述了这种创新美学，例如《论日本彩色木版画》（1902年）和《1900年6月的东京来信摘录》（后文1902年刊登于《德意志作品》，这份总部设立在布拉格的刊物被称为“波希米亚地区德国人的精神生活月刊”）。据奥利克所说，此种美学的特点不是“画作的写实效果”，而是由它“对本质的表现”所决定，或者更准确地说，就是纯粹主义和极简主义。在此过程中，绘画被简化为“粗略的速写”，甚至是“线条”。在奥利克看来，这种抽象化的过程也使绘画更像是写作：

> 手段越简单，艺术家工作时的注意力就越集中，作品也就因而更值得赞赏……这种技巧形成了一种风格：一种简约的风格。一般而言，创作一幅日本画的时间长度与创作我国绘画作品时所用的不同。它花在思考上的时间比较长，实际画的时间则比较短，因为画作往往是——最著名的画作尤其如此——仅由几笔构成的……我们的“为艺术而艺术”在日本并不为人了解，因为几乎每个人都有能力从这些粗略的速写中看到一些东西……日本人和中国人一样，他们看到了书写和绘画之间的亲缘关系，因此对“笔画”或者说“线条”的感知也更为强烈。[32]

奥利克认为，“粗略的速写”不仅在“线条”上与写作相关，而且与木版画相关，特别是彩色木版画。“木刻”是一种特别适合速写式绘画的复制过程，因为它能捕捉到画作“随手完成”的特质，并在不削弱它的条件下使它引人注目："毫无疑问，彩色木版画是再现日本速写的绝佳手段，这些速写都是用轻巧的手法草草绘成的。"[33]

这带来了一个问题：奥利克的作品将"日本主义"引入欧洲现代主义，与之融合，这多大程度上为卡夫卡的绘画（以及他的写作）在美学上指引了方向？无论如何，日本画建立在速写线条与书写中间界限上的特殊美学，显然在1902年底引起了卡夫卡的特别关注。无论是在文化上还是在艺术上，它都意味着对《艺术守护者》那种美学的一次重大拓展。相较《艺术守护者》中的那些田间沟壑和家庭田园诗，日本的"符号帝国"[34]（它倾向于抽象，倾向于线条和写作）在美学上要更加自觉和微妙，前者扎根于19世纪，尽管可以一直追溯到前现代时期。事实上，在卡夫卡的绘画中，"日本主义"美学比《艺术守护者》式的美学更加突出。日本绘画和印刷技术对卡夫卡的深刻影响，也可以从他1908年11月21日寄给布罗德的一张印有歌川广重画作的艺术明信片中得到印证，明信片的开头就是一句引人注目的话："我最亲爱的马克斯，我在这里亲吻你，在一张肮脏但却是我拥有的最美丽的风景明信片上，在所有人的注视之下。"[35] 直到1923年，卡夫卡还从他的出版商库尔特·沃尔夫当时的出版目录中订购了相关艺术书目，如奥托·菲舍尔的《中国山水画》（1922年）和路德维希·巴赫霍夫的《日本木刻大师的艺术》（1922年），还有乔治·齐美尔的《伦勃朗》和保罗·高更的自传《此前，此后》。[36]

在卡夫卡之后的学生时代中，"艺术"仍然是阅读演讲厅讨论的核心议题，包括艺术美学和艺术哲学讲座。例如在1904年1月6日，刚刚崭露头角的艺术理论家埃米尔·乌提兹，也是卡夫卡以前的同学，以笔名"恩斯特·利梅"发表了演讲《艺术与世界观》。[37]《布拉格日报》上的一篇评论以下述核心观点总结了这次演讲：仅靠科学无法创造"世界观"，正如乌提兹所展示的，"快速纵观古典、哥特、洛可可到现代主义的发展过程"，"艺术"是其中必不可少的。[38] 卡夫卡在1904年夏季学期成为演讲厅的文学记者后，继续参加演讲厅的艺术活动，包括一场由布罗德主持的、主题为"艺术作品风格之定义"的晚间辩论，讨论了是否存在"一种

卡夫卡 1908 年 11 月 21 日寄给布罗德的印有歌川广重画作的明信片（以色列国家图书馆）

客观的评判优秀风格的标准”，而这个问题显然无法得到肯定的答案。[39]

除了阅读演讲厅之外，还有另一个知识分子圈，这些对艺术和哲学感兴趣的学生也会在那里相互交流关于艺术的哲学观点。这个圈子就是“芬塔圈”，又叫“卢浮宫圈”，得名于他们的聚会地点“卢浮宫咖啡馆”。这是一个受到弗朗茨·布伦塔诺影响而形成的组织，核心人物是哲学爱好者、后来成为人类学家的贝尔塔·芬塔。卡夫卡在 1903 年初经奥斯卡·波拉克介绍加入。除了发挥主导作用的伯格曼以及埃米尔·乌提兹，卡夫卡以前的其他同学也在这个组织里。马克斯·布罗德和费利克斯·魏尔什也时常造访。贝尔塔·芬塔在 1904 年 12 月中旬的一篇日记中记录了这个圈子是如何从哲学角度讨论艺术的，那是对于阅读演讲厅辩论的一种延伸："最近，我一直在思考一个富有争议的美学问题：什么是艺术作品的形式，什么又是艺术作品的内容……在卢浮宫咖啡馆的哲学之夜上，我们与奥斯卡·波拉克和恩斯特·利梅（埃米尔·乌提兹）就这些问题进行过重要辩论。"[40]

卡夫卡很可能也参与了这场活动，证据之一就是他紧接着在1904年的新年前夜与波拉克一起表演了一出关于布伦塔诺哲学的讽刺剧。此外，他还与贝尔塔·芬塔的妹妹伊达·弗洛伊德有联系。1903年2月7日，卡夫卡给慕尼黑的保罗·基希写了一封提及她的信，称她"会画画，被称为弗洛伊德小姐"。[41]事实上，自1900年以来，伊达·弗洛伊德一直是积极参与妇女进步协会艺术和手工艺部门活动的画家，1904年后也是奥地利丢勒联盟艺术家分会的成员，并于1906年成为布拉格德国女艺术家俱乐部的共同创始人和积极分子。她也就绘画问题与卡夫卡进行了交流，并至少对他的一幅画进行了评论（参见39、40号作品）。[42]

卡夫卡对艺术、艺术史和美学的兴趣日益浓厚，又被学生时代的阅读进一步滋养。他的读物中，有相当一部分是关于艺术的杂志和专著。还是个学生时，他就购买了"艺术家专著丛书"中的几本，不仅有上文提到的关于里希特的著作，还有论述丢勒（1899年）、霍多维茨基（1897年）和列奥纳多·达·芬奇（1898年）的书。他将达·芬奇专著中的画作为绘画学习的范本（参见70号作品）。[43]除了《艺术守护者》，他还阅读了《新展望》，该刊物显然更倾向于现代主义，由艺术史学家奥斯卡·比伊编辑，卡夫卡在1904年初到1906年间订阅了这份刊物。他还找到了比伊的《社会交往》（1905年）和《现代绘画艺术》（1905年），在上面做了批注。[44]

即便是在1906年6月完成学业、取得法律博士学位后，卡夫卡仍以各种方式与艺术保持着密切联系。这从他进一步大量阅读相关书籍、观看展览、前往博物馆，并与艺术家进行私人交往中看得出来。在这段时期，扮演关键角色的不再是波拉克，而是布罗德——不仅是对卡夫卡，对布拉格的一整代年轻艺术家而言，他都是至关重要的。即使在1906年后，布罗德成了作家和记者，迅速在新领域站稳了脚跟，他也仍是年轻作家和视觉艺术家们的赞助人（在卡夫卡之前，他的赞助对象包括弗朗茨·韦尔弗），并让卡夫卡也在这份事业中扮演了积极角色。[45]许多书籍，例如卡夫卡和他一起订阅的藏书类杂志、弗朗茨·布莱的《猫眼石：艺术与文学刊物》（1907年）也对布罗德具有重要意义。这些书刊都清楚地表明，卡夫卡不仅仅关注年代更久远的艺术，如《法国大师选集》（1908年）中介绍的弗拉戈纳尔、罗普斯和蒙马特地区画家的画作，年轻的、同时代的现代艺术家的作品也出现在他的私人藏书中，通常是一些自传性的文本。例如，1911年12月，他研读了瑞士肖像画家卡尔·斯陶弗·伯恩的传记和信件，并在那个月上旬的几篇日记中提及了伯恩的悲剧人生；1917年12月，他阅读了凡·高的书信；后来的阅读书目还包括保罗·高更的自传《此前，此后》、奥古斯特·罗丹的《罗丹艺术论》（1920年），以及布罗德翻译的罗丹著作《法国大教堂》（1917年）等等。

弗朗茨·韦尔弗：奥地利作家、诗人，曾任库尔特·沃尔夫出版社编辑，是卡夫卡与布罗德的朋友。——编者注

布罗德还让卡夫卡接触到了布拉格的当代年轻艺术家们。最为重要的是，1907年他把卡夫卡介绍给了“八人组”。这个名字意指八位坚定投向现代主义的德国和捷克艺术家。卡夫卡之前就已经认识了其中的一些人，比如马克斯·霍布和弗里德里希·费格尔，他在1907年进一步加深了与维利·诺瓦克的交情。这个组织值得密切关注，因为布罗德一心想把卡夫卡作为一个画家介绍进来，强调他的画作。这件事清楚地表明，布罗德从1905年前后开始建立的关系网络，不仅决定性地促进了布拉格文学上现代主义的形成，还促成了艺术上的现代主义。在这一背景下“八人组”扮演了与奥利克的日本美学相似的角色，他们提供了一种新的、欧洲式的现代主义，一种摒弃了《艺术守护者》式美学，追求法国印象主义、表现主义及立体主义的美学倾向。

在艺术和政治上，“八人组”是波希米亚地区德国视觉艺术家协会

（以下称“协会”）的同类型组织，后者1895年从波希米亚地区德国作家和艺术家协会中分离出来，成为布拉格规模更大、存在时间更长的艺术家协会。与1907至1908年间昙花一现的“八人组”相比，协会主要聚集了德国艺术家，包括雨果·施泰纳-布拉格和理查德·特施纳，还有领军人物埃米尔·奥利克。[46]协会不仅组织了许多展览，成员还能出入波希米亚地区德国作家和艺术家协会的出版会所。他们还汇编了自己的丛书《绘画中的德属波希米亚》（1909—1912年），其中收录了20位艺术家的作品集。[47]协会成员还包括新浪漫主义作家奥斯卡·维纳和保罗·勒平，他们自称“布拉格青年”，并在自己的杂志（如《春天》，1900—1901年；《我们：德意志艺术刊物》，1906年）中，将文学和艺术结合起来。

1907年，当协会成员在文艺复兴咖啡馆聚会时，“八人组”则聚集在新开张的阿尔科咖啡馆。然而其中有些人，如霍布、诺瓦克和布罗德同时在两个圈子里活动。在布罗德身上，这种情况很明显：他不仅撰文评论了1907年“八人组”的第一次展览，大力称赞其为“现代主义的代表”，还在1908年4月对于协会的一次大型展览发表了影响深远的展评《文学与非文学的绘画》。我们后续会再讨论这两篇作品，它们对卡夫卡来说也至关重要。卡夫卡仔细阅读了这些评论，这一点可以从布罗德早期一篇关于艺术的文章中得到证实。这篇文章和上述文章一样，发表在柏林的《当代》周刊上，即于1906年2月刊出的艺术论文《论美学》。3月，卡夫卡以书面形式对其进行了评论，批评了布罗德“美与新同在”的理论。[48]

卡夫卡的艺术视野很快就扩展到了布拉格之外。1903年秋天前往慕尼黑时，他应该也参观了新绘画陈列馆。[49]一次穿越瑞士和意大利前往巴黎的共同旅行，在卡夫卡和布罗德身上留下了清晰的痕迹。[50]他们不仅都在旅行期间写了日记，还都画了画，这点将在后文讨论。这趟小型教育之旅的高潮部分，不仅包括前往米兰大教堂，还有1911年9月的两次参观卢浮宫。在卡夫卡的旅行日记中，他列出了一份卢浮宫艺术家和作品清单。这与卡夫卡及布罗德的一个幽默点子有关，他们想编写一本名为《便宜》的旅游指南。布罗德说：“弗朗茨是个不知疲倦的人，他精心编写这份新式旅行指南守则中的每一个细节，从中获得孩子般的快乐。这本指南会把我们变成百万富翁，最重要的是将我们从令人厌恶的办公室工作中解放出来。”[51] 在这份“百万富翁计划”的手写备忘录中，布罗德还提到了艺术：“昂贵的出游之后会迎来节约花销的日子（画廊）……去画廊，在节约的日子。只有几幅重要的画作。不过，在详尽的细节中，有教育意义（《艺术守护者》式的）。”[52] 卡夫卡的清单包括适合在该地点观看的艺术作品，从古典时期到巴洛克时期，其中有安德烈亚·曼特尼亚、提香、拉斐尔、委拉斯开兹、鲁本斯、雅各布·约尔丹斯的画作，以及两座标志性的古典主义雕像——《米洛的维纳斯》和《博尔盖西的击剑者》，他在日记中对其进行了详细描述。[53] 对艺术作品的观察和描述不仅是将图像实验性地转化为文字，因为伴随着这种转述过程的，是“目光”的多视角运动，从表层的正面视图转化为看似次要但对卡夫卡来说最为重要的后视图（背面视图）。这也与卡夫卡的画作相呼应（在此先预告），他用抽象的画笔反复重现着《博尔盖西的击剑者》及其中人物引人注目的姿态。

左、中：《博尔盖西的击剑者》（卢浮宫），公元前 1 世纪
右：卡夫卡笔下两个不同版本的击剑者，速写本，89、116 号作品（以色列国家图书馆）

《博尔盖西的击剑者》的正面样貌，不是它主要的样貌，因为它使观看者朝后退缩，是分散注意力的样貌。但从后面看，首先会看到置于地上的脚，你惊异的目光在这里沿着立得牢牢的腿，受到保护似的越过不可阻挡的背部飞向朝前举起的手臂和剑。[54]

从巴黎回来后，卡夫卡在 1911 年 9 月底认识了两位当代艺术家，阿尔弗雷德·库宾和库尔特·斯扎法兰斯基。两人都到布拉格拜访布罗德，而布罗德两次都邀请了卡夫卡。首先到访的是库宾，1912 年 1 月 28 日，布罗德在《布拉格日报》上发表了一篇内容详细、充斥着赞美语气的文章，回顾了这次会面。布罗德为库宾进行辩护，反对将他看作一个“单纯的”流浪者和颓废派。布罗德不仅称赞作为画家的他，而且在提到他的小说《彼岸》（1909 年）时，称赞他是一个梦幻又“恐怖”的诗人，并感叹道：

现在对我来说的高潮是：我见到了他本人，他在布拉格拜访了我，我发现，正如我所想象的那样，他不是传闻中所说的那个疲惫的、离不开咖啡馆的人，而是一个可爱、充满活力、健康的年轻人。涌动在他身上的上千个想法，即使每一个都是悲伤的，与世界的虚无和不可理解相关，却都没有指向阴郁的情绪；相反，无论是何种内容，通过他的创造和热情，都形成了一个明亮的主调。是悲伤的心，也是欢快的心。[55]

在这篇文章中，布罗德还提到了“第一个发现”库宾的人：出版商汉斯·冯·韦伯，他也是文学杂志《海伯利安》的出版者，卡夫卡的第一批作品[●]曾于 1908 年在该杂志上发表。1903 年，韦伯出版了《阿尔弗雷德·库宾作品摹本》，1902 年库宾的作品首次在柏林的布鲁诺·卡西尔画廊展出，这部作品集就在其后面世，确立了库宾梦幻而怪诞的画风。1908 年 1 月，布罗德亲自从出版商那里订

● 此处指散文集《沉思》中的作品。——译者注

购了这部作品集[56]，他对库宾的热情如果不是从前就有，也由此坚定地开始了。契机便是前文中提到的1908年2月在鲁道夫美术馆举办的波希米亚地区德国视觉艺术家协会展览，库宾的作品也在其中。布罗德在题为《文学与非文学的绘画》的展评中（它实际上是一篇艺术论文）为库宾做了辩护，以回应如下指责：库宾的画只是一种“文学—哲学式”的寓言，而不是纯粹的、“非文学的”装饰艺术。“同样，库宾（包含15幅精致印刷……摹本的阿尔弗雷德·库宾作品集，已由慕尼黑新兴、优质的汉斯·冯·韦伯出版社出版）除了蚀刻画外，无法以其他绘画形式再现自己的心境，人们因此不公正地把他的画斥为‘文学的’……我在库宾的作品中没有发现重大而明显的哲学意义，更多的是艺术……我要恢复库宾作为艺术爱好者群体中一分子的位置。”布罗德可圈可点地做到了这一

鲁道夫美术馆展览海报，卡尔·科斯特尔的版画，1908年2月

左：马克斯·布罗德日记中的阿尔弗雷德·库宾肖像，1911 年 9 月（以色列国家图书馆）
右：阿尔弗雷德·库宾，1904 年（B. 迪特玛摄）

点，他以作品集中的那幅蚀刻画《弱者》为例，声称它绝不可以被简化为一个关于“悲观主义”的寓言。相反，它代表了“一些可见的东西，线条组合成一个漫步的年轻人的形象，引发了一种无法用语言表达的情绪。这能被称为‘文学的’吗？”[57]

布罗德对库宾这次充满共情的公开支持也使两人走到了一起；从 1909 年开始，他们互相邮寄信件和书籍。例如在 1909 年 6 月 10 日，库宾表示他将寄给布罗德“著名的‘库宾作品集’（汉斯·冯·韦伯出版）”，作为对布罗德《诺尔内皮格城堡》（1908 年）的“回赠”，他不知道布罗德此前已经自行向出版商订购了该书。当布罗德向他说明这一点

左：《阿尔弗雷德 · 库宾作品摹本》，1903 年，布罗德买下的一本
右：《弱者》，蚀刻画，出自库宾的作品集

时，库宾在 8 月 6 日回信说：“既然您已经有了这部作品集，那我会在不久的将来给您寄一件原作。”[58]

这些交往为后来布罗德和卡夫卡在 1911 年 9 月同库宾的会面奠定了基础。布罗德第一次见到库宾时，卡夫卡还没有从旅行中归来；卡夫卡在路上多花了一个星期，住在苏黎世附近埃尔伦巴赫一所主打自然疗法的疗养院里。布罗德不仅用文字向卡夫卡转述了他们的会面，还在日记中画了库宾的肖像。卡夫卡也在日记中写到了他与库宾的会面。他同样对库宾的相貌和体态印象深刻。在卡夫卡看来，他就像普罗透斯[*]，“每一次他坐着、站起、只穿一套西服或外套时，看上去年龄、个头和体格都显得各不相同。”[59] 对库宾来说，这次会面的首要目的是去见自己的“公开发言人”布罗德。为了表示感谢，他特地为布罗德准备了一幅画，这应该就是他信中提到的“原作”，卡夫卡一

[*] 普罗透斯：希腊神话中经常变换形体的海神。——译者注

阿尔弗雷德·库宾给马克斯·布罗德的画，1911 年 9 月

定也看到了。这幅画描绘了两个怪异的人物，戴着帽子，将他们畸形的身体隐藏在优雅的资产阶级衣着之下。

对卡夫卡和库宾来说，这次会面也是他们相互熟识的开始。零星的信件证明了这一点，比如卡夫卡在 1914 年 7 月 22 日给库宾一张明信片的回信中含糊地写道："也许某一天我会找到合适的语言来说明你的作品对我的意义。"[60] 1966 年，布罗德在回顾这段往事时强调："卡夫卡和我后来一直与阿尔弗雷德·库宾保持着友好关系。"[61] 1922 年春天，一个机会到来了：库宾的作品再次在鲁道夫美术馆展出，这次是作为"朝圣者"展览的一部分——"朝圣者"这一艺术家团体包括约斯特·皮茨、安东·布鲁德和奥古斯特·布鲁姆赛，以及 1920 年共同加入的其他人，是"布拉格分离派"的前身。库宾和奥利克作为嘉宾受邀出席展览，布罗德虽然在展评中主要关注了"神秘主义者"布鲁姆赛，但

他也把库宾和布鲁姆赛联系起来，认为他们处于“遥远的两极”：“库宾总是画出物质世界的恐怖……而另一边，布鲁姆赛则描绘灵魂的恐怖。”[62] 卡夫卡也参加了展览的开幕式，并在 1922 年 4 月 7 日的日记中描述了其中一些作品，如布鲁德的《裸体小姑娘》、皮茨的《坐着的农家姑娘》，特别是库宾创作于 1920 年的《童话公主》，人物“裸身躺在长沙发上，目光朝着打开的窗子；赫然出现的风景，表现出来自由自在的气氛”。[63] 卡夫卡和库宾的关系已经被讨论过许多次[64]——与其说是建立在童话的基础上，不如说是幻想式的，正如库宾 1932 年为卡夫卡的《乡村医生》绘制的一套六幅钢笔画所展示的那样。

1911 年 9 月与库宾会面后，布罗德又立即安排了卡夫卡与另一位当代艺术家会面，这同样给卡夫卡留下了深刻的印象。库尔特·斯扎法兰

左：阿尔弗雷德·库宾，《童话公主》，石版画，1920 年
右：阿尔弗雷德·库宾为卡夫卡的《乡村医生》绘制的钢笔画，1932 年

斯基携同库尔特·图霍夫斯基一起从柏林前来拜访布罗德。经布罗德介绍，斯扎法兰斯基刚刚为弗朗茨·韦尔弗的处女作《世界之友》(1911年)绘制了插图，现在受雇于布罗德的出版商阿克塞尔·容克，为图霍夫斯基"给恋人的绘本"《莱茵斯贝格》(1912年)做出版筹备工作。正如卡夫卡在日记中指出的那样，斯扎法兰斯基是"伯恩哈德的学生"(卢西恩·伯恩哈德是阿克塞尔·容克手下的图书设计师)。显然，就像卡夫卡在日记中所写，斯扎法兰斯基在卡夫卡面前画了肖像——而卡夫卡再次提及了他描述库宾时说过的"变形"：斯扎法兰斯基"在观察和作画的时候龇牙咧嘴，表情一如他所画的内容。这使我想起，我也有着强大的、不为人知的变形能力"，尤其是因为心中"陌生的存在"必须保持"不可见"状态，"就像隐藏在拼图碎片背后的图像"。[65]

考虑到布罗德和卡夫卡的兴趣所在，以及他们与视觉艺术的关系，这里很难将他们各自的情况分开说明。关于卡夫卡自己的绘画，重点需要放在他早期的作品上。不过针对他后期的经历我也会进行一些补充，比如他对雕塑家弗朗特斯克·毕勒克的兴趣。卡夫卡在1922年给布罗德的信中，针对这种兴趣做了类比："在我看来，如果我理解得准确，这将等同于一场为雅纳切克所做的斗争(我几乎写成了'一场为德雷福斯所做的斗争'❖)。"[66] 此处至少还应该提到卡夫卡生命晚期的一个插曲——当时卡夫卡为一场展览写了评论文章。1921年4月，患有肺结核的他在高塔特拉地区的温泉小镇马特里亚利经历了一次不寻常的会面，他在给妹妹奥特拉的信中记述了这件事。卡夫卡描述了住客中的一位"总参上尉"，起初他"非凡的滑雪技巧"引起了卡夫卡的注意，后来则是因为他所做的另外"两件事"："一是作铅笔和水彩画，一是吹笛子。每天固定的时辰内，他会在室外作画，在另一固定时辰内去他的小房间里吹笛子。"卡夫卡不仅与这位名叫安东·霍卢普的军官交谈，还看着他作画。他调皮地写道："如果我在他作画时看见他，便会夸他几句，况且他的手法确实不坏，属于业余爱好者中好的或很好的。"[67] 在卡夫卡对这位作画军官的相貌描述中，他接受过艺术训练的眼光也显现了出来，他拿两个

❖ 雅纳切克：捷克作曲家，前半生怀才不遇，直到被马克斯·布罗德发掘，成为音乐大师。德雷福斯：法国犹太裔军官，1894年被误判有叛国罪，此冤案在社会上引发激烈争论，以左拉为首的知识分子们撰文为德雷福斯辩护，抨击当时的反犹氛围。卡夫卡认为布罗德为雅纳切克所做的努力堪比左拉等人为德雷福斯所做的斗争。——编者注

标志性的意象与军官做类比：一个是席勒，另一个是卢卡·西诺雷利绘于奥尔维耶托大教堂的壁画《最后的审判》（1499—1502 年）中复活的死者：

……没法尽述其详。也许我可以试着描写他的外貌：每当他在街上散步时，总是挺着腰板，悠闲缓慢地踱着步子，总是把眼睛望着洛姆尼策山顶，风衣随风飘动，有几分像席勒。如果你走到他的近旁，瞥见他那张瘦削多皱的脸（皱纹是因为吹笛子产生的），以及他那苍白的木头色皮肤，加上那段脖颈和全身都像木头一般干朽，令人忆起从墓堆中爬出来的死者（就像西诺雷利笔下的人物……）[68]

来自马特里亚利的合影。这是 1921 年 6 月卡夫卡寄给父母的明信片，图中有疗养院的工作人员和住客，卡夫卡坐在前排右二，罗伯特·克洛普斯托克为后排右二站立者（克劳斯·瓦根巴赫档案馆）

但卡夫卡打趣这位作画军官的兴头还不止于此。当霍卢普想在疗养院内办一场自己的水彩画展览时，卡夫卡和另一位住客——医学专业的学生罗伯特·克洛普斯托克（他和卡夫卡成了朋友，卡夫卡在信中称他为“医学生”）对这位军官的举动做了讽刺的评论：“他（那位军官）突然有了一个梦幻的想法，要将画作——不，太大了，我的意思是内心方面。简而言之，他举办了一场展览，这位医学生在一份匈牙利报纸上写了一篇评论，而我在一份德语报纸上写了一篇，这些都是秘密进行的。”[69] 事实上，卡夫卡的讽刺评论被当地的《喀尔巴阡山邮报》转载了：

> 来自马特里亚利的报道。此地目前正在举办一场安东·霍卢普的小型“塔特拉[●]画作”展览，值得大家热情关注。在这些水彩画中，我们偏爱带有夜晚心绪、昏暗严肃的那些……然而，这些都不及他的钢笔画为人称道，那细腻的笔触、独特的视角，以及深思熟虑的构图——时而像木版画，时而更像蚀刻画，有相当令人尊敬的艺术成就……[70]

● 塔特拉是喀尔巴阡山脉的最高峰。——译者注

这不仅仅是卡夫卡对画作的幽默评论。卡夫卡对那些“塔特拉画作”的描述也揭示了他自己作为画家及作家的美学偏好：“昏暗严肃”、素描式的特征，甚至是与印刷技术的相似之处——这使人想起奥利克对于日本木版画的一条重要洞见：图像与写作有相似性。

作为画家的卡夫卡

Kafka als Zeichner

在 1913 年 2 月 11 至 12 日写给未婚妻菲莉斯·鲍尔的信中，卡夫卡描述了一场梦。触发这场梦的，是菲莉斯先前对 1912 年 8 月他们在布拉格第一次见面的回忆。卡夫卡写到，在他的梦中，他们俩走在布拉格的老城广场上，“比仅仅挽着手臂靠得更近”，但随后他在描述脑海中的这个场景时碰了壁：“天啊，将我想象中不挽臂、不明显地和你紧紧走在一起的景象描述在纸上是多么难啊。”[71] 紧接着，他又说：“我该怎么去描述我们在梦中是怎么走的呢？”[◎]随后他找到了一个办法，不是描述，而是作画：“等一下，我把它画出来。挽臂是这样：（画），但我们走起来是这样：（画）。”

[◎] 此处卡夫卡写道：“通常的挽臂是两人的胳膊接触于两点，我们的肩膀和胳膊则完全靠拢在一起。”引自《卡夫卡全集 9》，叶廷芳等译，石家庄：河北教育出版社，1996 年，第 260 页。——译者注

这种摆脱困境的方式表明，在试图描述一个形象——一个梦中的形象时，绘画比写作令人惊讶地更具有优势。另外，这种对绘画出人意料的转向，让他有机会在更早的画作中展现某种比其他类型的作品更直接的东西：

> 你喜欢我的画吗？你也许不知道，我曾是一个出色的画师，只是后来跟一个拙劣的女画家按部就班地学画，埋没了我的才能。你想想看！不过总有一天我会给你寄几张过去的画作，你便有笑料了。作这些画是多年以前，它们当时给了我无与伦比的满足感。[72]

卡夫卡在 1913 年提及的早期绘画尝试（“多年以前”）指的是他学生时期的事，信中的措辞赋予了这项事业极大的重要性：绘画给了他“无与伦比的满足感”。那位给卡夫卡上课的“拙劣的女画家”是谁，我们无

从知晓。[73] 尽管如此，这封信还是进一步说明了在 1901 至 1906 年的学生时代，以及 1907 年他在地方高等法院担任法律实习生直至秋天期间，卡夫卡在多么认真地练习绘画。虽然大量现存的画作没有注明日期，但很明显，布罗德收集和流传下来的那些画作就是在这一时期完成的。大约有 150 幅创作于这一时期的作品被保存了下来。

值得注意的是，布罗德在 1902 年秋天结识卡夫卡时，很清楚卡夫卡在画画，却不知道他也在写作。他在《卡夫卡传》中强调了这一点：“我与卡夫卡交往了几年，却不知道他在写作。”[74] 然而，布罗德在得知卡夫

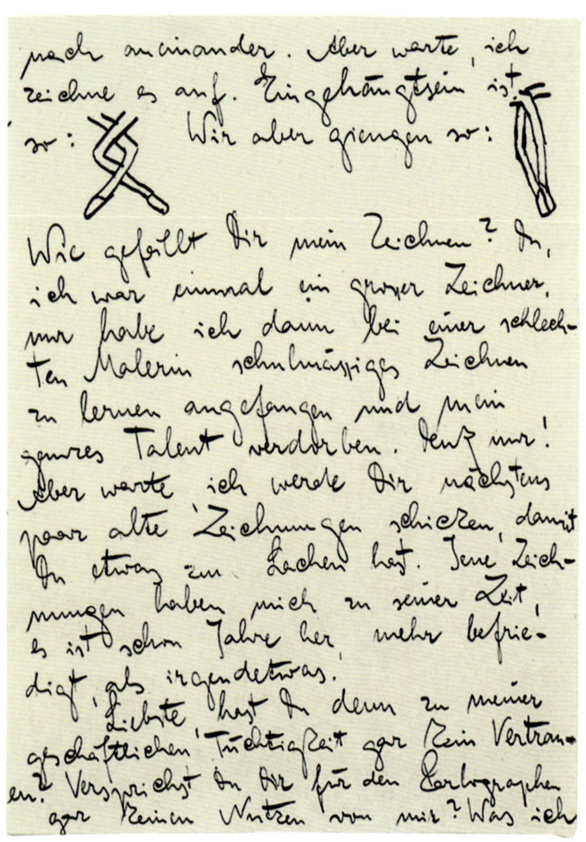

nach einander. Aber warte, ich zeichne es auf. Eingehängtsein ist so: Wir aber giengen so:

Wie gefällt Dir mein Zeichnen? Du, ich war einmal ein grosser Zeichner, nur habe ich dann bei einer schlechten Malerin schulmässiges Zeichnen zu lernen angefangen und mein ganzes Talent verdorben. Denk nur! Aber warte ich werde Dir nächstens paar alte Zeichnungen schicken, damit Du etwas zu lachen hast. Jene Zeichnungen haben mich zu seiner Zeit, es ist schon Jahre her, mehr befriedigt, als irgendetwas.
Liebste, hast Du denn zu meiner geschäftlichen Tüchtigkeit gar kein Vertrauen? Versprichst Du Dir für den Parlographen gar keinen Nutzen von mir? Was ich

卡夫卡写给菲莉斯 · 鲍尔的信，1913 年 2 月 11 至 12 日，
私人收藏（副本来自《卡夫卡作品、书信和日记权威注释版》）

卡对绘画的兴趣后十分兴奋，甚至注意到了这个比自己大一届的同学留给他的课堂讲义中，那些画在空白处的草图。讲义被印刷在胶版纸上，“边角处装饰着奇异的图画。我小心翼翼地把这些有趣的图案剪下来，这为我收集卡夫卡的画作奠定了基础”[75]（参见 14~19 号作品）。

布罗德在他 1948 年的著作《弗朗茨·卡夫卡的信仰与学说》的附录中更为详细地回顾了这些情况。[76] 和卡夫卡 1913 年 2 月写给菲莉斯的信一样，这些都是关于卡夫卡早期绘画最重要的历史证明。在相隔了整整 40 年之后，布罗德宣布他在收集卡夫卡的画作——甚至先于收集那些文学手稿，同时也暗示卡夫卡还有其他被销毁的画作：

> 他（卡夫卡）对自己的画作甚至比对他的文学创作更加漠不关心，或者说更有敌意。那些我没能挽救的东西就永远消失了。我让他把那些“乱画的涂鸦”送给我，或者说我是从废纸篓里把它们捡出来的——是的，还有一些是我从他法学课笔记的页边空白处剪下来的，这些非法印刷的“笔记”是我从他那里“继承”的（因为他比我高一级）。[77]

在回顾往事时，布罗德还提出了一条值得注意的诗学理论。他称卡夫卡（正如他对库宾的评价）具备一种艺术上的“双重天赋”，认为卡夫卡的画作和写作是以很类似的完成方式的。“目前还没有人认为有必要去关注卡夫卡的双重天赋，即探究他的绘画才能和叙事才能的相似之处。”布罗德将这一相似性具体化为现实主义与幻想主义的对照关系：“就像在文学创作中一样，卡夫卡在绘画中也是一个自觉的现实主义者……同时他也是一个幻想世界的创造者。”[78] 布罗德认为，在卡夫卡的绘画和写作中，外部世界和内部世界都同样在一种“矛盾”的“关系”中相连。

实际上，1948 年有关“双重天赋”的论述并不是布罗德确立卡夫卡画家地位的首次尝试，早在卡夫卡开始绘画创作的时候，布罗德就已经在这样做了。为此，他把卡夫卡介绍给“八人组”，即前文所说的成立于1907年、由八位年轻艺术家组成的团体：马克斯·霍布、弗里德里希·费格尔、维利·诺瓦克、乔治·卡尔斯、奥塔卡·库宾、埃米尔·费拉、博胡米尔·库比斯塔和安东·普罗查兹卡。他们中的一些人正在布拉格美术学院学习视觉艺术，另一些人曾在那里上过学，但后来离开了。在美学上，他们坚决追寻欧洲的，特别是法国的现代主义——与当时布拉格美术学院中盛行的现实主义截然对立。他们访问了巴黎和柏林等城市，其中费格尔在1905年前往巴黎旅行，并在1906年再度去往那里。1905年，成立于1887年的马内斯视觉艺术协会在布拉格举办的“爱德华·蒙克展”助长了“八人组”反自然主义的态度。1907年春天，他们在弗里德里希·费格尔、维利·诺瓦克和埃米尔·费拉的领导下举办了自己的展览。展览没有在波希米亚地区德国视觉艺术家协会的惯用场地——鲁道夫美术馆中举办，而是如布罗德所说，选择了“一个不起眼的、碰巧空着的、仍有灰泥味道的新建商业场所”。[79] 4月17日的《布拉格日报》以《八人展》为题发表预告：“明天，4月18日星期四，八位年轻艺术家的作品展将在位于柯尼希斯霍费尔巷16号的布拉格一号大楼内开幕。展品包括霍布、费拉、费格尔、普罗查兹卡、诺瓦克、库宾以及库比斯塔的画作。”

布罗德在学校时就认识了其中一些艺术家，“八人组”中的其他成员则是他在阿尔科咖啡馆认识的，这家咖啡馆配有图书室和阅览室，很快就成为他们最喜欢的聚会场所。布罗德还前去他们的工作室拜访，正如他在发表于1907年5月的评论《布拉格之春》中所写的那样：“我被带到他们的小工作室里，在他们的画作前度过了愉快的时光，而这些画正在一场小型展览中被展出……许多的初春时光就挂在这几面墙上。”[80] 在“春天！春天！”这兼具热情洋溢的艺术性及政治意图的欢呼中，布罗德不只是在赞美“德国人和捷克人”如何“不分国籍”地走到了一起，他还分别指出了“八人组”中各位成员的与众不同之处，强调他们与艺术现代主义，尤其是与法国印象派的密切联系，以及他们对传统的拒斥。在1923年的一篇评论中，布罗德在回忆往事时，形容他们为“表现主义的先驱”。[81]

事实上，这个团体的成员对现代主义的态度并不一致。其中有些人，尤其是捷克的成员，如库宾、库比斯塔和费拉更倾向于立体主义；而德国的成员，如费格尔和诺瓦克等则倾向于表现主义。[82]不过，布罗德能在“八人组”中识别出一条统一的美学纲领：图像有不受写作影响的自治权。“灵魂的语言蔑视一切文学手段，只在绘画中发声，这毫无疑问是八位艺术家的共同观点。”因此，追寻真正的图像性表达方式成为他们的议题。1908 年，布罗德在他的文章《文学与非文学的绘画》中列举了阿

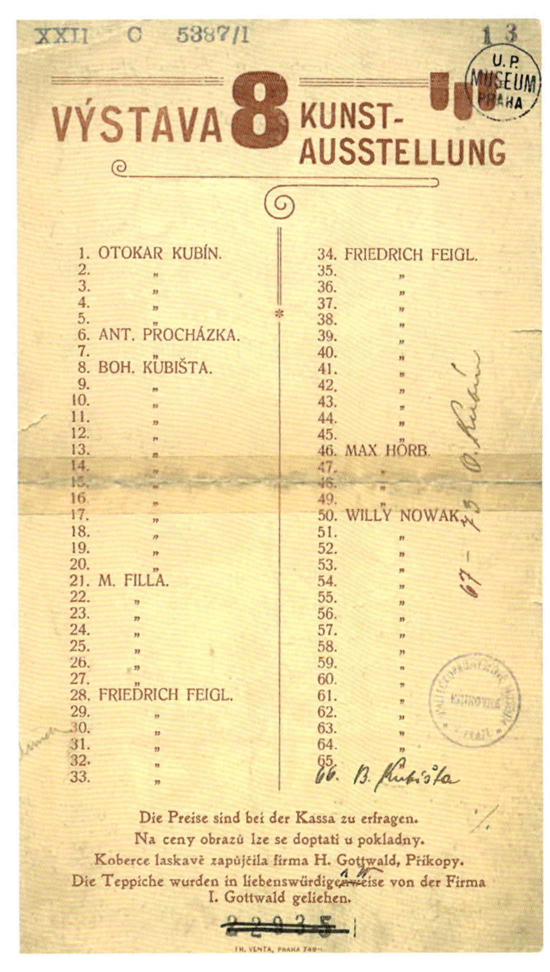

左：布拉格“爱德华 · 蒙克展”的海报，1905 年
右：“八人展”的海报，1907 年

尔弗雷德·库宾等人的画作，作为这种基本观点的延续。布罗德赞同人们对于“文学绘画”的批评，特别是因为艺术会在其中被简化为“与实物直接关联的存在”或“图像式手稿”。与此相反，他认为“图像的‘内容’应该被理解为其独特的气氛，它无法用文字说明，是从所有绘画细节的总和中浮现出来的”，在一定程度上，这是绘画无法形容、“妙不可言”的特质。[83]

布罗德将卡夫卡介绍给“八人组”的尝试，也得到了该团体一些成员的认可，首先是弗里德里希·费格尔。卡夫卡在高中时期就认识了费格尔兄弟。弗里德里希的哥哥卡尔是卡夫卡在布拉格老城文理高中的同班同学，而卡夫卡后来又鼓励弗里德里希的弟弟恩斯特成为一名作家。[84]在弗里德里希·费格尔的回忆录（首先由捷克—英国艺术史学家约瑟夫·保罗·霍丁于1948年发行英文版）中，他不仅提到卡夫卡是“一个瘦削脆弱的男孩，有着非常大的黑眼睛”[85]，还尤其记得1907年布罗德是如何把这位“非常伟大的艺术家”介绍给“八人组”的：“在布拉格现代画家团体‘八人组’的圈子里，马克斯·布罗德在一次讨论中说：‘我可以告诉你们一位非常伟大的艺术家的名字——弗朗茨·卡夫卡。’他给我们看了他的一些画，让人想起保罗·克利或库宾的早期作品。它们是表现主义的。”[86]然而，费格尔和霍丁一样，对于将卡夫卡归为当时的现代主义者，提出了一条质疑意见。这种意见与当时广泛存在于社会主义思想家（例如乔治·卢卡奇）阵营中的、对先锋派的批判是一致的，它也同样适用于卡夫卡这个“资产阶级”作家。事实上，费格尔不仅将卡夫卡与表现主义联系在一起，还将其与立体主义、超现实主义相联系，并从中看到了虚无主义和颓废主义的表征：“真正的艺术永远是综合的。卡夫卡的精神基本上是分解、分析式的，以分析作为目的本身，为什么不能算是一种天才的标志呢？因为它没有真正的内容。它没有真正的意义。分析既表现为内容又表现为形式，卡夫卡的对象是‘无’，是‘空无’；他分析的就是分析本身。而立体主义、超现实主义也是如此。”[87]霍丁更进一步，在提到卡夫卡时评论道：“这是一种最为延续不断的纷乱，比波德莱尔的撒旦主义，海德格尔和斯宾格勒的悲观主义或萨特的‘虚无’[◎]更不易察觉。”[88]

◎ 此处意指萨特的代表作《存在与虚无》。——译者注

卡夫卡则对费格尔的画作推崇备至。他对“八人组”中其他任何人的作品都没有给出过如此正向的评价，这一点从他与菲莉斯·鲍尔的通信中尤其可以看出。值得注意的是，卡夫卡在1916年8月底写给菲莉斯的信中，提到了他在看到费格尔的画时感受到的一种信心：“你在画前对自己有信心吗？我很少有。但是在费格尔的两三幅画前，我有这种信心。”[89]其实早在4年前，1912年11月28日，当卡夫卡在布拉格与费格尔见面后，就在给菲莉斯的信中提及了他，并附上了一张画家本人的自画像。不过在信中，他对这位画家“像烛火一样微弱和易于熄灭的艺术理论”提出了批评，这些理论对卡夫卡的说服力远不如其画作——但同时，卡夫卡也评价了费格尔的“幸福”生活，那是一种对卡夫卡来说理想却又无法实现的中产生活：费格尔于1910年结婚，自1911年起住在柏林维尔默斯多夫区，在那里，他和艺术商、编辑保罗·卡西赫一起工作，同时也是一位图书设计师，直到1933年。[90]

此外，有一种长久以来的误传：费格尔绘制了卡夫卡生前唯一的一幅肖像，画的是1917年1月卡夫卡在私人朋友聚会上朗读《铁桶骑士》的情景。然而，画作年份的推定基于这样一个假设：当时在场的费格尔就是在朗读会上完成这幅肖像的。[91]这幅墨水画下方有说明文字，在翻印时通常会被裁掉最后一行，但在这行文字中，我们可以读到，这幅肖像画是费格尔在1946年专门为他在伦敦的邻居、艺术史学家约瑟夫·保罗·霍丁创作的。事实上，费格尔是用卡夫卡1916年的一张照片为模本，创作了这幅画。[92]

布罗德和卡夫卡也与维利·诺瓦克相熟。布罗德在阿尔科咖啡馆认识了诺瓦克，卡夫卡则通过布罗德认识了他。[93]布罗德早在1907年对“八人展”的评论中就已明确表示，他特别推崇诺瓦克的绘画，因为它们“和谐”“不显眼”“令人愉悦”，但卡夫卡对这些画的意见更多是批评性的。诺瓦克和埃米尔·奥利克一样，也受到日本彩色木版画的启发——

他宣扬一种形式和比例的艺术，“绝不是文学性的，而是直觉的、空间的、感性的”[94]，在“八人组”的首次展览中，他是最成功的一位画家：只有他的画全部卖掉了。因此，他的作品在1908年6月到7月“八人组”的第二次展览中与费格尔的画一起展出，而这次展览中捷克成员的作品占据了主导地位。除此之外，诺瓦克还在布拉格、维也纳和柏林举办了个人展。能举办这些展览有布罗德的功劳，他也为其中一部分展览写了展评。[95]布罗德和卡夫卡都从诺瓦克那里买了画，他们还在1910年一起找他学法语。卡夫卡至少从1909年夏天就想要买一幅诺瓦克的画了，当时他和布罗德一起到诺瓦克位于布拉格西南部明尼西克波德布莱迪的住所拜访了他。[96]诺瓦克为布罗德绘制肖像不久后，布罗德就在1911年2月中旬购买了几幅画作。卡夫卡在那年圣诞节前后等到了契机：一场小型展览展出了四幅诺瓦克新创作的石版画，其中包括布罗德的肖像——是根据1月25日的油画创作的。[97]12月24日，《布拉格日报》报道了这次展览：

> 维利·诺瓦克，我们祖国伟大的艺术家，刚刚创作了四幅彩色石版画，这些画再次彰显了这位大师的伟大。它们是四幅罕见的完美作品，具备古代大师的和谐。尤其是名为《散步》的作品会让所有行家为之迷醉。《拿苹果的女孩》展示了他处理色彩的细腻方式，马克斯·布罗德的肖像展示了其非凡的高贵气质，《洗澡的女孩》展示了一种庄重优雅，令人想起那些伟大的法国艺术家。这四幅画都可以在本次展览中看到，并可从胡伯舍工艺美术品商店（伊丽莎白大街）购买。[98]

前一天晚上，12月23日，布罗德安排卡夫卡和诺瓦克在他家中会面，诺瓦克将这四幅石版画全部展示出来。尽管卡夫卡的眼光很挑剔，他最终还是购入了其中两幅的复制品，正如他在一篇较长的日记中所记录的：《拿苹果的女孩》和《散步》。[99]布罗德则没有那么犹豫：他在2月份就已经购入了全部四幅。[100]虽然卡夫卡收藏的艺术品应该已经丢失，但布罗德艺术收藏中的大部分，包括诺瓦克的画作复制品，都保存了下

左：弗里德里希·费格尔，《弗朗茨·卡夫卡读〈铁桶骑士〉》，墨水画，1946 年（马尔巴赫德国文学档案馆）
右：维利·诺瓦克，《马克斯·布罗德的肖像》，石版画，1911 年（布罗德收藏的复制品）

左：维利·诺瓦克，《拿苹果的女孩》，彩色石版画，1911 年
右：维利·诺瓦克，《散步》，彩色石版画，1911 年（布罗德收藏的复制品）

来。[101] 在日记中，卡夫卡特别批评了布罗德的那幅肖像，还有诺瓦克作为艺术家的自我认知："马克斯那接在耳朵下方的瘦下巴，失去了其简单的边界，这边界似乎是必不可少的，而旧的实相被抹除、新的实相被确立后，画家也并没有为观者建立新的边界……在要求我们理解这些变形后，画家只是草率（但不无骄傲）地表示，画纸上的任何东西都是具有重要意义的，甚至偶然留下的东西也是必要的，因为它会影响其后的每一步。"

卡夫卡在 1916 年夏天又找到了诺瓦克：当时他的堂兄罗伯特·卡夫卡要结婚，卡夫卡的父母要他帮忙准备一份结婚礼物。他最初是请菲莉斯帮忙去挑选一幅画，因为诺瓦克从 1915 年起就主要居住在德国，他之前已经从布罗德那里要来了诺瓦克在柏林的地址："需要一幅诺瓦克的画，给我父母（作为结婚礼物送人）。价值 100~200 克朗即可。你能帮忙联系一下吗？"[102] 但这次买画的尝试失败了，于是卡夫卡转而想到了费格尔，他反正也更喜欢费格尔的画。在给菲莉斯的信中他写道："我给一位艺术家写了信（我觉得他很了不起，过去聊天时我也曾谈起过他）：威墨斯多夫维格郝斯勒大街 6 号的弗里茨[❖]·费格尔。为了压低价格，我不那么正派地撒了个谎，我说，是我要送出这幅画。他回信说，我提到的那幅画在科隆，而柏林的画中他不知道应该为我选择哪一幅。"于是卡夫卡让菲莉斯为他选择一幅："你将会借机看到许多值得一看的——他本人，他的画，他夫人，他的家。"[103] 卡夫卡对八幅画有明确意向，"这些画我在布拉格见过……当时赞赏地盯着它们"，但其中一幅尤其如此，"那幅巴黎的画"在他的心灵之眼上留下了清晰的印象。[104] 这样的通信持续了几个星期。直到 8 月底，菲莉斯才拜访了费格尔，选定了卡夫卡想要的那幅画。一个月后它被送到了布拉格，令卡夫卡惊讶的是，这幅画是和费格尔的另一幅画一起寄来的。[105] 这第二幅画有可能是一幅布拉格的风景画，因为费格尔在关于卡夫卡的回忆录中写道："他（卡夫卡）当时从我这里买了一幅画，一幅布拉格的习作。它有一些蒙克式的、引人恐惧的东西。"[106]

[❖] 弗里茨："弗里德里希"的简称。——编者注

布罗德（他也拥有费格尔的画作[107]）扮演了卡夫卡与“八人组”其他成员，尤其是与马克斯·霍布之间的联络人角色。1902 年，霍布在阅读演讲厅做了关于奥利克的讲座，卡夫卡从而知道了霍布，但那时霍布的身份只是布罗德的好朋友——他与布罗德在史蒂芬文理高中时就已认识，并在 1902 年秋天一起学习法律。[108]霍布从 16 岁起就学习绘画，在学习法律的同时，他还是画家鲁道夫·贝姆的学生，并从 1903 年起在布拉格美术学院跟随弗朗茨·蒂勒学习。同时，他还与“布拉格青年”团体有联系，特别是保罗·勒平和理查德·特施纳，他和布罗德都曾与他们一起为该团体的刊物《我们：德意志艺术刊物》撰稿。布罗德在带有半自传性质的小说《雾中青年》（1959 年）中，回忆了霍布和库宾光顾“高知咖啡馆”阿尔科的情景，那里有一个“艺术历史”图书室，布罗德对此进行了令人印象深刻的描述：“我们这些绘画的学者总是坐在最里面的、画家的角落”，卡夫卡有时也会来这里。[109]布罗德几次从霍布那里买过画，包括在 1907 年“八人组”展览上买下的。作为回报，霍布也为布罗德的作品画插图，例如他未出版的中篇小说《愚蠢的阿斯蒙蒂斯》，布罗德的遗物中存有这篇小说的剧作版本。

1907 年 12 月，霍布因肺结核早逝，葬在布拉格，布罗德致了悼词。[110]布罗德还与作家奥斯卡·维纳、保罗·勒平，以及艺术家同侪乔治·卡尔斯等人一起，发起了出版霍布作品集——《马克斯·霍布：留存的记忆，来自他的朋友》（1908 年）的计划。这本作品集没有公开发行，只接受私下订购。布罗德手里的那本，连同《愚蠢的阿斯蒙蒂斯》的插图一起，保存在他的艺术收藏中。[111]在回忆录中，布罗德描述了他和霍布共度的时光，他们不只去咖啡馆和户外，霍布还在他的工作室为布罗德画了肖像：“我做研究，他为我画像。”以及：“我拜访了他。他的画让我愉快，我从中找到了一种慎重的浪漫主义，让我思考良多。”[112]霍布不仅是布罗德的好朋友，也与卡夫卡相熟，这一假设得到了以下事实的支持：卡夫卡的几幅素描在一个写有霍布地址的信封里被找到，邮戳日期为 1905 年 10 月 20 日（参见 64 和 65 号作品）。另外，这些画以及其他在卡夫卡自己手中、未被寄出的作品，与霍布 1906 年前后的画作具有某种相似性。[113]

霍布逝世 10 年后，布拉格再次举办了纪念活动，它呈现出显著的新语境，又一次与卡夫卡相关：犹太复国主义周刊《自卫》出版了文集《犹太人的布拉格》（1917 年），主要收录了布拉格年轻犹太作家、艺术家的来稿。编辑是布拉格坚定的犹太复国主义者、来自波兰的法律系学生西格蒙德·卡兹内尔森，他很快就会成为柏林犹太出版社的社长，然而此时在布拉格，他仍需要他人的帮助，而人脉广阔的布罗德慷慨地资助了他。据卡兹内尔森回忆，布罗德在征集稿件方面发挥了重要作用。[114] 文集涉及的布拉格艺术家包括弗里德里希·费格尔、马克斯·霍布和马克斯·奥本海默；布拉格作家包括布罗德、奥斯卡·鲍姆、弗朗茨·韦尔弗、鲁道夫·福克斯以及卡夫卡——他被选用的作品是《梦》。这本在

Zur Novelle „Der dumme Asmodäus" von Max Brod.

马克斯·霍布为布罗德的中篇小说《愚蠢的阿斯蒙蒂斯》
所绘的插图，约 1905 年（来自布罗德的收藏）

“一战”期间问世的作品集有一个显著特点：这些艺术家和作家都以“犹太人”的身份出现，而情况在1907年时还不是这样。马丁·布伯1909年和1911年在布拉格发表的《关于犹太教的三次演讲》，使很多来自已被同化的犹太人家庭的男性倒向了犹太复国主义，布罗德是一个典型的例子，而卡夫卡也是如此。他开始阅读《自卫》和其他犹太复国主义刊物，如《巴勒斯坦》和“关于现代犹太教的插图月刊”《东方与西方》。后者参与了文化犹太复国主义的讨论，特别是通过发表雷瑟·乌里和马丁·布伯等人的文章，帮助确立了“犹太艺术”的概念。[115] 布罗德不仅撰文讨论了“犹太文学”，还讨论了犹太艺术。1920年，他的文章《犹太艺术家》发表在《新评论》上。

左：马克斯·霍布，漫画，1906年，收录在霍布1908年的作品集以及1917年的《犹太人的布拉格》中
右：弗朗茨·卡夫卡寄给马克斯·霍布信封上的漫画（以色列国家图书馆）

布罗德企图让卡夫卡与库宾和斯扎法兰斯基等当代艺术家，特别是与“八人组”成员建立联系的努力，并没有达到他预想的效果，即确立卡夫卡“伟大艺术家”的地位，或让卡夫卡参与他们的展览，但对卡夫卡及“八人组”来说，这种联系仍然具有持续而重要的影响。卡夫卡在绘画中受到了这些艺术家的影响，这在库宾和霍布的事例上体现得最为明显。费格尔和诺瓦克在技术和风格上仍然比较古典，除了版画之外也创作色彩缤纷的画作，而库宾和霍布的作品在素描和绘画技法，以及笔下人物漫画式、怪诞的身体形象上，都与卡夫卡的绘画更加相似。

1907 年前后，布罗德对卡夫卡画作的优点深信不疑，他进一步努力树立卡夫卡画家的声誉，长期致力于将卡夫卡以图书插画师的身份介绍给自己的出版商。1906 年，斯图加特的出版商阿克塞尔・容克出版了布罗德的文学处女作——短篇小说集《死者的死亡！》。1907 年 3 月，布罗德试图说服容克用卡夫卡的一幅画作为他第二本书、短篇小说集《实验》的封面。布罗德 3 月 7 日寄给容克的那幅画和推荐信已经丢失，不过，布罗德对画作的描述依然可查，他借用了奥利克的“日本主义”，定义了这幅画的风格：

> 同时，我给你寄去了我的书《实验》的封面图。它出自一位我发现的、迄今完全不为人知的画家弗朗茨・卡夫卡之手。我觉得，你可能找不到比这更有艺术价值，同时又令人印象深刻的画了。它是那么古怪、独特，充满了细腻的“日本主义”风格……我想不出有什么能比这幅画更好地象征这部小说集的中心思想，画中这位优雅的年轻人，同时在大笑和哭泣，投降般地朝深渊大步走去——在两棵美丽却又萧条无叶的树之间……我希望这张画容易复印。画是全黑的，当然，上面印红色的文字——不用支付酬金。[116]

布罗德没有说的是，他还让卡夫卡作为一个角色出现在该书的一篇小说中：在《卡里纳岛》中，他把卡夫卡塑造为卡鲁斯，而卡鲁斯“用我们的生命做实验”的主张也是这本小说集书名的由来。[117]

但容克并没有采纳布罗德的建议。像他当时出版的大多数图书一样，他希望将这本书的封面设计工作交由犹太裔广告和图书设计师卢西恩·伯恩哈德（又名埃米尔·卡恩）负责，他是上文提到的库尔特·斯扎法兰斯基的老师，斯扎法兰斯基也为容克设计过书籍。然而，布罗德并没有放弃。他试图说服容克选用卡夫卡的画，作为他同时正在创作的诗集《厄洛特斯》的封面，后来这本诗集更名为《恋人之路》。但这件事也没能成功，于是在第三次尝试中，他语气坚决地询问容克是否可以“用卡夫卡的画做章节后空白页上的小插图”：“这幅画与诗集的新名字完美契合！”[118]但这招同样没有奏效，诗集在1907年秋天出版，其中没有卡夫卡的画。卡夫卡在1907年10月写给当时的女友海德维希·魏勒的信中提到此事，他不无遗憾地写道：“《厄洛特斯》即将以《恋人之路》为名出版，但封面不是我的画作，那幅画被证明无法影印。”[119]即便如此，布罗德仍然没有放弃。1907年9月23日，他向容克提出了一个新的建议：“我可以放弃卡夫卡的画。也许你可以把它用在我正努力创作的长篇小说里。”[120]这里指的是1908年出版的小说《诺尔内皮格城堡》，但这本书在出版时也没有用卡夫卡的画，“封面图片”和“章节标题、首字母设计都出自卢西恩·伯恩哈德之手”，正如出版说明中所写。卡夫卡意识到朋友对他的大力支持，为此表示感谢——对于布罗德徒劳的努力，他与其说是失望，不如说是遗憾：“可怜的家伙，现在我只有感谢你为说服你的出版商，使他相信我的画的优质而付出的辛劳了。”[121]

布罗德为确立卡夫卡的画家地位进行了诸多尝试，不仅带他深入了解了彼时一位视觉艺术家在职业生涯起步阶段面临的环境和制度，还使卡夫卡在这种媒介中对自己的创作有了更清晰的（自我）理解。卡夫卡在1913年写给菲莉斯的信中回忆了这段时光，“作这些画是多年以前，它们当时给了我无与伦比的满足感”，清楚表达了他在这方面不小的抱负，并将自己视为艺术家。卡夫卡截至1907年前后创作的大量画作都应该据此理解。

卡夫卡的画通常只用几笔表现人的脸和轮廓。其中的表情和姿态不是静态的，而往往是动态的，有时人物就像在运动般朝一侧倾斜，采用侧面视图，通常是从右到左地移动。这类画作中特别具有典型性的人物对象包括击剑者、骑手和舞者。除了动态的单个人物，还有一些人物群像，以“社会交往”为主题——借用一个卡夫卡曾专心记下的、奥斯卡·比伊提出的术语。这些草图从绘制的角度看风格极简，常常被简化为一些象征性的笔画和线条，显得零碎、未完成，颇具实验性。然而，将它们视为单纯的草稿却是错误的。奥斯卡·比伊在《现代绘画艺术》一书中强调，并给卡夫卡留下深刻印象的观点，可以特别用来阐释他的绘画：在现代，素描不再仅仅作为画作的准备阶段存在，而是将自己解放为一种艺术形式本身。这种自我主张，被印刷画作呈现出的新意义进一步加强，根据比伊的说法：“绘画艺术存在于速写中，就像它存在于彩色印刷中一样；黑色和彩色之间不再有任何本质区别，手绘只在物质层面上高于复制。”[122] 对卡夫卡而言，从速写到图像复制品（例如封面插图）的飞跃并没有成功——至少在他生前没有，布罗德 1907 年徒劳尝试的，在 50 年代才由费舍尔出版社实现。但卡夫卡自认为速写是一种真正的艺术形式，即使它是边缘化的、被抛弃的。

这一点在他的绘画主题中得到了证实：大多数躯体和肖像都不是精雕细琢的。它们没有被放置在三维空间里构建丰满，没有发育完全的体形。相反，它们大多飘浮在虚无的背景中，本身就是不匀称的、扁平的、脆弱的、漫画式的、怪诞的、狂欢化的。卡夫卡在维也纳讽刺杂志《步枪》内页上的画作就体现了这一点，其中这样的人物围绕着一个小丑（见 13 号作品）。总的来说，这些人物身上最显著的特征在于腿、胳膊和鼻子等“肢体末端”。[123] 这就让卡夫卡笔下的人体与“形式美”的古典比例相去甚远。它们在许多情况下呈现得相当夸张，某些鲜明的特征极其突出。

即使具有这些美学特征，卡夫卡的绘画也不能被草率地归入某个艺术类别。这一点，同时代的人已经尝试过了：布罗德和费格尔，以及后来的一些著作将卡夫卡的画归为“典型的表现主义”，并类比了保罗·克利、阿尔弗雷德·库宾和乔治·格罗兹的作品。[124]其他人参照“八人组”，力图论证卡夫卡的画是立体主义的。[125]还有一些人，包括布罗德，借用了奥利克“日本主义”的概念来定义卡夫卡的画作。然而值得疑虑的是：这些程式化、风格化的艺术倾向能否切实地对卡夫卡的画作进行描述？正如前文所论述的那样，卡夫卡与库宾或霍布等画家在个人审美特征上多有相似；然而，这些共性是刻意挑选出来的，卡夫卡的画作无法适应更普遍、更广泛的分类方式。如同他在给菲莉斯的信中所描述的，他无法接受与老师相对的学生角色，与之类似，他的绘画作为一个整体，拒绝被视为沿袭既有模式的学生作品，而是充满惊人的个性，游离在教条之外。

然而，它们也绝不能被具化为纯粹私人化的符号或“象形文字”，就像古斯塔夫·雅诺施所做的那样，他让卡夫卡做出了这样一番自我描述：“这可不是能给别人看的图画。这完全是我个人的、别人无法辨认的象形文字。”“我的画不是画，而是一种私人的符号。”[126]卡夫卡的画也不是承载他知识分子写作的无政府主义的“神奇”容器，如雅诺施笔下的他所说：“我的乱涂乱画是在试图施展原始魔法，不断重复而不断失败。”[127]与所有这些神秘化和象征性解读相反，需要认真对待的是卡夫卡的绘画主张及艺术表达。它们不是神秘的象形文字，而是不受固有模式和流派支配的、无拘无束的、自由的绘画。

在这一点上，它们与马克斯·布罗德年轻时的画作有很大的不同。布罗德自己的画作在很长一段时间中不为人知，就像他收藏的大量艺术家同辈和朋友的画作也被长期封存，其中包括库宾、费格尔、诺瓦克、霍布、卡尔斯和布鲁姆赛等人的作品。布罗德的大部分画作直到最近才对公众开放。[128]在此之前，人们能看到的唯一一批速写，只有他 1911 年和 1912 年旅行日记中的那些，而非他 10 年前在少年时代的创作，那是他在1902年秋天读大学之前绘制的，其中一些可能是他高中的课堂作业，布罗德曾上了几个学期的“绘画 ”选修课。这些画颇具学院派气质，其中一些出于练习的目的，临摹的是大师的经典作品，还不具备任何可识别的、自我艺术表达的端倪，包括一些半身像，一张精致的、富有立体感的静物画（1902 年），还有《仿拉斐尔·桑蒂的习作》（1900 年，仿照拉斐尔 1506 年的自画像而作）。然而，这些画在技术上完成度很高，并且清楚地表明，不仅是卡夫卡，布罗德也是带着艺术的野心和自我意识绘画的，这一点从他命名自己的画作，并在上面签名和标注日期的行为中也可以看出。而另一方面，卡夫卡的画上通常既没有签名也没有日期，只有很少的作品有标题。缺乏外围信息赋予了这些作品临时、不确定、零散的特性。布罗德的画作则无畏地宣布着它们完稿成熟的状态，即便有些只是临摹。

卡夫卡是否知道布罗德的这些早期画作，这对好友对于绘画实践又会讨论到何种程度，都已无从考证。不过已知的是，他们在 1911 年经瑞

左：马克斯·布罗德，《未命名的静物画》，水彩画，1902 年
中：马克斯·布罗德，《仿拉斐尔·桑蒂的习作》，铅笔画，1900 年
右：拉斐尔，《自画像》，1506 年（佛罗伦萨乌菲兹美术馆）

士和意大利去往巴黎，以及1912年到魏玛和荣波恩旅行时，绘画显然是他们的共同爱好。卡夫卡和布罗德写了互为对照的旅行日记，在这些日记中，他们不仅写了文字，也特别画了画，有时画的是同样的主题。例如1911年9月初，他们在瑞士南部和意大利北部各自写下的旅行日记，便展现了他们这种共有的表达方式。

在1912年夏天的魏玛之行中，两人也都各写了一本日记，其中也同样画了画。1912年7月1日，布罗德写道：“我们去了公园，那是歌德的

左：弗朗茨·卡夫卡，卢加诺湖畔奥斯蒂诺的教堂，旅行日记，1911年9月1日至2日
右：马克斯·布罗德，马焦雷湖畔博罗曼群岛上的别墅，旅行日记，1911年9月7日（以色列国家图书馆）

花园别墅。”[129] 人们可以很容易地想象，这两位朋友坐在花园别墅前，不是为了描述它，而是为了画它。卡夫卡写道：“路边的花园别墅。坐在这屋子前面的草地上画的。”[130] 若将这两幅画并排放到一起，就像是一场小型艺术家竞赛。两者的区别是显著的：布罗德的画仍然是写实主义的，他将房子置于周围的物理空间内；而卡夫卡则只专注于房子及与其紧邻的景物，几乎没有“背景空间”的意识。

歌德的花园别墅，分别由马克斯 · 布罗德（上）和弗朗茨 · 卡夫卡（下）绘制，1912 年 7 月 1 日（以色列国家图书馆）

绘画与写作

Zeichnen und Schreiben

如前所述，卡夫卡的绘画作品主要是在他上大学和紧接着进入职场生活，即在高等地方法院实习期间创作的，也就是在大约 1901 年至 1907 年之间。几乎是在同一时间，他还创作了第一批文学作品。当时卡夫卡还没有公开发表过任何作品，他最早的一些短篇散文在 1908 年和 1909 年发表于由弗朗茨·布莱和卡尔·斯特恩海姆主编的《海伯利安》杂志上，也收录在他的第一本书《沉思》中，由罗沃特出版社 1912 年出版。但这些现存的文本其实早在 1904 年就开始创作了，包括《一次战斗纪实》的第一稿（1904—1907 年）、微型散文集《沉思》（1904—1912 年）和小说《乡村婚礼的筹备》片段（1906 年）。卡夫卡现存最早的文学作品《害羞的高个子》出自他在 1902 年 12 月 20 日写给奥斯卡·波拉克的一封信。

尽管年轻的卡夫卡几乎在同时画画和写作，但在这一时期，这两种艺术表达形式之间几乎没有任何关联。直到 1907 年左右，卡夫卡大部分的绘画作品或多或少都是独立于他的写作的，它们诞生于卡夫卡与视觉艺术多样化的联系中，是一种以绘画形式进行的、关于艺术表达的实验和练习。这一时期，他不是在手稿上，而更多是在各种不同的材料上作画，也从某种程度上清楚地证明了这一点。这些画中只有少数例外，但即使是它们也没有显示出与文本的明确联系。首先是卡夫卡在讲义空白处以及自己的法律笔记上画的画，其中一些笔记是用加贝尔斯贝格速记法写成的（参见 14~19、29、34、35 号作品）。然而，这些图画构成了一种对立的存在——一种与法律主题的打字稿和手写笔记相对立的狂欢化存在。其次是速写本里零散的手稿片段，例如前两页中包含了两份文学草稿，布罗德在后来的一条附注中表示，他在 1953 年出版了这两份草稿。[131] 然而，这些文本段落创作的时间较晚，因为其中出现了希伯来语单词“松鼠”——卡夫卡在 1916 至 1917 年间才开始学习希伯来语。[132] 这说明，卡夫卡一定只是在几年后将速写本中的空白页用来写作了。第三，也是最后一类例外，一些单张纸上有卡夫卡手写的标记符号（有些是速记符号），其中一些具有标题的功能。它们是最有可能向绘画演变的文本，通过这种方式，在绘画的线条和书写的线条之间形成了一种空间的、图形的联系。然而，卡夫卡早期的绘画仍可以被认为是独立于写作的，它们与写作不相涉，而是作为绘画独立存在。

然而，大约在 1908 年之后，绘画所扮演的角色发生了变化，特别是在与写作的关系方面。当时卡夫卡还在继续画画，却只是偶尔为之。同时，他的大部分绘画开始与写作产生明显关联。1908 年之后的大部分画作都诞生于文本的语境中：一些是在日记和笔记本中出现，比如从 1909 年开始写的日记，以及 1910 年前后的旅行日记；另一些则出现在信件中，比如 1910 年和 1920 年写给布罗德的信、1913 年写给菲莉斯的信、1915 年前后写给奥特拉的信、1920 年前后写给密伦娜・耶森斯卡的信。这些图画不是独立于文本的，在许多情况下，它们受日记和信件中散布周围的文字段落支配。同样值得注意的是，这些具象的画作没有出现在他的文学手稿中，只在非虚构的日记和信件中才有。它们形象地呈现了被看到和被写下的事物，也以图像的形式表达存在的状态。然而，这种视觉化呈现和表达并不意味着文本和图像之间存在着和谐的表述和翻译关系，甚至让图像成为文本的从属。相反，图像恰恰是在书写达到极限的地方才出现。

这种绘画和写作之间的张力在卡夫卡第一本日记（1909 年底 /1910 年初）的第一页中就立刻清晰地显现了，它写在现藏于牛津的四开笔记本上。我们很容易认为这个笔记本代表了卡夫卡从绘画到写作的过渡，他结束了自己的绘画阶段，标志着一个决定性的新开始。然而，仔细分析，会发现事实正好相反，卡夫卡的绘画在写作中持续存在。在日记的开头，卡夫卡就将写作归为一种消极、不在场的存在：“在我生命中的五个月里，我什么也写不出来。”[133] 卡夫卡为这种“无法写作”的困境以及鼓足意志力的艰辛过程找到了一种意象表达，他将这个意象用在了散文和画作中：一个人从梯子上落下，悬浮于空气中。这种杂技式的平衡——显然是这个人无法掌握的——或许只能由卡夫卡 1909 年 11 月中旬前后在布拉格杂耍剧院看到的日本杂技演员实现[134]（另一个类似的杂技团 10 月份在那里表演过），而彼时内心彷徨不定、无法写作的卡夫卡却无法做到这一点。

1909 年 11 月 17 日，《波希米亚日报》报道了布拉格杂耍剧院的新节目，这轮巡演刚刚开始：“首先出场的是拥有惊人敏捷性的日本杂技团‘光冈’。在 8 米高的梯子上，他们像猫一样灵活，其中一个人在整个演出过程中始终在梯子顶端保持平衡，与死亡无畏地共舞。”[135] 同一天

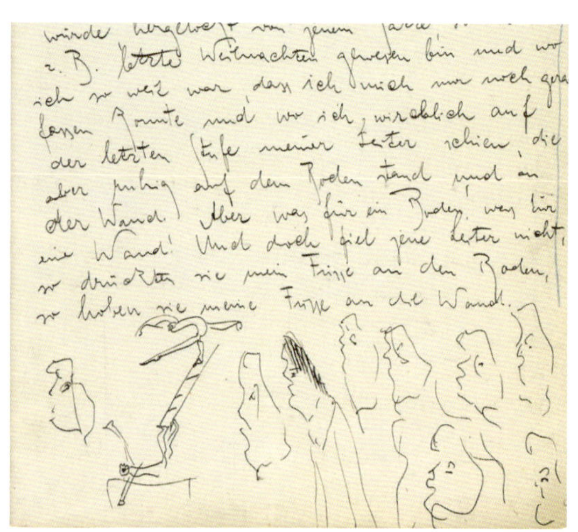
z. B. letzte Weihnachten gewesen bin und wo
ich so weit war dass ich mich nur noch gerade halten konnte und wo ich wirklich auf
der letzten Stufe meiner Leiter schien, die
aber ruhig auf dem Boden stand und an
der Wand. Aber was für ein Boden, was für
eine Wand! Und doch fiel jene Leiter nicht,
so drückten sie meine Füße an den Boden,
so hoben sie meine Füße an die Wand.

THÉATRE VARIÉTÉ

Letztes Auftreten!
Heute Freitag, den 15. Oktober
La Palma u. Nathal
Okabe Family 10929
und das gesamte Künstlerensemble.

1909 年 10 月 15 日，一个类似“光冈”的杂技团——“冈部家族”在布拉格杂耍剧院演出；在卡夫卡第一本日记的第一页上可以看到他对他们杂技表演的理解（博德莱恩图书馆）

的《布拉格日报》也特别强调了剧院新节目中这个小团体的表演："在其余特色表演中，首先要提到日本梯子杂耍表演团‘光冈’，他们中的一个人用脚平衡着几米高的梯子，另一个人爬到梯顶最高一格，在顶棚的帷幔之间进行了极其危险的绝妙表演。"[136] 值得注意的是，这场表演（继奥利克的"日本主义"美学之后）再次让日本成了卡夫卡心目中一座艺术上的"符号帝国"（罗兰·巴特语），其中图像超越了文字。更确切地说，写作的失败被图像填补，并将这种失败通过意象表现出来——不只是文学上的意象，还包括图画。在这一过程中，卡夫卡赋予了绘画一种优先的美学功能：

> 我的状态不是不幸，但也不是幸运，不是冷漠，不是虚弱，不是疲惫，不是别的兴趣——那么究竟是什么呢？我对它的无从知晓，大概跟我无法写作有关。我相信不用知道其根源所在，我就能理解这种无能之感。就是说，所有这些突然发生在我身上的事情都不是从根本上渐渐生根发芽的，而是半途将我裹挟其中的。那么，不妨去试着抓住它们，试着抓住一棵草，在这棵草刚刚开始从茎秆半腰中生长时，死死将它抓住。
>
> 有些人大概能这么做，比如日本的杂技演员，他们可以在一架梯子上攀爬，这梯子不是架在地上，而是由一个半躺在地上的人用脚掌托住，顶端不靠在墙上，而是伸向空中。我不会这一套，再说我也没有那双支撑我梯子的脚掌。这不是事情的全部，这样的问题也不足以让我提笔写作。但每一天至少应该有一行句子对准我，就像如今他们用望远镜对准彗星一样。一旦我出现在那行句子前，在它的引诱之下现身，例如去年圣诞节那样，我走得太远，以至于无法控制自己，我就像在梯子的最高一级上保持着平衡，而这梯子是稳稳地放在地上、倚靠在墙上的。然而，那是什么样的地？什么样的墙？不过梯子没有倒下，我的双脚坚定地把它踩在地上，我的双脚坚定地把它抵在墙上。[137]

1909年底/1910年初开始写作的第一本日记中，这个关于“重新写作”的例子表明，即使是在这样的情况下——即使写作会占上风，绘画也保留了其诗学和认识论上的特殊功能。

尽管如此，关于卡夫卡作品中绘画和写作的关系，还是不能用某种单一、普适的理论来归纳总结。相反，每个“文本—图像组合”都必须被单独考虑。这可以通过第二个例子来说明：卡夫卡1920年10月29日写给密伦娜·耶森斯卡（婚后姓波拉克）的信。在信中，卡夫卡也插入了一幅画，并附有一段评论，虽然评论显得有点急切地在画之前出现。尽管文字描述极其详尽，这幅画也并不是仅仅附加在后的图像式说明；卡夫卡赋予了它比文字描述更多的附加美学价值：

> 为了让你看看我的“工作”，我附上一幅画。这是四根柱子，中间两根柱子上面穿过的木棍是用来捆住“违法者”的双手的，外面两根柱子上插着的棍子是用来捆脚的。这个人被这样捆牢后，人们就慢慢地往外扳这几根棍子，直至他从中间断为两截。发明者靠在圆形石柱上，叉着手叉着腿，显得扬扬得意，好像这一切是前无古人的发明创造似的。可是实际上，他不过是从卖肉屠夫那儿偷看学来的，屠夫就是用这种方法撑开内脏已经掏空的猪的躯体，把它挂在店门口的。[138]

在卡夫卡1909年以后的日记和信件中，那些伴随着写作出现的画，不能被归类为插图意义上的“图画”或画像；相反，即使是出现在文本之中，它们仍明确维护了图像在语义上的优先性。如果在符号学层面上，我们仍然可以谈论“符号字符”的概念，那么它是埃米尔·奥利克式的——因为卡夫卡将图像大力简化抽象为素描、笔画和线条，使其区别于其他绘画作品，这不仅适用于他伴随文字出现的画作，也适用于他的其他画作。奥利克所说的日本绘画艺术特征，对卡夫卡的画作来说也是最基本的元素：“极简风格”，“用寥寥几笔”作画，“对‘笔画’……和‘线条’的敏感”。在此基础上，“写作和绘画”的“亲缘关系”可以通过

“写作和绘画共用的工具”——“画笔”得到进一步加强。卡夫卡的绘画也可以在这个非常具体的意义上被理解为“书画式的”：它们绝非自然主义的，不是“填画”，不是精雕细琢的描述性的画，不是“画作”。相反，它们只由几条用铅笔或墨水笔画出的弧线构成，它们不展示和表达，只是暗示。因此，它们在美学上更接近于图形艺术而非绘画。如果卡夫卡（也许仍是在奥利克的影响下）在安东·霍卢普的画中观察到了一种“时而像木版画，时而更像蚀刻画”的“构图”特点，那么这也可以说是他自己绘画的特点。也只有在这个意义上，我们才能谈论布罗德所说的“绘画才能和叙事才能的相似之处”，因为这两种艺术媒介在卡夫卡的作品里被统一在同一种美学当中：图像不是拟态的和解释性的（无论何种形式），而是通过影射、移情和抽象，触及艺术作品更广阔的开放性和未完成性。归结为一句话，听上去自相矛盾又确实如此：卡夫卡的绘画是无意象的图像。

弗朗茨·卡夫卡，1920 年 10 月 29 日给密伦娜·耶森斯卡的信中的画（马尔巴赫德国文学档案馆）

文本与图像

Schrift und Bild

很明显，卡夫卡没有把文本和图像之间的关系框定为一种指代与被指代的关系——文本的补充性作用也可以证实这个结论。正如绘画不能被归为说明性的“文字画”，文本也不能与图像调和一致。在这个意义上，二者的关系充满了紧张和冲突。

卡夫卡坚决反对库尔特·沃尔夫出版社为他的文字配上插图，充分显示了上述这种紧张关系。弗朗茨·韦尔弗是这家新成立出版社的编辑，刚刚大学毕业，被指派负责设计工作。他遵循了 1900 年前后盛行的美学准则，这一准则在表现主义活跃时期更为甚嚣尘上；他负责为书籍选定封面图片、卷首插图和内文插图。[139] 从新艺术[●] 到表现主义，图书设计装帧艺术为平面艺术的发展做出了重大贡献，其中关键的艺术家包括梅尔基奥·莱希特、埃弗莱姆·摩西·利连、奥斯卡·科科斯卡、恩斯特·路德维希·基希纳、卢西恩·伯恩哈德、库尔特·斯扎法兰斯基、马库斯·贝默、奥托玛尔·施塔克以及赫尔曼·施特拉克——仅列举德语世界中的几个知名人物，在布拉格则有乌戈·施泰纳－布拉格、理查德·特施纳、阿尔弗雷德·库宾、埃米尔·奥利克、弗里德里希·费格尔和维利·诺瓦克。需要指出的是，布罗德正是在这一背景下，试图把“画家”卡夫卡介绍给出版商阿克塞尔·容克的。

● 新艺术：又称“青年风格”，兴起于 19 世纪的欧洲，推崇自然的曲线图形，受到木版画和日本绘画影响。——编者注

卡夫卡反对出版商为自己的文字配图而做的斗争，因此显得更加讽刺了。1913 年初，恩斯特·罗沃特出版社改组为库尔特·沃尔夫出版社后，他们想要为卡夫卡的两篇作品配图：第一篇是小说断章《司炉》（1913 年），其中的一部分后来被写进了《美国》；第二篇是《变形记》

（1915 年）。沃尔夫在 1913 年 4 月 2 日要求阅读这两篇作品，并在 4 月 8 日给出了对《司炉》的具体报价，而卡夫卡对是否要寄给对方《变形记》仍有犹豫。[141]《司炉》的排版、修改和印刷工作进行得很快：1913 年 5 月 25 日，卡夫卡已经写信给沃尔夫，感谢其寄来的作者样书，它被收录在出版社刚刚推出的"审判日书系"中，编为三号。但喜悦的心情随即变成了不快和惊讶：书中有一幅题为《在纽约港》的卷首插图，这显然是为了说明卡夫卡作品的开头，主人公卡尔·罗斯曼乘坐汽船进入纽约港的情景。卡夫卡拒绝这样的行为，他立即给库尔特·沃尔夫写信说明，自己反对的原因有二：其一，之前根本没有谈过要加卷首插图的事，现在他担心插图会干扰阅读；其次，他本人设想的不是前工业化港口里驶入的一艘渡船，而是停靠在现代工业大都市中大型港口里的一艘远洋轮船。这封信虽然写得很有礼貌，但丝毫未能掩饰卡夫卡的不悦。同时，卡夫卡迫使自己勉强接受这幅画，通过将它与库宾的作品出人意料地联系在一起，这幅画至少在他看来令人满意了：

> 对您的赠书表示最诚挚的谢意！在经济效益上我当然不能对"审判日"说三道四，就其本身而言，我觉得它是个宏伟的工程。
>
> 刚看到我书中的那幅画时，我吓了一大跳，因为它首先否认了描绘最现代的纽约的我；第二，它盖过了我的小说，因为它出现在故事前面，而且图画又天然地比故事更浓缩；第三，它太美了。如果这不是一幅旧画，满可以说它出自库宾之手。但现在我早已接受了它，甚至很高兴您给我的突然袭击，因为假如您事先问了我，我也许不能同意，从而会错失这幅美丽的画。我觉得我的书被这幅画大大丰满了，而在画与书之间，优势与劣势已经调换。顺便问一下，这画来自何处？[142]

库尔特·沃尔夫立刻于 1913 年 5 月 27 日做出答复，并说明了画的来源：这是威廉·亨利·巴特利特创作的版画《布鲁克林的渡口》，被收录在 1838 年的《美国风光》一书中。[143]这不仅表明画中场景与卡夫卡所

弗朗茨·卡夫卡,《司炉》(莱比锡:库尔特·沃尔夫出版社,1913 年),扉页和写有标题《在纽约港》的卷首插图

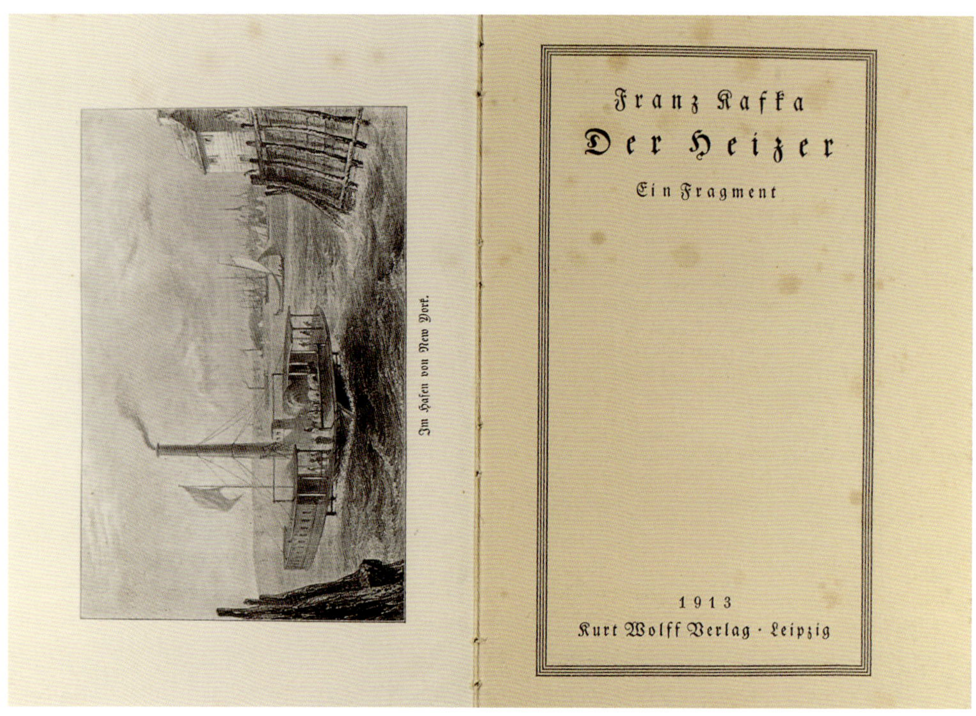

描写的绝不吻合，且值得注意的是，据沃尔夫称，韦尔弗“很愿意”在卡夫卡的小说中加入更多“类似的插图”。对于卡夫卡关心的“引导性图像会削弱文字力量”的问题，沃尔夫刻意地回避了，并主要以设计和商业考量为由，就出版商对图像的偏好进行了辩解：

> 我很高兴收到你的来信，也很高兴你对我添加到你故事中的那幅画说了如此友好的“同意”——这是一幅 1850 年钢版画的复制品——顺便说一下，我必须承认，这不是我的主意，而是弗朗茨·韦尔弗的，他很愿意在你的故事中装点一系列类似的插图。但我认为这幅画恰到好处，再多的话就显得轻率了。[144]

卡夫卡想象中更接近《司炉》开篇场景的画面：
纽约码头，平版印刷画，约 1911 年

两年后，《变形记》付印之际，作者和出版商之间又发生了同样的冲突。库尔特·沃尔夫在 1913 年春天就已经从韦尔弗那里听说了卡夫卡这篇“虫子的故事”，此后他对这篇小说的兴趣不亚于《司炉》。然而这一次，当卡夫卡得知出版社也要为这本书配图时，做出了明确的防备措施。1915 年，出版社宣布推出“新德语小说家书系”，这条产品线由一系列配有插图的书组成，将着力实现一种文学与表现艺术的美学联结。这套书由舞台设计师、平面艺术家奥托玛尔·施塔克设计，封面选用了具有强烈表现力的图像，如出版社在广告中所说：“所有单书的封面图都以奥托玛尔·施塔克的原创平版画为基础。这些由不同气质的作家创作的图书，其共同特点是有着对生活的热爱，它被有意地用更新、更强烈的方式表现出来。”[145] 卡夫卡也收到了一个封面设计方案：沿用卡尔·施特恩海姆获得冯泰纳奖的中篇小说《拿破仑》（1915 年）的封面，施塔克将自己绘制的这幅图再次给了当时还不知名的卡夫卡。尽管施特恩海姆的书大

获成功，卡夫卡却坚决反对用如此具有表现力的、具体的插图来搭配他的故事。考虑到出版社一定要使用插图，他于1915年10月25日向库尔特·沃尔夫提议，应在尊重文本的前提下，尽可能弱化图片对文字的说明性功能。据卡夫卡说，小说的核心主题“甲虫”不应被展示出来：

> 尊敬的先生！
>
> 您最近来信说，奥托玛尔·施塔克将为《变形记》设计封面。我产生了小小的恐惧。但就我从《拿破仑》对这位艺术家的认识而言，这种恐惧也许是多余的，我是说，我想到了这样的问题：作为插画师，施塔克会不会去画那只甲虫本身？别画那个，千万别画那个！我不是想限制他的权力范围，而仅仅是根据我对这个故事显然更深的理解提出请求。甲虫本身是不可画出的，即使作为背景也不行。或许这样的意图并不存在，那么就对我的这番请求一笑置之吧——我倒巴不得。但若能转告并强调我的请求，我将十分感激。假如允许我对封面插图提建议，那么我会选择诸如这样的画面：父母和经理站在紧闭的门前，或者更好的是，父母和妹妹在灯光明亮的房间里，而通向旁边那个房间的门扉中一片黑暗。[146]

库尔特·沃尔夫权衡了卡夫卡的担忧：施塔克画了一幅没有昆虫的封面插图，并采纳了卡夫卡关于敞开隔壁房门的提议。这就排除了卡夫卡对于图像的优先地位和它对文本的侵略的担忧。相反，视觉图案通过将自身化约为单纯的暗示，融入了文本语义的开放性和模糊性，这样一来，图像得以更接近文本。然而从中诞生的并不是一种和谐的“看图写作”，而是“图像/写作”，两种艺术媒介都具有自主权，这让二者之前的张力清晰可见。

在卡夫卡的写作中，图像和文本之间的这种紧张关系也可以从另外两个层面上得到印证：其一是图像的层面，图像在文本中发展成形；其二是文本的层面，文本作为图像（意象）出现。“图画”在卡夫卡的文本

弗朗茨·卡夫卡，《变形记》（莱比锡：库尔特·沃尔夫出版社，1916 年），封面插图由奥托玛尔·施塔克绘制

中更多是作为文学客体、作为物出现，但恰恰因此，它们无法有机融入叙述性文本，共同组成一个诗意的、诠释性的整体。它们扰乱性地制造困惑——脱离于文本，或者说作为一种异质的存在，闯入连贯的文本之中。照片和画作尤其如此，例如《变形记》（格里高尔·萨姆沙房间墙上穿毛皮外衣女士的画像）、《美国》（卡尔·罗斯曼父母的照片）和《审判》（画家蒂托雷利的风景画）中的情形。这些图像作为物，符号性地、象征化地在文本中被凸显出来，因为它们作为媒介存在，预示着一种意义的浓缩。同时，它们又拒绝与文本一起被线性阅读、被视为整体的一部分。卡夫卡文本中的图像尤为晦涩难懂。

画家蒂托雷利的荒野风景画可以清楚说明这一点，小说中的这位画家可以被视为意大利文艺复兴时期各种杰出人物（提香、丁托列托、西诺雷利、波提切利）的混合体，卡夫卡从阿尔温·舒尔茨的书中了解了这些名画家的作品，也去卢浮宫等地看过他们的画作。[147] 小说中，对于试图理解这场审判为什么会突然降临到自己身上的K.，蒂托雷利的画作没有提供答案和解释。相反，画中那“昏暗”又简单的风景，使“解释”成了不可能的事。“荒野”开辟了一个语义上未定义的空间，也同时遵循同一物体有规律变化的原则。在K.面前的是几乎无穷无尽的“一堆”未装裱的、布满灰尘的画作，这些画作是画家“从床下”（那个无意识的所在）掏出来的，它们几乎无差别地重复着同样的荒野景观。对这一幕也可以进行一番戏谑的解读，可能暗示了卡夫卡在购买维利·诺瓦克画作时的苦恼：

> 画家从床下拖出一堆没有镶框的画，上面覆盖着厚厚一层灰，轻轻一吹便满屋飞扬，K.几乎睁不开眼睛，呛得喘不过气。“荒原风景。”画家把一幅画递到K.手里说。画面上是两棵瘦弱的树，离得很远，长在深绿色的草丛中，背景是色彩斑斓的落日景象。“很漂亮，”K.说，“我买下了。”K.的回答简单得出乎自己的意料，但画家并未感到受了委屈，而是从地上又拿起一幅画来。“这幅画正好和那幅配上。”画家说。两幅画的确可以配对，二者几乎没有任何区别。画上也是两棵树、一片草地和行将落下的太阳。但K.并不在意。“两幅优美的风景画，”他说，“我都买下，把它们挂在我的办公室里。”“看来您喜欢风景画，”画家说，接着又拿起第三幅画，“真是凑巧，我这儿还有一幅相似的作品。”然而，第三幅与其说与前两幅相似，不如说完全相同，上面的风景也是日落时的荒原……“三幅画一共多少钱？”“下次再说吧，”画家说，“您这会儿急着要走，反正我们还会联系的。很高兴您喜欢这些画，找个机会我会把床底下的画都给您送去，全是荒野风景。我画了几十幅这样的画，有人不喜欢这种题材，说是格调太低沉，可另一些人，包括您，却喜欢格调低沉的作品。”[148]

这些画作的特殊之处在于，它们抗拒生动的描绘，抗拒观者的解读；它们并不是完整的描绘，并不是独特的作品，而是创造出了一种去差异化的连续混合体。这立刻对 K. 产生了生理上的直观影响：一阵眩晕迫使他逃离工作室。

当卡夫卡的写作转向图像和意象时，也可以察觉到这种图像和文本之间的不和谐。在这类情况下，卡夫卡从不将写作当作一种象形意义上的“看图说话”，使之与图像成为统一的整体——事实上，这正是他所摈弃的。相反，写作以双重形态（间接的和直接的）承担了图画的功能。文本向图像的功能性转化在卡夫卡的作品中体现于两个层面：第一是语义层面上的，体现为寓言化的意象；第二是符号学层面上的，即将书写符号删减化约，只保留其最根本的实体特性。

卡夫卡的寓言可以理解为一种间接的、语义学上的图像。卡夫卡的文学语言可以被视作一种寓言，它比喻、寓意的特性，根本上以一种图像的形式发挥作用。这意味着符号是间接的、模棱两可的、开放的，而不是清晰明确的。这还表示，卡夫卡的寓言不是表达、说教和道德性的，如古典和民族寓言，后者的基本功能是对抽象思想进行具象的、图像式的解读。卡夫卡的寓言恰恰抗拒这种说教的功能；它们依然停留在“影射暗示”的不确定状态中。因此，非真实的诗学得以强化，以至于卡夫卡的图像不能被解读出“实际”的意义；它们开启了一个潜在的、不确定的比较和迁移的过程。[149]

古典寓言的基础是“并置”，即并排放置和对比，也就是通过语义类比的方式将两种情境陈述并列，而卡夫卡的寓言式文本则开创了一个开放的显像过程，因为在这个意义上，他的寓言没有展示任何东西，它们只能被理解为无意象的图像——这次是在语言媒介中。[150]无法被展示，就意味着不能被直接、明确地表达，只能被间接、含蓄地处理。无意象的语言图像在暗示的开放性中游走。

在卡夫卡写于1922年的《论譬喻》中，这种图像诗学既是客体也是主体，也就是说，它既是这篇文章论述的主题，同时也在行文中被述行展示。卡夫卡在此讨论的“寓言”（譬喻），抗拒将抽象或道德的准则形象化，以满足说教的功能——按照卡夫卡的说法，那种古典的、说教的寓言只是一种“神话般的对面”，因此被认为是失灵的：“许多人抱怨说，智者的话往往只是一些单纯的寓言，在日常生活中用不上，而我们只有这种日常生活。”[151] 但寓言与日常生活的关系就如同表象的美学层面与真实之间的关系。它们是不确定的、模棱两可的、不能被掌握和定义的。这种“表象”的特征引发了一种根本的不确定性，但不是消极而是积极的，它的目的是确定地表达不可理解性本身：“所有这些譬喻，归根结底，只想说明，不可理解的就是不可理解的，这点我们早就知道了。”这再一次清楚印证了，这些语言上的譬喻就是一种无意象的图像，它们并不展示；相反，作为语言意象，它们否认了图像的这一基本功能。

述行：指文字或言语本身就切实完成了它所陈述的行为。——译者注

与之类似，直接的图像性还被置于写作的层面上。对卡夫卡来说，语言具体表现为写作，即“书写”，因此，它也是图像式的。这并不是说它在语义上呈现了图像的功能，而是指它作为符号的实际形态：字符作为构成文本的“躯体”。[152] 写作是符号作为一种“躯体”的自我描述、自我主张，只有在此层面上，它才是一种“图像与文本的混合体”。而在卡夫卡那里，写作这种字面上的“身体性”也很少被直接、明确地谈及，更多的是间接、隐秘地被表现出来。组成文本“身体”的是一种“图形式的字符”。这个术语是对“无意象的图像”的补充。“图形式的字符”拒绝表达和描述的功能，而是让文本以视觉化、图像化的形式呈现为“身体”。

这点可以从卡夫卡早期收录在《沉思》里的微型散文中找到例证，如前所述，这些文本正创作于卡夫卡最专注于绘画的阶段。当时，出版商恩斯特·罗沃特并没有提议要在书中加入插图，但卡夫卡却表现出了明确的设计偏好。他在1912年9月7日向恩斯特·罗沃特阐述了自己的

设计理念，即以“书写作为图像”的形式，对文本进行有序排布。散文短小的篇幅与巨大的字号形成强烈的对比：

> 我对您出版的许多书十分尊崇，因此不会对这本书的任何出版方案进行干预。我只请求在您出版方案的允许下，印最大的字体。如果可以用深色硬皮封面和浅色内文纸张，就像《克莱斯特逸事集》那样，我会很乐意，当然是在不干扰您目前计划的前提下。[153]

11 月 8 日，卡夫卡将一本内文用超大的特提亚字体印刷的《沉思》样书寄给了菲莉斯·鲍尔，并附上了一段引人注目的自我评述。其中，他把有实体的文字与法条的版式联系在一起，解释为什么他想要用这种夸张的字体：这是伟大的“摩西十诫”的映像，与他自己的“小小的托词”形成了对比——崇高神圣的法条与文学中世俗的、人类戏法式的诡计之间的对比：

> 现在是深夜 12 点半，我没法去买信纸……所以信就写在这张吸墨纸上，同时也给你寄去我这本小书的校样……你觉得样书的字体如何（到时候当然会用另外不同的纸）？这字体显然是有点过分漂亮，更适合印摩西的十诫，而不是我的小小的托词。但现在就这样付印了。[154]

有关《沉思》的书评都强调了这显而易见的超大字体，包括罗伯特·穆齐尔的书评，他也用“图像”来形容它——一种艺术图像，将铅字呈现为伟大的、杂技式的艺术形式。1914 年 8 月，穆齐尔在《新展望》上发表文章，称书中的字体给人一种印象：“在这里，那些刻意填满页面的句子里……可以看到一种勤奋的感伤，就像一个溜冰的人在冰面上长时间一圈圈地滑行。”[155] 他恰当而形象地描述了这样一个事实：在卡夫卡的《沉思》中，文字已经成为一种图像，在美学和形体意义上宣扬自己的权利，同时拒绝语义上的约束。

弗朗茨 · 卡夫卡，《树》，收录于《沉思》
（莱比锡：恩斯特 · 罗沃特出版社，1912 年，第 79 页）

Die Bäume

Denn wir sind wie Baumstämme im Schnee. Scheinbar liegen sie glatt auf, und mit kleinem Anstoß sollte man sie wegschieben können. Nein, das kann man nicht, denn sie sind fest mit dem Boden verbunden. Aber sieh, sogar das ist nur scheinbar.

[79]

在《沉思》的微型散文中可以找到关于文本性的寓言，它们再次以图像层面上符号的“身体性”作为主题，例如《山间远足》和《树》。后者由四个短句组成，以两种形式实现了“图像与文本的混合”：间接的、寓言的，以及直接的、图像的。它们是无意象的图像，同时也是“图形式的字符”，是间接的寓言式的过程，也是写作向图像的转化：一方面，观点在比较的过程中不断生发出新的逆转、转向和转化；另一方面，图像作为文本的间接展示，或者说其具象化的形态出现，如雪中的树干、白纸上的文字森林。文本和图像在这里重叠，成为一种总是相互推翻的、不确定的、开放的混合体。“因为我们就像是雪中的树干。表面上看，它们平放着，只要轻轻地一推，就可把它们移开。不，这是办不到的，因为它们牢牢地和大地联结在一起。不过，你要知道，即使那样也仅仅是个表象。”[156]

这最后的转折也证实了卡夫卡的文本和图像在形式上的否定辩证关系。这并不是为了融合或消弭两者之间的对立。相反，两种媒介在一种紧张的关系中摇摆和振荡，在这种关系中，图像从未允许自己融入文本，而是始终保持着一种形体和语义上的独立性，甚至是抵抗性。即便是在图像本身不确定、晦涩不明的时候，例如呈现为素描、速写、草图时，情况也是如此。[157]即便是那些最潦草粗糙的画，也依然会在它们将要成为文本、进入写作范畴的临界点上，强调自身不确定性的特权。

“然而，那是什么样的地？什么样的墙？”

——卡夫卡作品中的身体

朱迪斯·巴特勒

«Aber was für ein Boden! was für eine Wand!»

Kafkas Skizzen körperlichen Lebens

文字描述一定是无法转化为图画的，这是理解卡夫卡画作的最好方式。画中的形象几乎是没有边界、不完整的，人物的每一个连接处几乎都被空白中断。事实上，将人物联结在一起的是白色的水平纸面，而非血肉或任何身体整一的观念。

卡夫卡的作品，无论是他的写作还是绘画，都在探讨以下两个问题：是否有“触地”的可能？身体真的能摆脱对地面的需求吗？纵观卡夫卡的作品，无法触地的情景似乎总是出现，但同样也有停留在地面上，甚至倚靠在墙上的情况。不过，即使是那些不可思议地飘在空中的人，或是那些奇迹般地侧身爬过墙壁、穿过天花板而不怕掉下来的人，也没有因此而摆脱重力。是的，在《变形记》(1912 年) 中，格里高尔·萨姆沙死前屈从于那具僵硬、受伤的身体带给他的重量时，他在房间墙壁上爬上爬下的奇妙嬉戏，终于演变为一个可怕的认识：他意识到自己是停滞的。

有些身体则呈现为从高处落下的，例如《判决》(1912 年) 中的格奥尔格·本德曼如要杂技般地跃下桥的一侧，以顺从地执行父亲对他的死刑判决。不过，小说从未记录身体落水的声音，而格奥尔格似乎决心以这种方式来为自己的生命谢幕。他抓住桥上的栏杆，身体悬空吊在外边，“就像一个优秀的体操运动员；在他年轻的时候，他父母曾因他有此特长而引为自豪。他那双越来越无力的手还抓着栏杆不放，他从栏杆中间看到驶来了一辆公共汽车，它的噪声可以很容易地盖过他落水的声音”。他以一种自虐式的夸张之举表达了对父母的爱，包括置他于死地的父亲，然后“他就松手让自己落下水去。这时候，正好有一长串车辆从桥上驶过”。[1] 故事的最后一句悬而未定：这是一场压抑无声的死亡吗？或者，也许根本就不是死亡，而只是一阵性交的翻滚、性欲的骚乱？

我们只知道，主人公落水后，小说的最后一句是由故事叙述者讲述的，这句冷静而匿名的观察记录，使结局的某些信息模糊不清。原本第三人称的同情叙述突然变成了全知视角。这句话显然要比与它紧密相关的主人公存在得更长久。故事结尾，叙述者似乎仍然活着，这表明，尽管他的视角自始至终与格奥尔格的如此相近，但格奥尔格的落水并非叙事声音的结束。是什么声音在主人公落水后存活了下来？这个叙述者站在哪里？他果真拥有一具可以站立于某处的肉体吗？或者只是一位在远处徘徊观察的朋友？最后这句话脱离了身体，甚至在身体明显死亡后继续存活，以宣告这个模棱两可的结局，问题是不是出在这句话上？它不是出自小说中某个人物之口，也不是出自哪个拥有确定身体的人物，它呈现了一种身体从具体形态变为文字的过程，一种身体从暴露和需求中解放出来的过程，对应了格奥尔格在桥上的消失，继而使我们疑惑：投水而死的事情真的发生了吗？或者，到底发生了什么？

在整个故事中，格奥尔格一直与一位住在俄国偏远寒冷地区的朋友互通书信，即通过“写作”往来。贯穿故事始终的一个未解之谜是：这位朋友是否真的存在，或者他只是“写作”的一种功能性化身？这个问题又绕回到故事本身，是谁在描写格奥尔格的坠落，为什么这个叙述者从不介绍自己？一位匿名作者从主人公身上分离出来，仅以文字形式出现，从身体中抽离。或许，身体已在那座桥上被象征性地抛弃，这样叙述的声音才能以纯粹的书面文字形式出现，脱离形体，不带感情。身体被父亲判处死刑的可怕后果，随着人物消融于叙述声音、消融于文字而一并消失殆尽。他在那里，却又不在任何地方——这是失去形体、化为文字存活下去的终极语言成就。

短篇小说《铁桶骑士》（1917 年）讲述了一个很冷的人骑着煤桶飞升到空中找煤炭的故事。骑桶者是一个有知觉的身体，他遭受着痛苦，甚至害怕自己会冻死。但这个受苦之人推想，煤炭老板是不会让他死的，因为老板不会违背“不可杀人”的戒律。骑桶者确信用桶做交通工具能帮他解决问题，便骑桶出发了，将他自己和故事都上升带入了一种奇幻风格中：“我的桶儿就向上升起，妙哉，妙哉。”他拿骆驼做类比：“那些卑屈地躺卧在地的骆驼，在牵引的鞭子的威吓下站起来的时候，没有这样庄严。”这种对动物身份的认同似乎给桶增加了动力，桶开始“小跑”起来。但此时我们脑中并没有具体的画面，无法想象桶和人是如何一起从地面升空，然后“以超乎寻常的高度飘到”目的地上空的。

我们知道这个人很冷，但不知道他为什么完全不受重力的牵制，也不知道煤该怎么被铲进空中的桶内。当他向下面的煤炭老板大声呼喊时，我们只能假设他无法重新降落到地面。老板说他几乎没听到人的声音，却认为外面可能有想买煤的顾客。老板的妻子出来查看，“当然”看到他在上空盘旋，并解释自己付不起账。然而，她大声说，她“没有”看见什么，也“没有”听见什么。[2] 的确，“没有”就是这个故事中乞讨者唯一的名字。她挥舞着拳头，这是一种对乞求怜悯的穷人表达轻蔑的政治姿态，不亚于一种法西斯主义。骑桶者作为“没有”，甚至不能被看作一个可以被杀死——或被抛下等死的人。当人已沦为非人的“没有”时，“不可杀人”的戒律就不成立了。骑桶者也许是因为饥饿而轻得岌岌可危，他的身体不再受重力的影响。在乞讨者朝老板的妻子喊“你这个坏女人”后，她朝他的方向扇了扇围裙，这一述行姿态具有让他消失的力量，他也的确就此消失了。

与《判决》不同，《铁桶骑士》中的第一人称叙述者在消失后仍然存活了下来，得以讲述自己的故事。就在老板娘扇动围裙的一瞬间，“我飞升到冰山地带，并永远地消失”。[3] 第一人称叙述者在描述这最后的消失时，用的是一般现在时，而非通常会采用的过去时。如果“我消失”（I vanish）始终没有变成“我消失了”（I vanished），那么消失的人就还在说话，还活在那叙述自己明确死亡的最后一句话里——也许这就是“没有”的讲述方式。叙述自己结局的那一刻，“我”便从这具身体中抽离出来。他是活着“永远消失”了吗？抑或“消失”的是他的生命？这些问题同样也映射了《判决》结局的不确定性。这就是一种理想化的终极分离吗？将人物的形体融解为纯文字，将身体的需求转化为对身体力量的奇幻改写？留下来的“我”说了一句话，在这句或是讲述或是解说的话中，身体消失了。或者，是否仍然存在着一具身体，不受具体的时空所限，在寒冷中幸存下来，摆脱了取暖的生理需求？设若如此，他仍然存在，只是从需求中分离了出来，以无形之身遁居在一个神秘莫测的极远极寒之地。

我们在《判决》的最后一句话中读到了类似的情况，一个声音从明显的死亡中实兀地幸存下来，而此前它是以富有同情心的第三人称叙述这场死亡的。最后一行冷静简洁的文字，将叙述者与落水的身体分开，消除了与人体生命有关的体积和重量问题。当身体转化为文字时，它的密度就会被压平、减少，许多未被满足的身体需求似乎也随之消减了，比如对食物、住所的需求，以及保护自己免遭谋杀的需求。

在《铁桶骑士》中，铁桶载着乞讨者飞升，或更确切地说，二者是协力一起起飞、“小跑”，失去重力，摆脱了所有重量制约。叙述者欣赏着这种交通工具的特殊功能，但也慨叹它缺乏防御能力 。就这样，这个故事将我们置于一种失意和徒劳的愤怒之中：要是能防御和对抗就好了！西奥多・阿多诺认为《铁桶骑士》也许是卡夫卡作品中的一个特例，因为这个故事关乎租户（购煤）的权利。[4]然而，由于没有抵御能力，骑桶者只能飞升到永恒的彻寒之处。他无法获得煤炭，所以“生存”的唯一方法就是消除身体对煤炭的需求。在这样的条件下，要以什么样的形式生存呢？生存不再是现实、生理的，而是虚幻的，在创造这不可能的场景中，叙述者从身体中分离出来，身体从而被视作一个有着各种明确需求、必须被满足才能存活下来的生命体。

这类分离在诸如《在流放地》（写于 1914 年，出版于 1919 年）一类的作品中得到了清楚体现。它们在描写身体的死亡时，采用了处理工伤案件的保险公司律师（卡夫卡早年的职业）的冷静口吻。《在流放地》中，书写机器反复刺入人的身体，直至其死去。身体死亡之时就是文字写完之时，难以辨认的、致命的判决文字在这具身体上施刑。人不使用书写机器，而是书写机器夺走了人的生命。“要公正！”的判决通过明显不公正的行为被刻在人的身体上。“判决”一词的语言学意义和法学意义趋同，但这里的“判决”还等同于刑罚——由判决书自身行刑。判决书在肉身死亡后继续存活。这些文字出现在鲜活的身体上，导致其死亡，这是何等奇异的成就？这就是语言既述行又描述的例证，它从身体的重量、脆弱和死亡中精确地分离出来，因为它废除了那具身体。这种形式的语言力图将身体从自己的生命中剥离，然后再以无躯体的方式继续存活。卡夫卡笔下的许多文字都充斥着一种对生命的强力毁灭感，它们在脱离身躯的过程中存活下来。这或许为我们探讨卡夫卡画作与其文学作品的呼应和分离提供了一条路径，因为两者显然都存在。（参见安德烈亚斯·基尔彻，《卡夫卡的绘画与写作》。）

卡夫卡的文学和绘画作品中虽然都有图像化的线条，但其作用却大相径庭。在绘画作品中，线条挣脱语言牵制，对写作的功能进行批判；而且在绘画中，被简笔勾勒出的身体没有重量，下方没有地面——它飘向高空，一再简化，却能奇妙地伸展和运动。这些画作不是文学意象，而是打破了写作束缚的图像，尽管是以不同的方式重申了一些写作最根本的问题。

我曾指出，卡夫卡的作品中似乎有一种反复出现的欲望或动力：要将具象的存在化解成一行纯粹的文字，没有质量和重量，悬浮在空中，摆脱了重力，因失去体积而变得强大。这种超脱或变形出现在那些因反抗父亲（《判决》）、屈服于杀人机器（《在流放地》）、受制于无法区分法律与犯罪的程序（《审判》），或因不能按时起床上班（《变形记》）而惨死的人物身上。身体的变形和消减以各种方式发生，《饥饿艺术家》（1922 年）表现了身体的厌食状态，而在其他作品中，第一人称视角存活得更长久，观察和叙述着自己身体的消失。

纸面上的线条是一个论题，不过其中有些也是组成绘画的图形标记。在卡夫卡的笔记本中，我们发现文字通常夹杂着绘画，这就引出一个问题：写作从哪里结束，绘画又从哪里开始？在绘画中，图像式的线条互相运作，戏弄或对抗着水平线，有时像空中杂技，或者以某种不可能的方式弯曲，悬空保持平衡，组成不完整的身体轮廓，这样的身体质疑着重力、姿态、身体形态的一致性，以及身体对外在环境（如地面和墙壁）的倚靠。116 号作品中，击剑者的脚可能在地上，但画面中央的他也可能已离开地面运动，手和剑被一道空隙分开，而手本应是紧握剑进行防御的。线条的连续性是含蓄而非明确呈现的，这再次将他写作与绘画中的线条区别开来。

这些画不仅仅是在对小说故事或更短的文本进行说明，尽管它们与这些作品有着重要联系。它们有时画在笔记本或日记本的边缘处，有时画在信件或单独的纸页上。有时文字一中断，绘画就开始了，正如基尔彻所说。此时，尽管图像式的线条与文字出现在相邻的一页，甚至同一页上，但线条并不构成文字，而是与文字相背离。这些速写主要由线条构成，往往是些不完整的形体。凡是有形体的人物，身体常常是折叠的、交叉的、波浪形的，或者在高空中运动——这种高空运动在现实中是人体无法完成的，可以说它源于人类运动而又超越人类运动。绝大多数速写中只有线条在空间中延伸，作为一个平面，或勾勒出一个几何形状充当人的手臂、腿或与身体似连非连的桌腿，而人物的身体都不完整，难以辨识。114 号作品中呈尖角的图形更像是几何学（如果不是立体派）中对线条的处理方式。

相比目前出版的大多数画作，这幅画在此前已广为人知，画中人物有着显而易见的体积，双臂像木质机翼一般展开，肘部弯折成难以置信的角度，尖尖的脚趾使左腿几乎成了一条直线。我们通常认为这幅画呈现的是一个瘫倒在书桌前的作家，但他也可能是一个倒下的舞者。可以肯定的是，人体的线条比简单的桌椅线条要粗。我们只能通过线条的变化来区分人体和物体，仿佛它们只是线条的两种形式而已。

为了理解这些图画，我们必须思考图像意义上的线条是如何摆脱文本的束缚以呈现新形式的。但在开始讨论更多画作之前，我想先论述那些摆脱了体积、重量，身体悬空的文学意象。我并不是想说这类问题会同时出现在写作和绘画中，虽然随着手在纸页上移动，书写和绘画都会依赖于图像式的线条——尤其是对卡夫卡而言，但二者的体裁与媒介不同。卡夫卡未发表遗作中的这个片段向我们展示了一个不同于图画的文学意象[5]：

> 一个棘手的任务，用你的脚尖走过一根当桥用的腐朽的木头，脚下什么也没有，先用脚把你将要行走的土地聚拢起来。无非是在下方水面上看见的你的倒影上行走，用你的脚将世界连接在一起，你的双手在上方空中痉挛，以渡过一劫。[6]

英译本将德语中的“人”翻译成“你”，把这个残篇转换为第二人称。但“人”这个词相当重要，它指的是某个未知的人，也可以是任何人，或唯一一个能够体现神性的男人：耶稣。如果此“人”在水面上行走，水面映出了他向下看的影子，那这个形象就更像是纳西索斯[●]。“腐朽的木头”开始只是作为脆弱的桥梁，但随后溶解为一个倒影，这时就分不清楚这个有着人形的“人”到底是站着还是走着。衰败的迹象缓缓出现：神，你不是在水面上行走，而是在水的倒影上行走。四肢负担着把世界连接在一起的重任，即使这显然是一项无法完成的任务。此“人”用脚把世界连接在一起，但他的脚下根本没有支撑，他的双手“在上方空中痉挛，以渡过一劫”。双手高举在空中，什么也抓不着，只不过维持着一个痛苦的、无用的姿势，讽刺的是，这居然被当成渡过一劫的手段，虽然痉挛似乎不太可能帮助生存。手处在疼痛的状态中，肌肉由于这样的磨难势必不堪重负。无论他是希腊神话人物还是基督教中的上帝，“人”的形象都暴露出他的雄伟和脆弱：身体的各部分彼此分离，没有任何中心，只能通过没有支点且超负荷的四肢来识别。这具身体无法被视作一个整体，它悬浮在空中，试图以生命为代价来完成不可能的任务，背负着人类无法体现的神圣力量。

[●] 纳西索斯：希腊神话中爱上自己水中倒影而最终溺死的男子。——编者注

卡夫卡曾在1910年的一篇日记中写到自己中断了写作，基尔彻引用了这篇日记，他认为绘画是从写作的中断处诞生的。在书写这种困境时，有一组形象让我们意识到“图像化”对卡夫卡写作的重要性。值得注意的是，在卡夫卡陷入沉思时，一幅画跃然纸上，标志着其与写作的分离。卡夫卡描述了这种分离、这种“无法写作”发生的状态，那是感觉和印象闯入脑海：“就是说，所有这些突然发生在我身上的事情都不是从根本上渐渐生根发芽的，而是半途将我裹挟其中的。那么，不妨去试着抓住它们，试着抓住一棵草，在这棵草刚刚开始从茎秆半腰中生长时，死死将它抓住。”然后卡夫卡写道，也许那些“日本的杂技演员”能够做到这一点，他描述了想象中他们的动作，这和他画作中的一些人物状态形成了对应：“他们可以在一架梯子上攀爬，这梯子不是架在地上，而是由一个半躺在地上的人用脚掌托住，顶端不是靠在墙上，而是伸向空中。”随

后，他描述了他在去年圣诞节的一场派对上所经历的糟糕状态，那时他仿佛登上了“梯子的最高一级”，勉强控制住自己，而梯子“稳稳地放在地上”，“倚靠在墙上”。在地心引力发挥作用、时空关系看似平淡无奇的情况下，这番描述似乎很平静，但这种表面上的平静很快让步于两个令人绝望的问题：“然而，那是什么样的地？什么样的墙？”这两个问题先是通过一番声明，然后又通过一幅画得到了暂时解答：“不过梯子没有倒下，我的双脚坚定地把它踩在地上，我的双脚坚定地把它抵在墙上。”[7] 这番声明赋予了双脚力量来稳固房间里地板上和靠墙的物体，而这本应是万有引力的基本作用。如果刚开始时房间里的梯子是稳固的，只是卡夫卡失控了，那么现在梯子则完全是依靠卡夫卡双脚的阿特拉斯巨人之力来支撑。地面塌陷，人的后背和脚依然在原地发挥作用。就像卡夫卡遗稿残篇中那双把世界连接在一起的脚一样，人类的身体不可能承担起保护世界大地的重任。

卡夫卡在描写他双脚这种势不可当的奇幻力量之后，立即中断了写作，画了一幅速写，即 138 号作品。画中人头攒动，仿佛是 1909 年卡夫卡参加的那场地狱般的圣诞派对。画的底部，一个身材矮小的人仰面躺在一张高悬的桌子上，用脚支撑着一架梯子，梯子上有一个杂技演员单脚直立，保持高难度的平衡。桌子右侧是旁观者们，他们耷拉下垂的脸透露出重力的存在和愚蠢。他们之中似乎只有一个人拥有部分身体轮廓。旁观者们身体前倾，几乎没有脖子，脸似乎塌陷进消失的身体里，表现出一种无聊的痴迷。桌子左侧有被线穿过的半张脸，眼睛望向画面之外；一条曲线延伸到眼角，分不清究竟是人脸的一部分，还是其他残余的断开线条。即使攀上梯子上的横杆，也不能让人从左侧通到右侧。画的各方面都不完整：线条要么断裂，要么消失。这幅画紧随卡夫卡描绘的幻想场景出现，但它并非对文字的“图解”——如果那样的话，画中的人物将呈现出不可能存在的非凡力量。然而，画中的小人被设计成一个支点，以撑起他并不参与其中的杂技表演。地和墙隐没不见。隐约出现的那些人脸，在另一种重力的驱动下往下坠。画中仅有的两具身体，要么承受着自身无法承受的重量，要么以挑战人类脊柱弯曲度的方式像海豚一样运动。画中的两具身体仅由一些简单的线条构成，没有明确的体积或形状。

这幅画不能被简化为文字描述，即使是最详细的图像化描述，因为文字与图像的媒介作用完全不同。如果卡夫卡在日记中的自我说明是可信的，他不能写作了，那么他暂停书写，突然画了一幅画。

我们需要从这样的角度思考 117 号作品。这幅画中人物的双脚以芭蕾舞式的精准程度平衡着身体，他握一根手杖，其实就是一根没有触及地面的垂直线，根本不可能起到支撑作用，因而并没有什么实用性。

这条垂直线似乎是在对抗着写作时文字组成的水平线，它几乎像是从手中滴落或掉落下来的。脚趾只是稍稍触地，所以身体显然无须这根线或手杖来保持平衡。当手杖变成一条悬空的垂直线时，它就失去了自身的功能。纸面上被压平的身体变得毫无重量。事实上，这幅速写呈现给我们的是一个摆脱了重量的身体，是二维的、轻盈的，不仅违背了万有引力定律，也违背了写作时必须遵循的按水平线书写的原则。

在 106 号作品中，人物的四肢在空间上彼此分离，击剑者由一些运动的线条构成，身体躯干几乎不见。右上角的人物在水平方向上大步朝前跨越；左上角站立的人物由运动的四肢组成，无须核心躯干，且四肢与那颗小脑袋也处于分离状态。与之相比，左下方的人物头部和身躯被一条细线轻轻隔开，构成一个独特的平面。画中间的人物完全没有身体躯干，一条向上的线勾勒出脸上的微笑。画面顶部的两个人物双腿迈出阔步，正在奔跑，右上角人物奇妙的身体完全朝水平方向伸展，一直伸向纸面之外，仿佛完全替代了书写行文的惯例，解放了线条的形状——这一刻，线条从书写中获得解放。

134 号作品中这幅令人不安的画来自马尔巴赫德国文学档案馆的卡夫卡馆藏，图中人物的身体被真真切切地撬开，一个观察者倚靠着柱子漠不关心地观看，他们之间被一小块空白隔开。这是一个酷刑和撕裂的场景，身体躯干所在的位置被撕开一个裂口。也可以说，这是一幅“被钉上十字架”的图景，观察者双臂交叉、微微皱眉，冷漠地观看行刑，不禁让人想起《在流放地》中的旅行者。这一次，身体不会飘浮在地面之上，也不会凭借无支撑的足尖技巧来平衡自己，或伸展成几乎笔直的水平线。不会，这里有一架紧拽身体的装置，将其撕裂开来，那个站在旁边的观察者（或施刑者）对眼前的景象心安理得。斜倚着柱子的观察者腹部上突出的“V”形表明他饮食充足，而被撕裂的人物则根本没有腹部。

除了描绘错乱的时空、神秘的悬空和运动，以及重力的消失之外，卡夫卡的身体图画也总在挑战身体各部位的协调一致性。人物的头部，或卡夫卡画作中出现的那个圆球体，总是与躯干分离，且躯干最多也只是出现一部分。有时人物四肢出奇地长且灵活，有时又消失不见，或自由地悬浮。它们很少能协调一致地运动。

在早期作品《一次战斗纪实》（写于1904至1907年间，1912年出版）中，卡夫卡创造了一些矛盾的人物，他们缺乏本体的方向感和身体协调性，他们的四肢仿佛是不得不被抬起运动的物体，缺乏无意识的身体动作。其中一人对另一人在教堂里祈祷的方式感到愤怒，因为一个不可接受的姿势与他争吵。但是，在争吵过程中，这个姿势被证明是难以捉摸的，且带有同性恋色彩。愤怒者叙述这一场景时，也在深思熟虑之下决定着要做出怎样的身体动作，仿佛他精心设计了每一个举动：“我站了起来，笔直向前迈出一大步，抓住他的（衣领）。”一旦愤怒者开始询问祈祷者为何以如此荒谬的方式祈祷，祈祷者的头似乎就与身体的其他部位分离了：“他把自己的身体紧贴在墙上，只有头在空间中自由活动。”当他们两人沟通失败时，祈祷者变得更加诚恳，而愤怒者则试图发起攻击：“我把双手放到较高的台阶上，并把身子向后靠，摆出一种几乎无懈可击的姿势，这是摔跤运动员的最后手段。”奇怪的是，之后他开始指责起祈祷者缺乏诚意，并摆出一副准备摔跤的姿势，但他已经将自己置于一种毫无希望的姿态：身体向后靠，毫无防御能力。他试图找到沟通的姿势，但几乎都不管用。祈祷者也大致如此：“他将双手合一握在一起，为的是使自己的身体保持统一。”[8] 这说明双手做出祈祷的姿势是身体寻求整一的最后机会。那放在一起的双手是在寻求身体业已失去的整一性，但呈现出一种狂欢化效果。这展现了一种仅由双手呈现、身体却不配合的整一性；或是在祈求身体的协调一致，却得不到任何回应。两个人笨拙地调整自己的姿态，最后，这位祈祷者[9] 大声呼喊，在这个世界上必须成为一具身体是多么不公平：“为什么？我竟然不能笔挺地走路，而且步履维艰，不能用手杖敲击铺石路面（参见上文提及的 117 号作品），不能轻轻触摸大声地从我身旁走过的人们的衣服，但是，难道我该为此感到羞愧吗？我不过是一个没有清晰形体的影子，沿着一幢幢房屋跳跃，有时消失在陈列窗的玻璃里，难道我没有理由对此表示不满吗？”[10]

“跳跃”似乎指向了一种身体的运动，但“没有清晰形体”意味着身体失去了形状、体积和重量。它匆匆经过，就像一个没有社会位置、消失在窗玻璃里、可以通过这种透明材料看到世界却不属于世界本身的影子。分离的关键就在于身体，因为跳跃是一种人类活动，却会转化成一种抽离身体、消失不见的奇幻力量，同时不会完全抖落与之相伴的痛苦和羞愧。尽管如此，我们还是可以在速写中发现某种愉悦（参见 9 号作品，以及 6 号作品中间的图像），画中的线条勾勒出纯粹的运动，让人想起快速移动的基本轮廓成形时，那些已经被超越甚至被摈弃的身体运动。人物的轻逸关乎积极能动的身体，手臂线条向后延伸意味着人物在向前冲刺或奔跑。但这些只是姿态性的，对抗重力的同时也失去了紧密相连的轮廓。那些匆匆被画下的悬空的人物，似乎无法被把握，与之相对的是重力、静止、限制或折磨。躯干被缩减为简单的一笔，以示身体前端所在，腹部与器官则皆为空白。

与消失在冰山上的骑桶者以及那个斜着身体冷漠观察致命酷刑的人相比，尽管这些呈现轻巧动作的画给人感觉更具解放意义，但两者之间是存在明晰联系的。在这些图画中，人物躯体简化成开放的线条，抽空了体积、重量和重力，仿佛由于厌食症将身体最小化了。他们不再有受寒的可能，无须食物和住所，不再具有肉体与生俱来的依赖性、暴露性以及脆弱。他们有的飞入空中，双脚不再试图在坚固的大地上找到支撑，而是想要撑起整个世界；他们的身体靠向没有牢固支点的墙壁。变成线条就是变得倾斜、变得不可思议地轻盈，得以离开地面。这或许是对现实的彻底反转，但只能部分地发挥作用。这些人物从来就不是一个整体。线条从未真正构成它试图描画的身体。纸面上的空白总是将球形的头与其他线条分开，而后者就是身体曾经或应该出现的地方。正如我们所知，至少在卡夫卡的日记中，绘画总是与写作穿插在一起。空白成为一个人物（一组聚在一起的线条）的背景。也许笔记本本身就是一种分裂的形象，像上述提到的那幅藏于德国文学档案馆的画（134 号作品），人物左右两侧身体之间有一道空隙，本该是身体躯干的位置只有一片空白，张力真切而又恐怖。再多的概括或总结恐怕都无法使绘画与书写文本之间的主题完全和谐一致。然而，在卡夫卡的日记和书信中，既有文本突然转为速写的情况，又有通过绘画来打破书写形式局限的情况。

有批评家可能会说，卡夫卡的画有些类似保罗·克利的早期作品，而依据现代主义的既定审美标准，克利的画显然更胜一筹。也有人会说，这些画属于次等的表现主义风格作品，几乎不值一提。但这本作品集独具一格、相当有趣，有力地反驳了上述评价。这些审美判断在评价画作时脱离了画作存在的具体语境，或者更确切地说，他们没有看到那种语境的撕裂，那些人物的不完整是有意为之的。脱离旁观者就无法理解酷刑机器，正如脱离了文本语境就无法理解卡夫卡的绘画一样。无论这些画具有怎样的独立性，它们都通过挣脱文学形式获得了这份独立，通过图像化的人物和人物在纸面上的自由移动，它们在改变书写的线条时获得了这份独立。即使有时写作和绘画中会出现相似的主题，体裁也会改变主题表达的形式、呈现的方式，乃至认知的条件。《家长的忧虑》（写于 1914 年至 1917 年间）中有一个叫作“奥德拉德克”的生物，小说用详细的文字描述了它，但这些描述却并不能拼合成一个确定的形象。读者试图画出奥德拉德克，画出它的多彩线，它的星状线轴、横杆和木棒，却只能是徒劳。单凭文字的描述并不能塑造出一个形象，这种“不能”，不仅成了奥德拉德克的特性，也是写作本身的一个特征。这个短篇显示了图像化写作的局限性。叙述者说：“这东西以往曾有过某种合乎目的的形式，而如今只不过是一种破碎的物品。”但随后又根据感性的证据驳斥了这一观点：“任何地方都看不到足以说明这种现象的征兆或断裂处……”[11]试问这番评语也适用于卡夫卡的画吗？

这篇文学作品或许可以给我们一个提示：文字描述一定是无法转化为图画的，这是理解卡夫卡画作的最好方式。画中的形象几乎是没有边界、不完整的，人物的每一个连接处几乎都被空白中断。事实上，将人物联结在一起的是白色的水平纸面，而非血肉或任何身体整一的观念。正如叙述者对奥德拉德克的描述：“整个东西看上去虽然毫无意义，但就其风格来说是自成一体的。”随后，叙述者马上意识到这一点也并不能确定，因为“奥德拉德克极其灵活，根本就抓不住”。[12]这种不断运动、难以被迅速捕捉的东西，在卡夫卡的速写中也能找到。画中的身体逃离了正常的形态，从而揭示：所谓“正常”不过是将那些阻止身体拼合为整一体的裂缝遮掩起来罢了，身体融解于线条、运动、空气，成为一个难以捕捉的人影。

画作目录

Beschreibendes Werkverzeichnis

帕维尔·施密特

描述卡夫卡的绘画首先要区分两组概念：一是范畴上的，即文学和绘画之间的类别区分；二是绘画范畴内部的，即他律绘画和自主绘画。

他律绘画是为了实现其他目的，可以是记载，也可以是说明。它可以充当一份草稿或规划，或是为了捕捉一个想法，以便进一步执行。在这种情况下，它代表了艺术创作过程中的一个步骤。它可能是一幅画或一件雕塑作品的习作，甚至在完成较大作品时被全程使用。技术图纸、操作图解、插图、连环漫画都属于他律绘画的范畴，对话中画下的示意图也是如此。

另一方面，自主绘画没有其他外在目的，绘画者并不记录或说明，也不是简单地复制他所看到的东西。从三维的现实生活到二维的绘画之间，不存在直接的转化。自主绘画完全内存于媒介——载体（例如一张纸）以及绘画工具（例如一支笔）——之中，只服从于自身的法则。因此，这种类型的绘画只能通过它自身来定义，而不是别的东西。这种绘画以实物形式创造了此前并不存在的某些事物。

卡夫卡大多数的画作属于自主绘画，它们为自身说明。然而，他的创作过程可能会反过来受到影响，比如在文学和视觉媒介中同时或相互对照地表现同一个概念时，会受到文字和图像、绘画和写作之间相互渗透的影响。

下文中对画作的描述说明旨在反映它们这些方面的特性。每段描述说明都首先提供了画作的日期、载体、尺寸、所在地等信息，如果是以前出版过的画作，还附有首次印刷的信息。

然而，在许多情况下，卡夫卡的画作都既没有标注日期，也没有标题，甚至没有签名。如果画作是出现在信件或日记中，日期就很清楚；但其中大多数，特别是新近对公众开放的、收藏在耶路撒冷的画作没有这样的外部线索。只能大致确定这些画是 1901 至 1907 年间的作品，未来对单幅作品的研究可能会推测出更精确的日期。

总体来说，我们将使用尽可能中性、描述性而非解释性的文字作为画作的标题。但也有一些例外情况：那些带有卡夫卡手写标题的画，我们会将画作标题写在引号里。

因为追溯确切的创作时间十分困难，画作应以何种顺序呈现也成了难题。本书基本上按时间顺序排列画作，也就是说，首先从以色列国家图书馆的大量馆藏开始，排列出约 1907 年以前的早期画作。然而，在此范围内，更精确的时间排序几乎是不可能的，因此在这里不得不采用另一个原则：首先展示单张图纸和较小对开页上的画，以卡夫卡速写本上剪下来的画收尾。

在这些早期作品之后，是 1909 至 1923 年的旅行日记、信件、日记和笔记本上的画作，一般能追溯更为准确的日期。最后是手稿中的装饰性画作。其中包含一小部分绘制于写作过程中的速写，但它们仍然可以被视为绘画作品。那些旨在服务于写作（或涂掉某些文字）的装饰图案则未被收录其中。

缩写

所属馆藏

Albertina　维也纳阿尔贝蒂纳博物馆

BLO　牛津博德莱恩图书馆

DLA　马尔巴赫德国文学档案馆

NLI　耶路撒冷以色列国家图书馆

卡夫卡相关作品

R　马尔科姆·帕斯利编，《马克斯·布罗德和弗朗茨·卡夫卡：一段友谊·旅行札记》，法兰克福：费舍尔出版社，1987 年

FB　马尔科姆·帕斯利编，《马克斯·布罗德和弗朗茨·卡夫卡：一段友谊·书信往来》，法兰克福：费舍尔出版社，1989 年

KA　尤尔根·波恩、杰哈德·纽曼、马尔科姆·帕斯利、约斯特·施勒迈特编，《卡夫卡作品、书信和日记权威注释版》，法兰克福：费舍尔出版社，1982 年起

包括：

汉斯－格尔德·科赫编，《书信 1900—1912》，1999 年

汉斯－格尔德·科赫编，《书信 1918—1920》，2013 年

汉斯－格尔德·科赫、迈克尔·穆勒、马尔科姆·帕斯利编，《日记》，1990 年

HKA　罗兰德·罗伊斯、彼得·斯坦格尔编，《卡夫卡手稿、印刷稿和打字稿权威注释版》，法兰克福：施特霍姆菲尔德出版社，1997—

2018 年；哥廷根：沃斯坦出版社，2019 年至今

包括：

《牛津八开笔记本　第 3—4 册》，2009 年

《牛津八开笔记本　第 5—6 册》，2009 年

《牛津八开笔记本　第 7—8 册》，2011 年

《城堡》，2018 年

1. 单页和较小对开页上的画作，1901—1907 年

1—2

卡夫卡的名片，背面有头像

约 1907 年；卡纸铅笔画；10.6 cm × 6.4 cm
所在地：NLI, ARC. 4* 2000 5 80（小素描及绘画）

在卡夫卡名片的背面有一幅肖像，用流畅的粗线条勾勒。它在纸张上的位置，以及画作中的元素本身给了它清晰的空间结构。闭合的线条从人物太阳穴处垂直延伸到肩部及肘部，然后水平切开两个面对面的头像，将构图分为三部分。构成下方两个头像的，是卡夫卡经常使用的半圆弧形线条。仔细观察最上方那张细节丰富、露出了四分之三的脸，可以从中看出另一张脸的轮廓，甚至是第三张脸。另一个引人注目的细节是，那条起始于头顶、渐渐消失于背景中的线，加深了页面的纵深感。

3—4

一张纸上的三幅画

约 1901—1907 年；纸本铅笔画；22.7 cm × 14.6 cm
所在地：NLI, ARC. 4* 2000 5 91
首次出版（4 号作品）：Max Brod: Franz Kafka. Eine Biographie, 3.Aufl., Frankfurt a.M. 1954, S.256 [马克斯·布罗德著,《弗朗茨·卡夫卡传》第三版（法兰克福，1954 年），第 256 页]

折叠的双页，也许是从笔记本上撕下来的。

正面（3 号作品）：下部的这幅线条画要从右往左看。在右边，一个人物从卡夫卡手写的文字“刑事诉讼”旁走开；第二个人物坐在左边的椅子上。两个人物在绘画的形式和内容上是相互关联的，两者的并置制造了张力和空间感。行走的人物以简单笔直的线条构成，坐着的人物则由纤细的弧线勾勒。右边垂直的文字与行走人物的背部接触，从而成为

绘画的一部分。他可能正拿着一个托盘，上面盖着一块布，又或者是为坐着的人物准备的一张凳子。这样棱角分明的轮廓在页面上方的图画中再次出现，但并不能使画面变得更容易理解。

上部的线条画中，一些图线被反复涂画强调。人物的右肩、胳膊、手被描画得很清楚，拿着一根手杖似的东西，也许是指挥棒、弓或者魔杖。在人物身后出现了一个有棱有角的图形，可能是一件乐器或魔术师的台布，也许是挂在他左臂上的。帽子勾勒得很清晰，山羊胡（或从领口垂下的领结）也是。左边，卡夫卡在与画面垂直的方向上标注着："主观的。谬误？ / 转换 / 罗德比尔彻？"

背面（4 号作品）：上半部分有一幅黑白对比鲜明的画。中间是一个穿着黑色西装和白色衬衫的人物，三个旋转的人围绕着他，奇怪地打着手势。中央的黑色人物是静态的，双手和双腿对称。与之形成对比，其他三个人物由简易线条构成，处于含混不清、脱离地面的运动之中。马克斯·布罗德将这幅画命名为《法官和三个跳舞的人》（关于布罗德为霍丁挑选的画作清单，参见本书《序言：传承与保存》）。

5/6

一张纸上的六幅画

约 1901—1907 年；纸本铅笔画；34.2 cm × 21.3 cm
所在地：NLI, ARC. 4* 2000 5 88

赭色纸，可能是牛皮纸，上有两道折痕，从左下方被撕开。这六幅独立的画作初看似乎没有关联；不过，它们有着连环漫画一般的叙事形式上的相似性。

正面（5 号作品）：顶部画面是颠倒的，三个人物中，有两个的线条结束在折痕上。底部可以看到四个站立的人物，在后面是第五个骑着马的人，他没有头，可能是因为头超出了纸张的边缘。线条白描出人物和阴影。四个站立的人物似乎穿着制服，配有步枪或刺刀，有相似的服装和帽子。

中间的画作以简单的笔触勾勒出一匹跳跃的马和它身上的骑手，他穿着制服，手里拿着步枪和军刀（或缰绳）。在他身后右侧是一匹跃起的马，上面的人用右手握住缰绳，左臂与写在页面右边的文字交叠：“付费—免费 / 单面—双面。”同时，与画面水平线垂直的文字也成为一种具象表达。可以说，骑手是从页面边缘、从文字中跃出的。

顶部图画展示了三个潦草描绘、或站立或行走的人物，他们身穿斗篷，可能还带着军刀。

背面（6 号作品，应为纵向）：下部虽然是用简单的笔触勾勒出的具体人物，但整个场景依然难以定义。从右边人物的脚部开始，经过其腿部、头部、右臂，再沿着他手中的长棍，越过一个无法识别的物体，指向左侧人群中最后方一个人的头部——这条对角线赋予了画面空间感。左侧人群中有五个人：最左边的人物有一条明显的长腿（或其他物体），它在构图上扮演着重要角色，与屏障右边那个被拉长的人物呼应，两者外侧的腿形成了一种三角形构图。五人组最下方的人物平躺着，头部是一个小圆圈，更加令人困惑。右边的人物同时也在用巨大且突出的左手发出攻击，那也有可能是一把手枪。

中间部分是三个运动中的漫画式人物，只有寥寥数笔飞舞的线条。

上部图画是一幅未完成的残作，可能是一个士兵的头部，与正面的画面对应。

7 — 8 — 9

画在两张纸上的几幅画

约 1901—1907 年；绘画纸或水彩画纸上的墨水画；27.8 cm × 14 cm，6.3 cm × 13 cm
所在地：NLI, ARC. 4* 2000 5 89
首次出版（9 号作品）：Max Brod: Franz Kafkas Glauben und Lehre, Winterthur 1948, S.53［马克斯·布罗德著，《弗朗茨·卡夫卡的信仰与学说》（温特图尔，1948 年），第 53 页］

这两张纸原本是同一张，两面都有画。右侧的纸上缺了一大块。

正面（7 号作品）：第一张纸上有两道折痕，但并没有割裂整个画面的连贯性；第二张较小纸页正面的图像也属于画作的一部分。这幅画现存的部分以两个人物为主，下面的人物是用黑色墨水填充的剪影。布罗德单独裁出了这个人物作为给霍丁的 21 幅画作之一，并将其命名为《速写》。随着墨水在脚部变淡，画中人物的轮廓出现了。按照脚的位置判断，这个人物正在行走。在他的旁边和上方，盘旋着一个巨大的人物，仅被勾勒出了轮廓。在这个中心人物的内部和周围，可以辨认出其他面孔和人物，其中一个可能正骑在他身上。

第一张纸背面（8 号作品）：一些从右向左移动的身体以轻巧的线条草草画出，他们的脸都朝向同一方向。从下到上可以看到三个较大的人物，顶部还有一个靠在桌子或栏杆上休息的人。与正面一样，由于缺少部分画纸，绘画的整体背景变得难以理解。布罗德也为霍丁挑选了这组人物画，将其命名为《栏杆上的人》。

第二张纸背面（9 号作品）：这幅画在 1948 年被布罗德剪下或撕下用作了插图。它展示了一个正在全力奔跑或即将跃起的孤立人物。他双腿伸开，双臂平行向后伸展，也会让人联想到短跑运动员冲过终点线的样子。卡夫卡仅用了一些弯曲的线条，就使画面颇具动感。置放线条的娴熟技巧表明，卡夫卡经常练习画这种姿态的人物，可参照他速写本中有关击剑者的画作。

10 ## 蓝纸上的骑手

约 1901—1907 年；蓝色纸上的铅笔画；10.4 cm × 20.9 cm
所在地：NLI, ARC. 4* 2000 5 80（小素描及绘画）

蓝色的胶版纸。

笔触很简单，没有使用剖面线、阴影或空间结构给予画面纵深感。构成半圆和四分之三圆的弧形线条有种漫画式的特质。尽管有很强的抽象性，卡夫卡仍成功地呈现出了飞驰的马匹及马背上人物的动态。

11
12

“一群人”

约 1901—1907 年；纸本铅笔画；7 cm × 10.5 cm
所在地：NLI, ARC. 4* 2000 5 76

顶部和底部被剪过的网格纸。

这幅线条画的标题《一群人》由卡夫卡手写在画纸背面（见 12 号作品）。画中有五个人从右向左行走，其中有几个人做着手势。值得注意的是，卡夫卡在整体上把握着每个人物的特点，即使他极大地省去了某些特征。所有人的头都小得不成比例，最右边人物的头顶被剪断了。

13

《步枪》内页上的人物

1906 年或之后；新闻纸上的铅笔画；37 cm × 27.5 cm
所在地：私人收藏
首次出版：Hartmut Binder: Kafkas Wien. Portrait einer schwierigen Beziehung, Mitterfels 2013, S.44［哈特穆特·宾德著，《卡夫卡的维也纳：描绘一份难处理的关系》（米特菲尔斯，2013 年），第 44 页］

此为 1906 年 4 月 12 日维也纳讽刺杂志《步枪》的内页，是增刊的第四页，也是封底。页面的下半部分有一则为杂志自身做的广告：这幅漫画描绘了一个关满了傻瓜的笼子，笼前有一个小丑，各种人物从笼子里伸出头。卡夫卡的画作呼应了这些人物，占据了页面下方和侧边的空白。他以十个人物填满了页面。

14
15

讲义中的画

约 1902—1906 年；纸本铅笔和蓝色铅笔画；8.3 cm × 20.4 cm
所在地：NLI, ARC. 4* 2000 5 80（小素描及绘画）

发黄的、被撕成条状的法学院课程讲义。

正面（14 号作品）：马克斯·布罗德观察并在后来记录了卡夫卡听课时是如何在讲义上画下图像和素描的。在下画线组成的水平状“波浪”之中，有一艘游轮。再往下看，线变成了一条条栏杆，其中能看到三个人物。

背面（15 号作品）：清晰的下画线，下方有卡夫卡手写的笔记：

1）形式上的区别。《民法总论》区分口头和书面要约 /《商法》区分在场和不在场。

2）《民法总论》对同一地点的书面要约给予 24 小时的考虑，《商法》，只要……

16

17

18

19

讲义残片上的画

约 1902—1906 年；纸本铅笔和蓝色铅笔画；3.8 cm × 16.9 cm（16 号作品），3 cm × 4.3 cm（17 号作品），3 cm × 11.4 cm（18 号作品），3 cm × 20.4 cm（19 号作品）
所在地：NLI, ARC. 4* 2000 5 73

四张残页，其中一些上面有折痕，全部是从同一张纸上剪下或撕下的，显然是法学院讲义中的一页。马克斯·布罗德把它们放在一个信封里，并在一张单独的纸条上写道：“在我 1905—1906 年的日记中发现（来自法学课讲义的空白处）。”标注有页码“384”的残片是在纵页顶部的。

这些画用铅笔画成，一些线条延伸至页面边缘。画作主要由线条构成，轮廓清晰，内里有几处画上了阴影。由于图画脱离了原本的上下文语境，它们与文字及整个页面的确切关系无法确定。它们不是纸张边缘的注释，而是图像和人物；卡夫卡并不是在对文字或课程内容画图说明，而是构建了一个独立的绘画世界。

最长的一条残片（19 号作品）让人联想到那幅人物被拉长的、充满张力的描绘马和骑手的画作（56 号作品）。那些最为纤细的线条也暗示了一片风景或尘埃的形态。在这四条残片中，能看到显著存在的张力。画的背面是马克斯·布罗德做的编号。

20

21

“古代的舞者”

背面日期为 1906 年 1 月 5 日；棕色纸上的铅笔画；15.5 cm × 12 cm
所在地：NLI, ARC. 4* 2000 5 75

用剪刀剪下的无涂层包装纸。卡夫卡在背面标注了标题及日期：《古代的舞者》，1906 年 1 月 5 日。

这幅画使用了透视法，线条清晰，没有剖面线或阴影，明确的轮廓构成了一个闭合的图形。值得注意的是，人物的头部与身体之间没有线条相连，而是略微偏离身体，不过仍处在前腿和身体构成的对角线上。两腿分得很开，形成一个大拱形，迎合了纸张底部剪出的曲线（也可能是画完后才相应剪了曲线）。两条胳膊嵌在身体的轮廓内，形成小小的尖角拱形。总体上这幅画高度抽象，但长时间观察后可以发现一种整体性，倾斜的身姿营造出一种视觉纵深感。

22

23

三角形纸上的画

约 1906 年；棕色纸上的铅笔画；10.3 cm × 8.3 cm × 7.8 cm
所在地：NLI, ARC. 4* 2000 5 80（小素描及绘画）

被剪成或撕成三角形的无涂层包装纸。

正面（22 号作品）：一个比人更具兽性的生物，从右向左阔步走着，由线条和阴影构成。它有一个动物般的头、一条发育不完全的右臂和突出的腿。右脚很不寻常，有后跟和脚掌，左脚短得夸张，像畸形足或者动物的蹄子。一颗头，或许是人类的，从它的臀部区域伸出。这是一头怪物或野兽，可以与另一幅画（24 号作品）中骑行的生物类比。然而，将这幅画逆时针旋转 120° 后，一个人的形象就显现了，他有一张脸、两条胳膊、两条腿。

背面（23 号作品）：一个生物填满了三角形的纸张。它的身体主要由两条平行线构成，在骨盆区域（三角形的顶点）弯曲，靠两条胳膊和腿支撑；头部很小。这个生物把屁股撅向空中，在下方，胳膊和腿之间，可以看到卡夫卡手写的单词“说犹太语”，几个字母在构图上属于这幅画作，但在内容上与之无关。画中的形体是为了适应三角形纸张，还是画完后才将纸裁剪或撕成了三角形，我们不得而知。纸张和人物形态都让人想到了《古代的舞者》（20 号作品）。

24

25

一张纸上的几幅画

约 1901—1907 年；纸本铅笔画；17.1 cm × 10.6 cm
所在地：NLI, ARC. 4* 2000 5 80（小素描及绘画）

横线笔记本中的一张纸。

正面（24 号作品）：轮廓清晰，内部有线条阴影。可以看到一个人的形象、一个动物的形象和一群人。这只巨大的、无法辨认的动物用后腿站立，一个人形生物摇摇欲坠地骑在它的背上，右手抓着它的脖子，伸出的左手拿着一把手枪。枪管越过左下方聚集的一群小人的头顶，指向纸张左侧边缘之外一个不确定的、只有画中的人和动物才知道的对象。人和动物的头部都小得不成比例。

背面（25 号作品）：这一页由一个似乎正在打扑克的中心人物作为视觉主体。人物被打上了均匀的阴影，这些剖面线使他与桌子和椅子（或长凳）融合为一体。他身体的上部和下部相互扭曲，右下方有一个含义不明的图像作为补充。在右上角，有一个漫画式的、奔跑的人物，可以看到他夸张的鞋子和小腿，与打扑克者的脚部形成鲜明对比。左上角有一个加法竖式，算出来的结果是 91。

“富人的傲慢”

约 1901—1907 年；棕色纸上的铅笔画；18.4 cm × 21.1 cm
所在地：NLI, ARC. 4* 2000 5 74

中间有垂直折痕的包装纸。卡夫卡在右上方注明了“富人的 / 傲慢”，在背面（26 号作品）大约相同的高度，写有“可怜的雇工”。可能有一部分左侧的画被移除了——左下角有一个人物好像正在跑进来，或是跑出去。

布罗德将这幅画选为卡夫卡创作的 21 幅最佳作品之一寄送给霍丁。画中有几个焦点，几乎对称地分布着，由多个含义不明的单独场景组成，视角各不相同：俯视、侧视、灭点透视。在左上角，可以看到一座悬浮着的，或距离很远的栅栏围场，其中有七八个人物坐在椅子上，大致围成一个圈。通过下方一只超大的、带有阴影的手臂，或许也可以猜测这些人是被放在了托盘上。他们可能是音乐家，或纸页背面提到的“可怜的雇工”。在这群人下面有一条小路、河流或连接物似的东西延伸到一个支撑装置上，也许是一个长脚的桌子，上面立着几个玻璃杯。如我们所见，在纸张的中央，一个身着紧身条纹服的人，如跳舞般跨步，平衡着手中的托盘，将之端给客人——他也许是一个鸟人，或是前面提到的“雇工”？他手中托盘上的东西难以辨认，我们只能描述其形态，无法定义它究竟为何物。这是一个怪异的物体，两边都有孔雀的羽毛。在右边铺着桌布的长桌前，坐着两个同样难以定义的人物。除了这个场景之外，整个构图上没有清晰的灭点，虽然空间的纵深感非常鲜明。悬浮在人物上面的是六支蜡烛，它们排列成十字架的形状，似乎是有架烛台还未被画出。

保罗·克利和琼·米罗都从儿童画中得到过启法，这幅画也很像是出自儿童之手，它不是自然主义写实风格的，而是将不同物体和人物并置。它所描绘事物的大小并不取决于它们在现实世界里的模样，而是取决于创作者赋予它们的个人意义。整张画似乎是不同层面的现实的并置，但也可能在含混不清的顺序中创造了某种叙事，也许是一个被多次绘出的梦境。因此，它也让人联想到超现实主义绘画，比如《精致的尸体》。

28

29

一张纸上的四幅画

约 1901—1907 年；纸本铅笔画；23 cm × 14.4 cm
所在地：NLI, ARC. 4* 2000 5 90
首次出版（28 号作品）：Klaus Wagenbach: Franz Kafka. Eine Biographie seiner Jugend, Bern 1958, S.112［克劳斯·瓦根巴赫著，《弗朗茨·卡夫卡的青年时代》（伯尔尼，1958 年），第 112 页］

这张网格纸是横向折叠的，很可能是从速写本或一张较大的纸上截下来的。

正面（28 号作品）：这张分为两部分的画是布罗德为霍丁挑选的 21 幅作品之一。布罗德当时给它起了名字：《一顶被抬过两道风景的轿子》。

下部图画明显具象而自成一体，包含一片有地平线、树和云的风景，前景中的形状或许是栅栏，或许是路边或田边的植物，但几乎可以被视为装饰性的。一个人坐在树下，背朝画中的景象。一个箱子，可能是顶轿子，有细到不真实的杆子，被两个人从右往左大步流星地抬着。轿子的侧窗里似乎可以看到一个人物。

上部图画中有一片风景，其中树木、河流、小路、两个小人和一个箱子，是以鸟瞰的视角绘制的。在前景中，六个头部极小的幽灵般悬浮的人物从右向左移动着。

背面（29 号作品）：下部图画的线条不太清晰，有四块暗色的阴影。它暗示了一片风景、一个无法定义的空间。右边是两个几何图形，让人想到长着腿的带顶家具。因为出现了可以辨识的身体部位，它们也使人联想到人物。

在上部图画左侧，卡夫卡写道：“通过地役权使用房子的可居住部分以满足他 / 她的需要。”画掉的文字可能是“建设权”。右下方是一个无法定义的图像，不过它为页面上部与下部的画面创造了一种构图上的过渡。

30

31

一张纸上的多幅画

约 1901—1907 年；纸本铅笔画；16.3 cm × 19.8 cm
所在地：NLI, ARC. 4° 2000 5 82

从笔记本上拆下的带线双页纸，正面有明显的棕色墨水污渍。

正面（30 号作品，应为横向）：卡夫卡在这里使用了不同硬度的铅笔。这些图画由简单的笔画线条构成，有些地方着重描画多次，间或有交叉阴影线出现。我们可以看到各种各样的绘画主题，在形式与内容上各不相同，创造了各自的现实——有些是粗糙的速写，但也有一些相当完整。双页的左页和右页画面似乎没有什么共同点。右页的主视觉图像是一匹马的背面，在马的右侧，有三个潦草的人物。而在左页，一个身穿黑色西装的人物在一个摆放着静物的基座旁悬浮着，基座上可能是两个器皿。鉴于人物清晰的中分式发型和已知的卡夫卡照片，这可能是一幅自画像。上方还有三个人物，可能彼此间没有任何关联。最上面戴帽子、身上有交叉阴影线的人物拿着一根手杖在走路，与地面线条组成统一的构图。在他的脚下是一只潦草画成的、主要由头和腿组成的怪物。三个人物中最下面的一个完全与其他画面割裂，身体夸张，脚上穿着怪异的鞋子，拿着一个难以辨认的棍状物体，将纸张的空间分成了三份。

背面（31 号作品，应为横向）：这张双页画的左右页是相连的。左下角似乎可以理解为一种具象的叙事场景，但它与双页上的其他图画在内容上并无关联，而是遵循自己的图像逻辑。有一座被清晰画出的建筑，像是带门的塔，在它前面，可以看到几个小人和一条有明显转弯的道路，路与旁边人物的衣领相交。在这个人物的半身像和塔楼旁边，是两个潦草的人物，其中一个倒挂在页面的左上角，与建筑物相接，另一个则从那个戴神秘头饰的人物上方飘浮出来。在右页上，我们可以看到一些建筑风格的装饰，其中一些形象而写实。

令人印象深刻的是，卡夫卡在这张双页画中通过不同的绘画技法使种种元素各自迥异又独立。

32 ## 落地窗前的人物

约 1901—1907 年；纸本墨水画；8 cm × 8.2 cm
所在地：NLI, ARC. 4* 2000 5 80（小素描及绘画）

用剪刀剪下的纸片，可能来自速写本。

这也是布罗德为霍丁挑选的 21 幅作品之一，他将之命名为《在有窗帘的窗前的男子》。画由直线构成，窗前的栏杆被稍微着重描画。这幅画以轻浅的笔触准确勾勒出了一处能看到窗外风景的室内空间，只通过一扇落地窗、一个带有被着重描绘的装饰物的阳台，以及上方带有褶皱的窗帘将空间界定出来。右侧站着一个黑脸或背朝我们的人，也可能是靠在那里。他伸出一只手臂，放在落地窗的把手上，另一只手臂弯曲，手掌清晰，也许正拿着什么。卡夫卡没有画出人物的肩部。这幅速写引人注目的是人体和落地窗在空间上的相互渗透。窗的框架与人物弯曲的手臂上部融合，并延续到腿部；人物和窗构成了一个整体。这个人是在看向房间内，还是在通过落地窗看向室外？这是一个“雅努斯[*]时刻”。内心世界与外部世界融为一体了。

[*] 雅努斯：罗马神话中的门神，有前后两副面孔。——编者注

33 ## 草图

约 1901—1907 年；纸本铅笔和蓝色铅笔画；10.6 cm × 17.1 cm
所在地：NLI, ARC. 4* 2000 5 80（小素描及绘画）

从笔记本上拆下的横线纸。

底部有四条用较粗的蓝色铅笔画的线；中间有一条用蓝色铅笔潦草画的 Z 字形曲线；顶部明显是想用另一支笔画一些东西，可以看到平行的线条、一个建筑物，顶部有一条长横线。这只是一件试画练手的作品，但它的结构和构图比例都是经过深思熟虑的。可以想象它是描绘歌德花园别墅（见 125 号作品）或带花园房子（见 34 号作品）的画作的弃稿。

34

35

带花园的房子

约 1901—1907 年；纸本铅笔画；16.8 cm × 10.1 cm
所在地：NLI, ARC. 4* 2000 5 80（小素描及绘画）

横线纸。

正面（34 号作品）：带花园的房子，以一种明显写实的风格描绘。在页面顶部，卡夫卡手写记录了三个法律知识点，它们在构图上与画形成了制衡，但在内容上与画没有关联。

状态

1 犯罪地（即犯罪行为发生地）

2 防范，当——

a 更有责任的

b 犯罪性质不确定

3 认知

这幅画让人联想到卡夫卡在魏玛画的歌德花园别墅（见 125 号作品）。一个人出现在房子的右下方，为画面增加了一种不确定性，他拿着一根长长的东西，脚部的阴影也可能是他的影子。

背面（35 号作品）：卡夫卡用铅笔写的法律笔记，其中一些地方用了速记符号，与另一侧的画没有关联。

对政府行为没有管辖权的法院

（画掉：至少双重的）

与外事机关的谈判

由居住地或（他）进入地所在区域的

一审法院管辖

采取必要的预防措施，防止亵渎

向市政厅申请—

二审法院—

司法部长

在任何情况下，两个法院都必须先处理该事，不得拖延。

36

37

一张纸上的三幅画

约 1901—1907 年；纸本铅笔画；16.7 cm × 9.6 cm
所在地：NLI, ARC. 4* 2000 5 80（小素描及绘画）

笔记本上的横线纸，右上角被撕下了一块。

正面（36 号作品）：这里画了两组人物。下面一组是一两个运动中的人物——我们看到三条腿，下方有脚，还有一个轮廓清晰的灰色阴影人物。后者是这一页上唯一被画完整的人，穿着一双引人注目的黑色鞋子（类似 25 号作品），让人想起捷克插画师约瑟夫·拉达，他最著名的作品是为《好兵帅克历险记》所画的插图。他们上方有两三个潦草的人物，中间的那个人可能正在跌落。

背面（37 号作品）：铅笔线条流畅有力，某些地方被反复描画强调，有各种形态的阴影。占据这一页主要空间的，是一个有头部和躯干的巨大人物，位于画面中心，身穿长袍，也可能是系了一条披巾，戴着尖尖的帽子，一些漫画式的线条绘出了他的长发。画在袍子上的可能是一张没有轮廓的脸，鼻子上架着眼镜，有一头卷发。在尖尖的帽子顶上，悬着一个手脚不成形的人物，飘浮在一个气泡中，穿着遮住了全身的长袍，头部畸形，没有头发，有一张超大的嘴巴。

38

头像和人物

约 1901—1907 年；纸本铅笔画；16.9 cm × 10.8 cm
所在地：NLI, ARC. 4* 2000 5 80（小素描及绘画）

这页纸被剪刀剪去了一大块。

可以看到两个用有力的线条和阴影绘制的人物：前景中是一个穿着晚礼服的男人，衣服上打着阴影；在他旁边或后面，是一个大得不成比例的女性头像，头发上有一个蝴蝶结，脸颊丰满、厚嘴唇、下巴突出、鼻子弯曲。女性的头部是封闭的、漫画式的，而男性的头部是敞开的，显然仅由五官和几撮头发组成，没有头盖骨和骨骼。那对明显突出的耳朵也许正是卡夫卡自己的，男人的右耳碰到了女人的左脸颊。在女性头部的左边，隐隐能看到轮廓很浅的另一个人的头部，梳着分头。这幅画是布罗德为霍丁挑选的 21 幅作品之一，布罗德将其命名为《初级服务员和脸颊丰满的女孩》。

39/40

人物和半条狗

约 1905 年；纸本铅笔画；12.3 cm × 5.5 cm
所在地：NLI, ARC. 4* 2000 5 80（小素描及绘画）

纸页的左侧被剪掉了，画面也因此被截断。背面的墨水渗了过来。

画中可以看到一个牵狗行走的男人，大狗被从腹部截断，狗的身体上有文字或其他装饰图案。绘画简单，以线条为主，突出了男人的手杖和格子裤。在这种朴素的表现方式中，男人的鞋子和狗的爪子交织在一起，乱作一团。他的脚下方是石板或某种形态的纸张，似乎与背面透过来的文字融为一体。

在背面（40 号作品），卡夫卡用铅笔写了“失败的女士 / 成功的男人”。这也解释了左侧被截掉的画面：卡夫卡显然截掉了“失败的女士”，下方用墨水笔写的文字也同样证明了这一点，署名是“I.F.”——可能是伊达·弗洛伊德，贝尔塔·芬塔的妹妹（参见《卡夫卡的绘画与写作》，第 222 页）。它直接提到了这幅画：

> 讨人喜欢!!! 遗憾的是那位女士失踪了。奥蒂说她原本在那儿，后来被截掉了。但有这位绅士就很让人知足了，因为他很有魅力。我从来没见过比他更美的男人（除了一个人）。
>
> 致以问候。
>
> I.F.
>
> ［他当然是一个（画掉字母“Pr”）花花公子。］

“奥蒂”可能是钢琴家奥蒂莉·纳格尔，伊达·弗洛伊德的朋友。

41
42

“恳求者和尊贵的赞助人”

约 1901—1907 年；纸本铅笔和墨水画；11.5 cm × 14.3 cm
所在地：NLI, ARC. 4* 2000 5 77
首次出版（41 号作品）：Max Brod: Franz Kafka. Eine Biographie, 3. Aufl., Frankfurt a. M. 1954, S.256［马克斯·布罗德著，《弗朗茨·卡夫卡传》第三版（法兰克福，1954 年），第 256 页］

这张纸被撕成了两部分，上面贴了一片纸，遮住了左边人物的胸上部和头部，不过这片纸可以被展开。此前，这幅画都是以有纸遮盖的形态被影印出版的。布罗德为霍丁挑选画作时也在没有展开纸片的情况下拍摄了照片。

卡夫卡在纸的左下方写了“恳求者和尊贵的 / 赞助人”。这两个走向彼此的人物极其夸张，有着漫画式的姿态、服装和表情。两个人物都是用铅笔绘成的。上半身长得夸张的“恳求者”被黑色墨水填满了整个身体，只有头部除外，用寥寥几笔线条勾勒。显然，他手里拿着帽子，举在上半身身前。那位“尊贵的赞助人”跨立在卡夫卡的文字上方，仿佛站在一个基座上，拿着一顶夸张的帽子，跳舞般向恳求者鞠躬；显然，他的腰部以下没有衣服遮盖。两个人物之间的构图和黑白对比制造了一种强烈张力，人物和纸张之间也是如此。

背面（42 号作品）是卡夫卡用加贝尔斯贝格速记法做的笔记，抄写了一段赫尔曼·苏德曼的诗《索尔格夫人》（1886 年）。卡夫卡可能是在阅读演讲厅中听到了这首诗。

在赞美（原文如此，正确的词应该是“苦难”）和瘟疫中，
在沉闷的工作日的劳作中，
在许多清醒的夜晚的痛苦中，
啊！如此的真实。
在这期间，你变老了，头发变白了，
而那个蒙着面纱的女人，
仍然带着凝视的眼睛和馈赠的双手，
在房子的四面墙之间悄悄地进出，
从寒酸的桌子到（缺失“空的”）
神龛，从门槛到门槛，（缺失“蹲坐”）
在壁炉旁，对着火焰吹气、锻造。
在白日里与亲爱的父母一起，
因此，不要绝望！你是否（缺失“诚实地”）累了，
是否为沉重的生活所困？
所以你将（其余行文因纸张被撕毁不复存在）
天堂（其余行文因纸张被撕毁不复存在）

43 丰满和瘦削的人物

约 1901—1907 年；纸本铅笔画；13.2 cm × 11.1 cm
所在地：NLI, ARC. 4* 2000 5 80（小素描及绘画）

在某位露西·冯·塔格斯顿用英文写的一封信背面，卡夫卡画了两

个人物：一个占据了画面主视觉的圆形人物大步朝左迈进，人物被画得很完整；旁边是一个画得潦草的瘦削人物。丰满人物那近乎趾高气扬的步伐，与页面左下角一个被潦草描了几笔的人物的动作相呼应。在这两者之间还有某种动物——是狗、猫或禽类，也在向左走。图中丰满人物的鼻子过长、头过小，身穿某种不能被准确辨认的斗篷。同样不能确定的是，从斗篷下伸出的手是这个人自己的（如果真的如此，那他确实很胖），还是隐藏在衣服下面的另一个人的脚。瘦削的人物几乎如同幽灵一般，在各方面都与丰满人物形成了鲜明的对比，尽管两者身体相交；他戴着厚厚的绉领或围巾，又或许那是浓密的胡须。

44 “D.R. / 国（际）私（法）”

约 1901—1907 年；纸本铅笔画；14.5 cm × 11.3 cm
所在地：NLI, ARC. 4* 2000 5 80（小素描及绘画）

纸页顶部有被折叠后撕下的痕迹。

这幅画是用软芯铅笔画的，两个头顶上写有文字的人背对着彼此。右边的人物用简单的粗线条画出，可能是男性，头部的形状令人困惑，面部表情怪异，腹部臃肿，不排除是孕妇的可能。这个人穿着全身式连体衣，面朝观众，左臂举起。他脚部的奇怪形状，神秘的、像戴着面具似的头部和画中的大幅留白，强调了图画自足的特性，体现了卡夫卡自己的绘画现实。他与左边侧立的人物处于一种紧张状态中，左边的人物正从他身边走开。左边的人物有闭合的轮廓，用一条不间断的线画出，中间没有空隙。她的脸被挤在绉领和帽子之间，长裙下的女鞋清晰可见。根据裙子的下摆和帽子顶上的图案判断，她穿的可能是民族服饰。构成右侧人物的弧形线条与左侧人物身上垂直、坚硬的直线形成了对比，只有左侧人物伸出的手臂在水平方向上打破了这些线条，她拿着一个神秘的东西，也许是一个盛菜的托盘。在这个人物上方，我们可以看到“D.R.”，这可能是一个名字或“博士学位”（Doktor）的缩写。在右侧人物的上方，卡夫卡写了“国（际）私（法）”。卡夫卡在 1903 年和 1904

年听过霍拉兹·克拉斯诺波尔斯基关于奥地利私法的课程。

45

男人，女人

约 1901—1907 年；赭色纸上的铅笔画；10.8 cm × 7.3 cm
所在地：NLI, ARC. 4* 2000 5 80（小素描及绘画）

这幅线条画的笔触部分较深，部分较浅。男性人物很瘦，两条上臂紧贴身体，戴着眼镜的脸画得较为精细。旁边的女性人物穿着一条宽大的长裙，长裙下将将露出漫画式的小脚。她的上半身由鼓起的、仿佛自己有生命的紧身胸衣组成，那也可能是她裸露的胸部，遮盖了头部的一部分。女人的手臂也紧贴身体，看上去消极被动；另一方面，男性的前臂及手可以被解释为主动的、阳具般的身体部位。这幅画是布罗德为霍丁挑选的 21 幅作品之一，他给它起名为《怪异的夫妇》。

46
—
47

两个站立的人物和一幅肖像

约 1901—1907 年；赭色纸上铅笔画；10.9 cm × 8.6 cm
所在地：NLI, ARC. 4* 2000 5 80（小素描及绘画）

这张纸左侧被沿曲线剪开。

正面（46 号作品）：由于纸张被剪过，无法辨认画作在纸张上原本的空间位置。可以看到两个人物，可能都是男人，左边的人侧面朝向观众，右边的人则是正面。后者身穿长裤，没有穿鞋，双手交叠放在肚子前；前者身穿长外套、长裤，一双鞋被清晰画出，有一只过长的手臂和大手。两个人的头都小得不成比例。布罗德也为霍丁挑选了这幅画，将其命名为《两个同辈人》。

背面（47 号作品）：人的头部，一个年轻人的肖像，与维利·诺瓦克有某些相似之处。脸部被描画得生动细腻，精细的剖面阴影线赋予了它一种雕塑的质感。这幅肖像属于学院派风格，仿佛是绘画课上的作业，也许是依照模特画的。页面底部还有一个无法辨识的图案，也许下面的部分被截断了。布罗德也为霍丁挑选了这幅画。

48—49

加布里埃尔·邓南遮

约 1901—1907 年；纸本铅笔画；15.4 cm × 10.8 cm
所在地：NLI, ARC. 4* 2000 5 80（小素描及绘画）

正面（48 号作品）：根据 1889 年加布里埃尔·邓南遮的签名肖像照影印的平版印刷品。这张照片由费舍尔出版社发行，收录在其 1899 年的出版目录（《1886—1990 年出版目录》，第 6 页）中。卡夫卡还在目录中收录的另外两张作者照片上（或在其背面）画了画，分别是阿瑟·施尼茨勒（目录第 60 页）和艾伦·基的照片（目录第 66 页，参见 50、51、52、53 号作品）。卡夫卡曾在 1909 年布雷西亚的一次航空表演上看到过邓南遮，并写了一段文字描述他［参见《卡夫卡生前发表作品集》（法兰克福，1994 年），第 40 页］。在照片外的白边上，卡夫卡试图临摹这幅展现了人物四分之三侧脸的肖像，并用粗线条有些变形地描绘出人物的面部表情。

背面（49 号作品）：一幅肖像画，运用阴影和空间技法的方式让人印象深刻，可能是根据邓南遮的照片画出的。它和正面照片中的人物头部大致处于相同高度。

50—51

女性人物

约 1901—1907 年；纸本铅笔画；10.1 cm × 6.6 cm
所在地：NLI, ARC. 4* 2000 5 80（小素描及绘画）

根据阿瑟·施尼茨勒约 1900 年的签名肖像照影印的照片（51 号作品），背面有画作。这张影印照片来自费舍尔 1899 年的出版目录第 60 页（参见 48、49、52、53 号作品）。照片是用剪刀剪下来的。

在照片背面，卡夫卡用细腻的线条绘制了一个女性人物（50号作品），依据她脚部的位置，可以看出她正面朝观众走来。与画中的其他部分相比，头部、帽子和鞋子画得很精细。布罗德将之选为卡夫卡的21幅最佳作品之一，命名为《速写》。

52
53

屋顶上的人物

约1901—1907年；纸本铅笔画；11 cm × 6.2 cm
所在地：Albertina, 31339r/31339v
首次出版（52号作品）：Max Brod: Franz Kafkas Glauben und Lehre, Winterthur 1948, S.38［马克斯·布罗德著，《弗朗茨·卡夫卡的信仰与学说》（温特图尔，1948年），第38页］

从瑞典改革派教育家艾伦·基影印照片上剪下来的纸片。卡夫卡在费舍尔1899年的出版目录中找到了这张照片，他还从目录中剪下了邓南遮和施尼茨勒的照片（参见48、49、50、51号作品）。他在纸页的正面和背面都画了画。

背面（52号作品）：构图显现出良好的比例感和平衡感。可以看到一个走路的人和一个屋顶，仔细一看，两者之间并不和谐：这个瘦削的人举着一只胳膊，像是在保持平衡，又或是正悬浮在空中，他的脚尖甚至没有触碰到屋顶的瓦片，手臂虽然碰到了可能是烟囱的物体，但二者间没有紧密的关联感。从构图上来讲，一切都围绕着画面中唯一的一条水平线，它起始于纸张的垂直中轴线处，延伸至页面右边，以黄金分割的比例将画面水平分成两部分。这条清晰的线也可以被看作一个并不存在的圆环的半径，使人物与屋顶处于动态联系中。围绕着这个圆心，可以看到伸出的手臂、拉长的腿，延伸至紧贴身体的另一只手臂和弯曲的小腿。人物似乎穿着短靴，短裤和长筒袜是用吊袜带扣连接的。或者说，这个悬浮在屋顶上的人物没有穿鞋，只穿了长袜？他的头部很小，有茂密的头发和突出的眉毛，但脸部没有清晰的轮廓。这具修长、禁欲的身体可能是卡夫卡本人的。

正面（53号作品）：无法确定这幅肖像画是否为卡夫卡的自画像。

54

55

两个男性人物

约 1901—1907 年；纸本铅笔画；10.6 cm × 8.6 cm
所在地：NLI, ARC. 4* 2000 5 80（小素描及绘画）

在笔记本的横线纸上用软芯铅笔绘制，纸页被截成了一半大小。马克斯·布罗德也为霍丁选了这两幅画，将其命名为《一名舞者》（54 号作品）和《抑郁者》（55 号作品）。

正面（54 号作品）：一个迈着大步的男性人物，画风夸张，衣服被描上了浓重的阴影。强烈的明暗对比和悬停的运动姿态创造了一种紧张感。从纸张右下角到左上角的对角线，在构图上由人物的脚延伸至另一条腿上的膝盖，又延伸至两只手臂和草草画成的手。人物轮廓与纸张四边之间的不同空隙也值得注意。头部悬在身体上方，没有和身体相连。鞋子被凸显出来，男人骄傲而自信地从右向左行进着。

背面（55 号作品）：这个人物也是用浓重的阴影画出的，处于页面的对角线上，与正面的人物相似。他也在从右向左走，但看上去蹑手蹑脚的。人物没有手臂，或是手臂在画面中被挡住了，他弯腰的姿势和低垂的光头与正面的人物形成了鲜明对比。根据鞋子来判断，两者可能是同一个人物。铅笔痕迹从纸的另一面透过来，让背面人物弓起的背成了正面人物凸起的肚子——后者充满活力，前者则被缩减为一条弯曲的线。背面人物上半身与下半身相接的地方，两个简单的弧形交错在一起，让人想到数字 8 的一半。中心有一个浅色的点，也许是那个人的手。

56

57

马与骑手

约 1901—1907 年；纸本铅笔画，正面有墨水画；20.2 cm × 16.4 cm
所在地：NLI, ARC. 4* 2000 5 83
首次出版（56 号作品）：Max Brod: Franz Kafka. Eine Biographie, Prag 1937, Anhang［马克斯·布罗德著，《弗朗茨·卡夫卡传》（布拉格，1937 年），附录］

笔记本中的横线纸，中间有折痕。

正面（56 号作品）：在这幅简单的影线画中，一匹马跳过障碍物，背上有一个挥舞着鞭子的骑手。画面中各种元素的空间位置制造出一种张力和纵深感。一条水平面上的长对角线与深色的线条群相交，形成一个延伸到页面右侧边缘的宽阔平面。在页面中心，平面呈直角转弯，朝向页面的下方延伸。这是用透视法画出了一个不明障碍物或跳栏的两个侧面。强壮、丰满的马的躯体被简化为一条从头部延伸到马尾的对角线，从而突显了马的跳跃方向。骑手穿着条纹衬衫蜷伏在马背上，阴影线将他的裤子与马连接起来。他的左腿下方接着马伸出的腿，而握着缰绳的手几乎没有被画出。这匹马似乎是在飞越障碍物，这让它的后腿与障碍物顶部相交乃至融合在一起，画法引人注目。在构图和内容上，我们都看到了障碍物和跨越它的难度。运动的方向近乎垂直于页面上的线条。

背面（57 号作品）：三匹大小不一的马，上下排列，沿平行于页面上横线的方向运动。它们腿的位置显示了卡夫卡精准的观察能力。最下面这匹马上有骑手，根据头盔判断是一名骑师。和正面的马一样，这匹马从耳朵到骨盆处有一条引人注目的直线。骑手的左腿不自然地弯曲着，仿佛想要适应马弯曲的躯干，并与笔直的背部形成鲜明对比。这幅画可能是正面画的习作练笔。位于中间的、没有骑手的马自由运动着。最后是一匹工作中的马，被套上了马具，拉着后面装载的东西：一辆满载的手推车，可能是一个没有轮子的农用拖车或雪橇。在马和车之间，我们看到一个手持极长鞭子的车夫在马的上方悬浮着。

58
59

“从桥上观察游泳者”

约 1901—1907 年；纸本铅笔画；10.1 cm × 16.1 cm
所在地：NLI, ARC. 4* 2000 5 79

纸张左上方被撕掉了一块，底部有从笔记本上撕下或裁下的痕迹。

主导画面的是两条被重重描画的线，从页面上方边缘的中部延伸到右侧边缘的中部，两条线之间有一些人物的轮廓。一座桥的形状被草草勾勒出来，正如卡夫卡在背面（59 号作品）所写：“从桥上观察游泳者。”这座桥与另一组线相交，画的也许是河岸，也许是游泳者的另一条腿。游泳者的上半身仅用几笔画成，双臂外展，前腿弯曲即将蹬直，做出蛙泳动作。与身体部分潦草的线条形成鲜明对比的，是精心绘制、带有棋盘图案的泳裤。漂浮在水中的人物下面是两条类似鱼或其他水生动物的东西。在桥上，我们看到四个站立的人和两个奔跑的人，好像正在赶路。值得注意的是画作标题中明确提到了视角：从桥上观察。页面下部倒置的符号，是用奥地利速记法写的连字符。

60
—
61

一张纸上的不同人物

约 1901—1907 年；纸本铅笔画；4.7 cm × 10.6 cm
所在地：NLI, ARC. 4* 2000 5 80（小素描及绘画）

用软芯铅笔绘制。

正面（60 号作品）：三个人物出现在一条路上。这条路以不规则的角度弯折着，对于人物分得很开的腿来说，它明显太窄了。路清晰地在背景中被画出，但细节特征含混不明，与之相邻的地面也是如此。三个人物的格子斗篷或披风特别引人注目，从下方伸出的腿和过大的脚，让人想起儿童画，也有可能是某种夯土的工具。在他们方形的斗篷上方是没有脖子的头，其中有两个人戴着帽子。右边的人物似乎在用脚支撑着手——手同样是圆形的，手指清晰可辨。三个人物棋盘图案的斗篷被绘制得一丝不苟，与之形成对比的则是剩下潦草绘制的部分。尽管有类似儿童画的元素，但这三个人物表现出的张力远不是稚气的。棋盘图案让人联想到 39 号作品中的长裤和 58 号作品中的游泳裤。

背面（61 号作品）：左边是两个用线条勾勒、阴影填充的人物，一个是黑色的，另一个是灰色的，占据了画面的主视图。左边人物的轮廓由直线构成，右边的人物则有更多的曲线轮廓；两人都在运动，可能是扭打在一起。卡夫卡写于底部的文字“农业政策”是上下颠倒的。文字可能与罗伯特·祖克尔坎德尔的政治经济学课程有关，卡夫卡在 1904 至 1905 年冬季学期上过这门课。文字上方是一个拉长的物体，以及一个小人，在正面的画中也可以找到类似的东西，还有一个无法识别的半圆图案。两条直线主宰了整个画面。

62
63

双页纸上的各种画

约 1901—1907 年；纸本铅笔画；33.8 cm × 10.3 cm
所在地：NLI, ARC. 4* 2000 5 80（小素描及绘画）

横向的双页纸。

正面（62 号作品，应为纵向）：在上方有一张上下颠倒、精心绘制的沙发，在它后面和旁边，是身体过长、头很小的人物。在这一页的中部，一个用几笔描绘的人物蜷缩在一张椅子上，人物上方的几个图形可能是他的变形。在画面底部，快速而潦草画下的动态线条，可能代表着一个骑马的人物。

背面（63 号作品，应为纵向）：最上方是埃贡·埃瓦尔德·普里布拉姆用墨水写下又画掉的文字："埃瓦尔德·普里布拉姆，一年志愿者，自费。"普里布拉姆是卡夫卡的同窗，他的父亲奥托·普里布拉姆在 1908 年 7 月底帮助卡夫卡在劳工事故保险局找到了一份工作——奥托是该机构的主席。文字下方是没有脸部轮廓的五官，这个主题在下方纸页上也出现了好几次。下部的空间主要由一个头部占据，使用有力的笔触来回描画，躯干则只有模糊的影子。头部是倾斜的，看上去有一张圆形的嘴和两撇胡子。上方的圆洞不能确定是眼睛还是鼻子，也许其中还有其他小洞。头部左侧是一个简陋、抽象的人物，可以分辨出腿脚。

64
65

信封上的各种人物和头像

1905 年 10 月下旬或更晚；纸本铅笔画，上有黑色墨水书写的地址；14.3 cm × 18.7 cm
所在地：NLI, ARC. 4* 2000 5 80（小素描及绘画）

软芯铅笔画。打开的信封上有邮票和两个邮戳，收信人是布拉格的马克斯·霍布。其中一个邮戳上的日期为 1905 年 10 月 20 日。这位艺术家在 1907 年底英年早逝，与马克斯·布罗德及卡夫卡都认识。地址不是卡夫卡的笔迹。卡夫卡是如何得到这个现在已严重破损的信封的，我们无法确知，但很有可能是通过马克斯·布罗德。因此，不排除信封上的图案是马克斯·霍布所画的可能（参见《卡夫卡的绘画与写作》，第 245 页）。

正面（64 号作品，应为横向）：信封上有各种人物和头像，都有明显的胡须。这种漫画式的风格与霍布的作品相似。左边是四个站立的人物，一个穿燕尾服的人站在一个更大的人物身体内部，后者穿着大衣、戴着帽子，与信封右侧的一个头像相似——右侧还有其他头像的雏形，以及四个难以辨认的形状。

背面（65 号作品，应为横向）：占据左侧的是两个有大胡子和浓密眉毛的人物的侧面肖像。右上方是一幅室内的图景，有地板、墙壁和一个无头裸体的人物，外部用线条框起，位于框中前景的图形，可能是一件家具、一块布或另一个有头的人。墙上挂着一幅画，或者是一个洞口。这里可以看到几个层次的现实。右边是三幅肖像，其中两幅是交叠的。最大的一张可能与左边画的是同一个人物。

66
67

一张纸上的各种画

约 1901—1907 年；纸本铅笔画；16.9 cm × 10.7 cm
所在地：NLI, ARC. 4* 2000 5 80（小素描及绘画）

首次出版（67 号作品）：Max Brod: Über Franz Kafka, Frankfurt a.M. 1966, S. 401［马克斯·布罗德著，《论弗朗茨·卡夫卡》（法兰克福，1966 年），第 401 页］（在该书及其后的出版物中，画作都被横向印制）
首次出版（66 号作品）：同上，第 402 页笔记本上的横线纸，背面的底部粘着一片纸。

正面（67 号作品，应为横向）：这是一幅清晰、简单的线条画，人物与纸张上自带的横线平行。可以看到五个漫画式人物，迈着正步从右向左走，他们显然是顺风前行的，因为其中一个人物手中的旗子正朝他们行进的方向飘动着。很明显，这里描绘的是一种集会场景，一个可能是女性的身影悬浮在队伍之上。弧线和直线的相互交错别具一格。

背面（66 号作品）：这一页上占据主要位置的是一个男人的头和身躯，手臂平行地向外伸出。他穿着衬衫、打着领带、披着斗篷，又或者是件长袍。眼睛、鼻子和嘴都画得异常精细。人物站在一个有角的物体后面，可能是一张桌子或讲台。特征鲜明、轮廓清晰的脸与蓬乱的头发形成对比，后者与背景融为一体。在右边，另外三个只有头部的人物似乎在观察他的举动，但这个举动究竟有什么意义并不能确定。

68

69

饮酒者和其他人物

约 1901—1907 年；（正面）纸本墨水和铅笔画，（背面）纸本墨水画；16.2 cm × 10 cm
所在地：NLI, ARC. 4* 2000 5 81
首次出版（68 号作品）：Max Brod: Franz Kafka. Eine Biographie, Prag 1937, Anhang［马克斯·布罗德著，《弗朗茨·卡夫卡传》（布拉格，1937 年），附录］
（铅笔线条基本是起修饰润色作用的，所以只能看到画中的墨水线条）

笔记本上带线的纸。

正面（68 号作品）：用粗线快速画成的人物，富有表现力。人物与边角坚硬的桌子之间形成张力，尽管有桌布，桌子的边缘还是画得极为清晰。黑色墨水描画在铅笔轮廓上。人物的头部和面部表情都是用圆弧形线条夸张绘出的，他的视线固定在玻璃杯上，玻璃杯在桌布上投下了一个阴影。杯子用墨水涂成了全黑，无法分辨是空的还是几乎装满了液体。这个略显粗犷的生物是在向装满水的玻璃杯扑去，还是被空杯子气坏了？大得夸张的肢体（也许是手）并没有伸向玻璃杯；事实上，从形状判断，它可以看作男性生理性欲的外化具象表现。

背面（69 号作品）：可以看到一个张开双腿站立的人形。过长的腿部和侧面的面部轮廓，使人联想到简笔画中的小人，只有头和脚，没有躯干。画中最突出的元素——头和脚组成了一个等腰三角形。

70 临摹列奥纳多的画作

约 1901—1907 年；纸本铅笔画；17 cm × 10.5 cm
所在地：Kunstsammlung DLA, B 94.949
首次出版：Jacqueline Sudaka-Bénazéraf: Le Regard de Franz Kafka, Paris 2001, S. 58［杰奎琳·苏达卡－贝纳泽拉夫著，《弗朗茨·卡夫卡的目光》（巴黎，2001 年），第 58 页］

记事本上带横线的纸。

这张纸上有临摹列奥纳多·达·芬奇习作的画作，卡夫卡在“艺术家专著丛书”中阿道夫·罗森伯格 1898 年的著作里发现了这些画。（参见《卡夫卡的绘画与写作》，第 222 页）。其中包括《骑马的雕像》（图 93）、《头像：米兰的安布罗修图书馆的一幅画》（图 94）的习作。因此，卡夫卡的这件作品是在他 1911 年 9 月参观卢浮宫之前创作的，也并非来自他的旅行笔记。这张画的上半部分被一幅肖像占据，以学院派的风格完成，如绘画课程中的作业。立体感来自对阴影、线条和留白的运用。眼睛、鼻子和嘴被强调，左半边脸被清楚地勾勒出来。下侧图的最佳观看方式是将页面逆时针旋转 90°，它潦草地局部勾勒了一个有蹄子的动物。如果将这张纸转回来，可以看到动物腿上涂了浅色阴影的部分，很像人类的臀部和一条右腿。这些元素的组合让画面有了一种异质感，甚至是幽默感，因此与学院派画作区分开来。

71 ▸ 行走的人物

约 1901—1907 年；纸本铅笔画；10.3 cm × 7.5 cm
所在地：NLI, ARC. 4* 2000 5 80（小素描及绘画）

左边三分之一的纸页上，有一个修长的人物手持拐杖，正在向左走出画面。人物仅用几笔线条画出。从头部延伸到左脚尖的直线很醒目，与人物弯曲的右腿形成鲜明对比。在这里，卡夫卡制造了一种强烈的空间感，他似乎对黄金分割比例有一种不自知的理解，这体现在画面的垂直和水平空间划分上。左上角有墨水印记。

72 ▸ 站立的人物

约 1901—1907 年；纸本铅笔画；10.8 cm × 14.7 cm
所在地：NLI, ARC. 4* 2000 5 80（小素描及绘画）

在纸页左侧边缘处，有一个用几条直线画出的站立的人物。人物头上有一条弯曲的线，可能是防御工事或城堡的垛口。

73 ▸ 弯曲的人物

约 1901—1907 年；纸本铅笔画；6.8 cm × 3.6 cm
所在地：Kunstsammlung DLA, B 94.950

目前还不清楚这张小纸片上的画是纵向还是横向的。这幅画以一条粗实的黑色直线为基础，这条线与纸张边缘并不平行，与人物极度伸展的左腿之间形成了强烈的张力。空间效果是通过两条从深到浅的平行背景线，以及人物两只手臂的夹角和右腿实现的，最后结束在戴帽子的头部。纵向观看画面时，人物的臀部接触到纸张的右侧边缘，头部则接触到纸张的上缘，进一步强化了张力。这两处相接都以黄金比例划分了空间。这个打着深色阴影的人物，手支撑在对角的粗线上，脚则在它下方的平面上。这个人物是在爬升还是在下降？他是在蹒跚而行，手脚并用地走路，还是在尝试站起来？悬挂在人物肩上的图形仍然含义不明。如果把画面转为横向，那么人物就是手脚触地向下弯折的。

74

两个人物

约 1901—1907 年；纸本铅笔画；16 cm × 8.7 cm
所在地：Albertina, 31340
首次出版：Max Brod: Franz Kafkas Glauben und Lehre, Winterthur 1948, S.84 [马克斯·布罗德著，《弗朗茨·卡夫卡的信仰与学说》（温特图尔，1948 年），第 84 页]

带横线的纸，可能来自笔记本，纸张右上角和右下角缺失。

这幅画用很少的几笔制造了引人注目的效果，其张力来自画面中大与小、明与暗、左与右的对比。较小人物的衣服是用阴影画出来的，脸部精心绘制，而脚则只是被几笔带过，人物的胳膊和腿交叉在一起。另一个更大的人物占据了整个画面的一半，被勾出轮廓。人物戴着帽子，上唇有明显的胡须，下巴上的也许是山羊胡。无法确定他到底是站在还是蜷在一个看不见的东西上。他双手紧握，但没有手臂，脚只被模糊画出。

75/76

穿燕尾服的男人

约 1901—1907 年；纸本铅笔画；27 cm × 18.5 cm
所在地：NLI, ARC. 4* 2000 5 92
首次出版：Max Brod: Über Franz Kafka, Frankfurt a.M. 1966, S.403 [马克斯·布罗德著，《论弗朗茨·卡夫卡》（法兰克福，1966 年），第 403 页]

在这里，这幅画残存的部分第一次以完整形态被展示出来。纸是被撕下的，上有折痕。左上方被剪刀粗糙地剪下了长方形的一块，正面和背面的人物也就此被剪掉。此外，纸上还粘了一些其他材质的纸片，这破坏了页面的原始结构以及卡夫卡绘画的空间性。

正面（75 号作品）：男子的黑色礼服上有深色阴影——这在卡夫卡的画中很少见。单调、规整的纵向阴影线与形状自由的领口及头部形成对比。燕尾服上深色的区域几乎形成了一个不规则的几何体，与之截然不同，头部则像一个无法分割、未定形的幻影。深灰色的阴影和与头部融为一体的白色衬衫形成了强烈的对比。两条颜色尤其深的翻领被领口下的领结连接起来。在人物脸上，嘴唇、鼻尖以及左耳都被着重勾勒。在 3、4、38、64 号作品中也可以看到身着正装的男性形象。

在人物头顶上悬浮着一个被纸片部分掩盖住的图像。这个丰满而富有表现力的正面人像，与一个几乎只被描绘出了轮廓、潦草画就的幽灵般的幻影结合在一起 —— 二者大小并不相称（参见 43、74、144 号作品）。有某种具象的东西，也许是一只带手的胳膊，正从那第二个人物的腹部伸向穿燕尾服的人。

背面（76 号作品）：在这幅速写中，两个人物处在充满活力又审慎的运动状态里。他们被快速画出，由线条构成，不具备立体效果或醒目特征。因为纸张被裁掉了一角且有另外的纸片粘贴其上，人物之间的关系只能全凭猜测。

77/78

“阅读的玛莎”

约 1901—1907 年；纸本铅笔画；10 cm × 16.2 cm
所在地：NLI, ARC. 4* 2000 5 78

这幅画是布罗德为霍丁挑选的 21 幅画作之一。标题《阅读的玛莎》是卡夫卡的字迹。布罗德在标题后加上了一句括注：“卡夫卡的表妹。”意指玛莎·洛维。这张纸被竖直折叠过。在背面（78 号作品），卡夫卡用难以辨识的奥地利速记符号写下了一些墨水字：“改进 /（连字符）任意地　跟随着　岩石　有利的最有利的寒酸的。”

在用轻浅的笔触画出整个人物后，卡夫卡以更有力的笔触着重描画了人物的主要轮廓。从左上臂延伸到右肩，也就是从纸张右下角延伸到左上角的对角线，赋予了画面构图上的生命力。人物处于对角线下不规则的身体，与卡夫卡在画面右上角写的字形成了对位构图。阅读者的头沉入肩膀，手指交错，身体组成一个封闭的形态，线条有力，几乎可以简化为一个梯形。

79 **朱莉·卡夫卡的肖像**

约 1905—1907 年或稍晚；赭色纸上的铅笔画；7.7 cm × 7.8 cm
所在地：NLI, ARC. 4* 2000 5 87

包装纸，三面被剪过，从左侧被撕下。

这幅画描绘的是卡夫卡的母亲朱莉·卡夫卡，颇具学院派风格，像是在绘画课上完成的，界定出形状的轮廓线和阴影在相互作用中，赋予了画面立体感。在纸张顶部、底部和右侧，一些线条被截断，因此无法确定预期的页面整体布局是怎样的。这幅肖像画是布罗德为霍丁挑选的 21 幅画作之一，他将其命名为《母亲》。

80/81 **两幅肖像画及人物**

约 1905—1907 年或稍晚；纸本铅笔画；17.5 cm × 11.2 cm
所在地：NLI, ARC. 4* 2000 5 87
首次出版（80 号作品）：Max Brod: Franz Kafka. Eine Biographie, 3. Aufl., Frankfurt a.M. 1954, S.257［马克斯·布罗德著，《弗朗茨·卡夫卡传》第三版（法兰克福，1954 年），第 257 页］

这张中间有折痕的纸三条边线是直的；右侧应该是从一张更大的纸，或是从笔记本、素描本上撕下来的。

正面（80 号作品）：这是布罗德为霍丁挑选的 21 幅画作之一，他将其命名为《阅读的母亲 / 自画像》。由于纸张被折叠过，整个画面被清晰地分为两部分。两个人物的头部垂直纵向排列。一般来说，卡夫卡会凭直觉遵循黄金比例来分割画面、放置肖像，使它们彼此分离又互相关联，然而此处的折线却并没有遵循这一原则。纸张上部空间的三分之二被一幅女性肖像占据，包括她的上半身：这是卡夫卡的母亲朱莉。在余下三分之一的纸张上，我们看到了一幅卡夫卡的正面自画像。在阴影和留白的共同作用下，两个头像呈现出立体感。这幅自画像轮廓清晰有力，构成封闭的形态，专注于描绘画家的脸。另一方面，在母亲的画像中，卡夫卡通过省去太阳穴和脸颊部位的轮廓，增加了空间的张力和对比感。头部由肩膀和躯干支撑，胸部区域的线条与卡夫卡肖像的头顶相接。目前还不清楚卡夫卡作画时是参照了现有的照片［例如那张他梳着分头、打着领带的照片，收录于哈特穆特·宾德著，《卡夫卡的世界》（汉堡，2008 年），第 192 页］，还是对着镜子，抑或是全凭记忆画出的。

背面（81 号作品，应为横向）：与正面一样，折痕将画面分为两半。乍一看，我们可以发现两排人物，八个在上，三个在下。这十一个画得潦草、动态却被精准捕捉的女性和男性人物或站或动：他们走路、跑步、移动手臂、拿着东西。卡夫卡用最简单的线条，成功创造出了强烈的动感。如果长时间观看全图而不是聚焦于某一点，图像的交叠似乎能够产生一种闪现和跳跃的效果。考虑到线条的动向和人物的运动方向，可以假设卡夫卡是按照希伯来文字的书写和阅读方向，从右到左画这些人物的。

与正面相比，背面的图画中没有剖面线，没有阴影，也没有精心描绘的细节。我们可以看出这两份绘画手稿在风格上完全不同，在时间上也可能完成于两个不同时期。也许这就是卡夫卡给菲莉斯·鲍尔的信中提到的：“你喜欢我的画吗？你也许不知道，我曾是一个出色的画师，只是后来跟一个拙劣的女画家按部就班地学画，埋没了我的才能。”（参见《卡夫卡的绘画与写作》，第 235 页。）

82
83
84

两张纸上的三幅自画像

约 1905—1907 年或稍晚；纸本铅笔画；10.5 cm × 17.1 cm
所在地：NLI, ARC. 4* 2000 5 86

布罗德也为霍丁挑选了这三幅自画像。

第一张纸正面（82 号作品）：纸张左侧五分之一处那条引人注目的垂直线，给了画面一种不寻常的空间张力——从这条线的下端到画面的右上角，一条无形却可以被感知的对角线主导了构图。无形的对角线上面是实际出现的画作，下面是一片富有张力的空白。在左边偏离中心的地方，有着用几笔简易画出的头部与肩膀，被一个与脸颊相接的物体衬托着，那也许是一盏台灯。

第一张纸背面（83 号作品）：阴影和左半边脸上的留白营造了一种立体感。观众的视线集中在画纸的左半部分，即线条渐淡的未完成之处。

第二张纸（84 号作品）：正面肖像习作，重点画出了耳朵、眼睛、鼻子和嘴，略去了头顶和头左侧的弧线。通过这些故意不画完、留待人想象的线条，卡夫卡制造了画面的纵深感，并将头像置于其中。因此我们可以说，这幅画不是在纸面上，而是在纸页深处。

2. 速写本

85~108　速写本

约 1901—1907 年；纸本铅笔、墨水和油墨画；20.5 cm × 16.4 cm
所在地：NLI, ARC. 4* 2000 5 37（黑色笔记本）

马克斯·布罗德于 1954 年 1 月 6 日首次向约瑟夫·保罗·霍丁提到了这个速写本（见本书《序言：传承与保存》，第 17 页）。除去几页之外，这个八开的笔记本上画满了画，是迄今为止卡夫卡体量最大的一组画。这个速写本由 52 页未画线的纸张组成，其中一些页面上有多张速写。

开头的两页写有文字，布罗德在 1953 年以《旅程》为题出版过这些叙事片段，它们最开始以无标题的形式出现在1953年的《乡村婚礼筹备》中。这两页文字是大约 1917 年之后才添加的（参见《卡夫卡的绘画与写作》，第 256~257 页）。接下来的 11 页是空白。

速写本的封皮只存留了一部分，前封已经不见，只留下了黑色的封底。其中的一些纸页被拿掉了——大部分是马克斯·布罗德拿掉的，他还从某些纸页上剪下了一些画，特别是一组六幅的和一组四幅的画作，每一组都被他单独保存在一个信封里（即下文列出的 109~118 号作品）。其中一些画可以无缝拼合到速写本的残页中。布罗德的意图是选择他认为最好的画作进行出版，因此，他在 1937 年的《卡夫卡传》中收录了这组六幅的画。不过速写本不只是因为拆下了这些页面而受损，还因为暴露在潮湿环境中。

速写本现存页面中的图画以及布罗德剪下的十幅画是用铅笔、黑色墨水或浓缩墨水绘制的。基于墨水的光泽度和浓度，可以确定在画中有些部分，大量的墨水在纸张上晕染开来之前就已经干涸。这导致了墨水色调和密度之间的差异。被剪下的十幅画，以及速写本中的其他画，图形中都填充了足够厚的墨水，形成不透明的光面，没有中间色调。强烈的黑白对比中，没有深浅着色，没有剖面线，也没有凸显空间或立体感的阴影。

这造就了一种强烈、传神的表达风格，正如我们从日本和中国的版画以及表现主义的木版画中看到的那样。然而，弗里德里希·费格尔、奥博利·比亚兹莱、威廉·布莱克、刘易斯·索特、阿尔弗雷德·库宾、瓦西里·康定斯基、奥迪隆·雷东、保罗·克利和安托南·阿尔托等人大约创作于同一时期的作品，也同样使用了类似的强烈黑白对比技法。

这个速写本展示了卡夫卡对绘画以及艺术史和当代艺术的深入了解，对某些主题的重复练习证明了他对图形、人物和体态曾认真且深入地进行过探索。通过了解不同形式的绘画，他积累了相应的经验和技能，也把它们运用到自己的习作中。他研发了一套关于形态的基本表达方式，并在需要时将之运用到作品中。

这些画作也证实了卡夫卡在试图找到“绘画”这一媒介所特有的直

接表达方式。脑、手、笔和纸在同一个动作中被结合在一起。卡夫卡似乎并不注意他是在哪一页纸上画的，或是以什么顺序画的；他不在意翻页的方向，显然也不会检查笔中的墨水含量。

他只是画画。

109~118 从速写本上剪下的人物

约 1901—1907 年；纸本墨水画；5.1 cm × 6.7 cm（109 号作品），6.4 cm × 5.5 cm（110 号作品），6.4 cm × 5.2 cm（111 号作品），6.4 cm × 4.9 cm（112 号作品），8.7 cm × 6.5 cm（113 号作品），12.5 cm × 8.5 cm（114 号作品），5.2 cm × 6.3 cm（115 号作品），5.9 cm × 10.9 cm（116 号作品），6.3 cm × 4.6 cm（117 号作品），6.7 cm × 6.8 cm（118 号作品）
所在地：NLI, ARC. 4* 2000 5 37
首次出版（113~118 号作品）：Max Brod: Franz Kafka. Eine Biographie, Prag 1937, Anhang [马克斯·布罗德著，《弗朗茨·卡夫卡传》（布拉格，1937 年），附录]

为了让卡夫卡以画家的身份为人所知，布罗德从 1937 年起几次从速写本中剪下了单幅画作。他在两个信封中分别保存了一组四幅的画（109~112 号作品）和一组六幅的画（113~118 号作品）。对于其中一部分，可以确定它们在速写本中原来的位置：116 号是从 89 号的左侧被剪下的，111 号来自 90 号左侧的部分，113 号来自 92 号左侧的部分，114 号是从 92 号中间的折痕处被撕下来的。虽然布罗德已经出版了那组六幅的画作，但另外一组四幅的画作此前从未出版过。

119 坐着的人物

约 1901—1907 年；纸本墨水画；尺寸不详（从出版物中翻印，经过调色）
所在地：未知（画作来自布罗德的收藏）
首次出版：Sara Loeb: Franz Kafka. A Question of Jewish Identity (Hebr.), o. O. 1998, S.108 [萨拉·勒布著，《弗朗茨·卡夫卡：犹太人的身份问题》希伯来语版（1998 年），第 108 页]

这个人物可能与布罗德从速写本上剪下来的其他黑色墨水绘制的人物同属一组。它自成一体的矩形构图非常简洁，且表现力极强。矩形由椅背和椅腿，人物的脚、一条小腿和前臂，以及头部和伸出搭在椅背上的手臂组成。身体扭曲的人物在构图中占主导位置，其中可以看到五个三角形和三个矩形。两条无形的对角线从他的左手延伸到右边的脚尖，从他的头部延伸到椅子的左腿。同时，这个人物让人联想到丢勒的《忧郁之一》以及罗丹的《思想者》等作品中的人物形象。

3. 旅行日记中的画，1911—1912 年

120 **博登湖畔戈尔达赫的桥**

1911 年 8 月 27 日；纸本墨水画；15 cm × 9.8 cm
所在地：NLI, ARC. 4* 2000 5 13
首次出版：R，第 144 页

1911 年 8 月 26 日至 9 月 13 日，卡夫卡与马克斯 · 布罗德一起经由慕尼黑、苏黎世、卢塞恩、卢加诺和米兰前往巴黎。旅途中，两人都写下了旅行日记，卡夫卡在他的日记中画了一些画。他的日记在三本笔记本中，里面有撕下来的纸张（R，第 152 页）。

这幅画展示了博登湖畔戈尔达赫镇上一座叫“布鲁格”的磨坊里的桥。8 月 27 日上午，卡夫卡在从慕尼黑前往苏黎世的途中，透过火车车窗短暂地看到了这座桥，当时火车正穿过戈尔达赫高架桥（“…… 看到了这样一座桥……”）。虽然主桥墩上部画得较细，但它们的比例被准确地记录了下来，还有桥底宽大的拱形造就的独特分界线。桥栏杆用一条夸张的 Z 字形线表现。

121 **轮盘赌**

1911 年 8 月 27 日；纸本墨水画；30 cm × 9.8 cm

所在地：NLI, ARC. 4* 2000 5 13
首次出版：R，第 149 页

这两幅画与日记文本直接相关，画的是卢塞恩的一家赌场，卡夫卡和布罗德曾住在当地的雷布斯托克酒店。它们与其说是画作，不如说是对轮盘赌桌的一种记录，卡夫卡还单独绘制了押注号码格上放大的细节。卡夫卡的数字序列只是粗略地展示了号码格的标准布局，因此只是大致画出了当时的情况。在轮盘赌桌的右上方，卡夫卡写了“球滚入的地方”。

122
123

卢加诺湖畔的房子和喷泉

1911 年 9 月 1 或 2 日；纸本铅笔画；15 cm × 9.8 cm
所在地：NLI, ARC. 4* 2000 5 13
首次出版：R，第 152 页

这些草图是根据在卢加诺湖上乘船旅行时的记忆和印象画出的。在第一幅线条画（122 号作品）中，一个风景如画的村庄中有一些房子，可能是水中乘船时的视角。村庄陡直地向湖面倾斜，这个地方可能是甘德里亚（瑞士）或圣玛格丽塔（意大利）。在第二幅画（123 号作品）中，可以看到一个罗马式的圆拱门，文字告诉我们它是圣玛格丽塔的一座喷泉。卡夫卡在这里关注的不是艺术，而是对周边现实的快速捕捉，类似于一种摄影快照。在第一幅画中他捕捉了整体，第二幅画则捕捉了细节。

124

奥斯蒂诺的教堂塔楼

1911 年 9 月 1 或 2 日；纸本铅笔画；15 cm × 9.8 cm
所在地：NLI, ARC. 4* 2000 5 13
首次出版：R，第 153 页

从日记中可以看出，卡夫卡和布罗德乘坐的轮渡从卢加诺向东航行，来回往返，数次穿越瑞士和意大利边境，应该是在卢加诺湖南北两岸之间以 Z 字形路线航行。卡夫卡在这里画的可能是意大利奥斯蒂诺的教堂和它的钟楼，旁边有一棵树。

125 ## 魏玛的歌德花园别墅

1912 年 7 月 1 日；纸本铅笔画；9.9 cm × 15.2 cm
所在地：NLI, ARC. 4* 2000 5 85
首次出版：Max Brod: Franz Kafkas Glauben und Lehre, Winterthur 1948, S.109［马克斯·布罗德著，《弗朗茨·卡夫卡的信仰与学说》（温特图尔，1948 年），第 109 页］

这张纸是从一个穿孔笔记本上撕下的，背面有马克斯·布罗德的笔记。

1912 年 7 月 1 日，在与布罗德去魏玛旅行的途中，卡夫卡参观了位于伊尔姆河畔公园中的约翰·沃尔夫冈·冯·歌德的别墅，这是歌德在魏玛弗劳恩普朗的宅邸之外的另一处住所。卡夫卡的这幅画与他其余所有的画作都极为不同，甚至不同于他现存的少数学院派风格的肖像画；它可能有着想要准确如实记录客体的意图。图中可以看到带窗户的房子及围绕着它的花园、树篱、花园的门和树木。画面集中在房子和它附近的树木上，旁边的一切都只用淡淡的几笔带过，因此赋予了画作一种立体感。画中的线条显得不熟练、密密麻麻，几乎有种焦虑的感觉。我们知道，在这次参观中卡夫卡与别墅看门人和他的女儿玛格丽特·基希纳建立了友谊（KA，《日记》，第 1028 页），因此可以猜想，卡夫卡也让这个年轻女孩帮他一起完成了这幅画的绘制。对于这幅画的其他解释，例如它“像一座燃烧的小屋”［见莱纳·施塔赫著，《卡夫卡传：关键岁月·1910—1915》（法兰克福，2004 年），第 79 页］，都是对其质量不佳的影印版本的错误阐释，实际上原作中的线条清楚画出了树枝和树叶。

4. 书信中的画，1909—1921 年

126 ▶ **“这是一支索内肯的笔……”**

给马克斯·布罗德的信，可能画于 1909 年夏天；纸本铅笔或复写铅笔画；16.7 cm × 20.3 cm
所在地：NLI, ARC. 4* 2000 3 280
首次出版：FB，第 78 页

带横线的纸，横向和纵向对折过。

在这封给马克斯·布罗德的信中，卡夫卡画出了他通常使用的写作工具，并指出：“这是一支索内肯的笔，它不属于这个故事。”卡夫卡并没有明确指出它是一支钢笔还是蘸水笔，他通常更喜欢用蘸水笔写作和绘画，这种笔有笔座和钢质笔尖。索内肯是位于波恩的一家公司，生产笔尖、钢笔及其他商品。这页纸是文字和图像相互关联的一个例子，写作工具成为绘画和写作的对象。

127 ▶ **“……我们如何在梦中行走……”**

给菲莉斯·鲍尔的信，1913 年 2 月 11 或 12 日；纸本墨水画；尺寸不详（翻印自复制品，经过调色）
所在地：私人财产（复制品收录于卡夫卡作品权威注释版）
首次出版：Friederike Fellner: Kafkas Zeichnungen, Paderborn 2014, S.237［弗雷德里克·费尔纳著，《卡夫卡的画》（帕德伯恩，2014 年），第 237 页］

画与信中描述的内容有关，但它明确肯定了绘画相较于文字的优越性（参见《卡夫卡的绘画与写作》，第 259~260 页）。这两种媒介在此形成了一种平行布局，显示了卡夫卡同时具备绘画和写作的“双重天赋”（如马克斯·布罗德所说）。这里展示了卡夫卡描画手臂及双手的典型方式，如果没有上下文语境，也可以说它们是腿和脚。

128 ▸ **“奥特拉的早午餐”**

奥特拉·卡夫卡给约瑟夫·大卫的明信片，1915 年 5 月 16 日；明信片上的铅笔画；14 cm × 9 cm
所在地：DLA（与 BLO 共有，MS. Kafka 50, fol. 1v）
首次出版：Franz Kafka: Briefe an Ottla und die Familie, hg. Hartmut Binder und Klaus Wagenbach, Frankfurt a.M. 1990, S.9［弗朗茨·卡夫卡著，哈特穆特·宾德与克劳斯·瓦根巴赫编，《给奥特拉和家人的信》（法兰克福，1990 年），第 9 页］

卡夫卡的妹妹奥特拉寄给她丈夫约瑟夫·大卫的这张黑白照片明信片展示了布拉格东部欧瓦利村的“全景”。卡夫卡曾和妹妹一起去那里郊游。他也在这张明信片上留下了签名，并在背面天空部分的白色背景处画了画。虽然照片是横向的，但卡夫卡却纵向作画，以此让明信片上有了两种不同的空间方位。在一扇有窗帘的窗户前，一个人物（奥特拉）坐在桌边吃饭，桌子上有一个装满食物的盘子和两个瓶子。

129 ▸ **“奥特拉的画证明了……”**

1917 年；棕色纸上的铅笔画；13.3 cm × 19.5 cm
所在地：NLI, ARC. 4* 2000 5 84

包装纸，纸张的四边有剪下的痕迹，画作的一部分也被剪下。

这幅速写出自卡夫卡的妹妹奥特拉之手。画中卡夫卡躺在一张躺椅上，可能是光着腿，戴着遮阳帽，手中拿着一个杯子。纸页顶部的脑袋旁边有一个箭头，指向卡夫卡的笔迹：“保护眼睛的遮阳板。”下方，卡夫卡在画作的线条中写下文字，幽默地解释了妹妹的速写：“奥特拉的画证明了我有一把躺椅。这只杯子不是圣杯，而是装了一杯变质的牛奶。”

130 ▸ **“我生活中的风景”**

给奥特拉·卡夫卡的明信片，1918 年 12 月初；明信片上的墨水画；9 cm × 14 cm
所在地：DLA（与 BLO 共有，MS. Kafka 49, fol. 79r）
首次出版：Franz Kafka (1883—1924). Manuskripte, Erstdrucke, Dokumente, Photogr-

aphien, hg. Klaus Wagenbach, Berlin 1966, S.78 ［克劳斯·瓦根巴赫编，《弗朗茨·卡夫卡（1883—1924）手稿、初版画、文件、照片》（柏林，1966 年），第 78 页］

卡夫卡从波希米亚地区中部的舍勒森给妹妹奥特拉寄了这张明信片，他于 1918 年 11 月 30 日至 12 月 22 日住在斯图德的膳宿公寓，进行休养并治疗肺结核。绘画在明信片空白的一面上，地址和续写的文字在明信片的另一面。明信片（130 号作品）被分为上中下三部分，前两部分各由一排三幅的画作组成。这六幅类似连环漫画的图案出现在底部的描述性文字上方。标题《我生活中的风景》写在一个波浪形的边框中，那些波浪线像是曲折的飘带或曲线形的虫子。下面是写给奥特拉的两句话："你好吗？圣诞节带上笔记本和书，我要考考你。"这些画的简洁性让人想起卡夫卡早期的、极具表现力且黑白对比强烈的墨水画。它们是对疗养院日常作息活动的潦草素描：第一行左边是卧室，可能有一个人躺在床上；中间是一个治疗室或治疗设施；右边是一间餐厅。中间一行是另一个治疗室或治疗设施；一个秤，上面站着一个人；一间休息室。

131

蹲着的人物

给奥特拉·卡夫卡的明信片，1918 年 12 月 11 日；明信片上的墨水画；9 cm × 14 cm
所在地：BLO, MS. Kafka 49, fol. 80v
首次出版：KA，《书信 1918—1920》，第 62 页

卡夫卡从舍勒森的斯图德膳宿公寓给妹妹寄了这张明信片，他在底部画了一个蹲着的人物的侧影，嵌在文字当中："这意味着什么，'寻找食物'？真可惜，不少东西能在我的桌子上找到。然而，我却做了这些：（画）为了再破坏你的一节课。弗朗茨。"（《给奥特拉和家人的信》，第 33 页。）这幅画让人联想到从速写本上剪下的十幅墨水画（109~118 号作品）。

132 ## “难解的图形字谜”

给密伦娜·耶森斯卡的信，1920 年 7 月 28 日；纸本墨水画；23 cm × 14.4 cm
所在地：DLA, D 80.15 / 18
首次出版：KA，《书信 1918—1920》，第 256 页及之后

网格纸，中间有折痕。

这幅画是一个字谜，一个图形字谜。它被框在页面上部的三分之一处，在信的行文中间。在这一页左边和上边的页缘空白处，卡夫卡提到了布拉格画家、平面艺术家乔治·伊洛夫斯基，他写道：“你怎么把伊洛夫斯基也加进故事里了？在我的记事簿里有一张他画的、与你有关的画。”在那个手绘的边框中，他写道：“这幅画是这样的。（画）一个难解的图形字谜。”可见，卡夫卡的画是基于伊洛夫斯基的原作。一条短竖线和两条长线，其中一条略带波浪，在一个点上相交。也许它是拉丁字母 K 和 A，或者只是一个装饰性的标志。也有可能是三条路在某个标有短竖线的地方交会。

133 ## 三条线

给密伦娜·耶森斯卡的信，1920 年 8 月 13 日；纸本铅笔画；22.9 cm × 14.6 cm
所在地：DLA, D 80.15 / 38

网格纸，中间有折痕。给密伦娜的信第三页背面。

如果把这张纸逆时针旋转 90°，你可以看到与 132 号作品中“难解的图形字谜”相同的图形。这也可能是密伦娜画的。

134/135 ## 酷刑场景

附在给密伦娜·耶森斯卡的信中，1920 年 10 月 29 日；纸本墨水画；8.7 cm × 22.7 cm
所在地：DLA, D 80.16 / 11

首次出版：KA，《书信 1918—1920》，第 364 页及之后

网格纸，顶部和底部被裁掉。

正面（134 号作品）：线条绘出了两个人物，他们之间的空白区域加强了画面的张力和各部分的相关联感。卡夫卡在信中描述了这幅画（参见《卡夫卡的绘画与写作》，260 页）。它展示了一个想象中的装置，由几根带有圆形洞口和倾斜长杆的立柱构成，当中夹着一个从中间分为两半的人。他的四肢和头部与装置上的部件很相似。这一幕正被一个靠在柱子上的人物观察着，他显然很享受其中——他是酷刑装置的“发明者”。

背面（135 号作品）：不属于这封信的九行文字，大部分被卡夫卡用密密麻麻的剖面线涂去了（参见 KA，《书信 1918—1920》，第 1037 页）。他用线条细致地、近乎机械地抹掉了一个个单词，创造图案和装饰，完成了从写作到绘画的一种过渡。

136 ▸ **马特里亚利的温泉酒店**

给马克斯 · 布罗德的信，1921 年 1 月下旬；纸本墨水画；22.9 cm × 14.5 cm
所在地：NLI, ARC. 4* 2000 3 289
首次出版：FB，第 306 页

在这封寄自斯洛伐克高塔特拉地区温泉小镇马特里亚利的信中，图画清晰形象地阐明了书写的内容：它说明了温泉酒店里的噪声给人的痛苦。紧贴着画的上方，卡夫卡写道：“我还远没有从阳台上的痛苦中好转，可以确认，上面的阳台现在是安静的，但我因恐惧而灵敏的耳朵听到了一切，甚至听到了牙科技师的声音，尽管他与我隔着四个窗户和一层楼。”这幅画上有标注：一层是“我的住处”和“我”，以及左边的其他房间；上面一层是“医生”、“卡绍的牙科技师”和“药剂师的遗孀，很安静，只是偶尔打哈欠”。

在卡夫卡与布罗德的通信中，这些人经常出现，例如，卡绍的牙科

技师是来自斯洛伐克的25岁的阿瑟·希内，他制造的“阳台噪声”搅扰了卡夫卡的宁静，也让一些住客重换了房间。这幅画以一种形式上非常简单和戏谑的方式描绘了非常具体的生活场景，但也揭示了潜藏于卡夫卡身上的痛苦：焦虑和失眠，对噪声敏感只是症状之一。

5. 日记和笔记本中的画，1909—1924年

137 ### 三个人

晚于1909年5月24日，可能是几周或几个月之后；纸本墨水画；24.6 cm × 20.2 cm
所在地：BLO, MS. Kafka 1, fol. 2v
首次出版：Franz Kafka: Tagebücher. 1910－1923, Frankfurt a. M. 1951, S.8 ［《弗朗茨·卡夫卡日记，1910—1923》（法兰克福，1951年），第8页］

卡夫卡开始写日记时，他在其中加入了一些描绘艺术场景的画（137、138、139号作品）。这幅画出现在两篇日记之前：第一篇写在日记本（第一个牛津四开本）的头几页，是关于“舞者爱德华多娃”的，即俄罗斯芭蕾舞演员叶夫根尼亚·爱德华多娃，她于1909年5月24至25日在布拉格进行了演出；另一篇描写了一个关于这个舞蹈演员的梦，以及梦中表现出的存在主义绝望。卡夫卡在这里提到了“对我身体和对我身体未来的绝望”。可以说，这里所画的三个人物至少是受到了芭蕾舞的启发。乍一看，这幅画的特点非常直观，三个人物相互之间表现出强烈的张力。他们的大小从右到左递减。三个人物左腿的姿势引人注目地各不相同：右边人物的左腿竖直，支撑在地上；中间人物的左腿向后伸直，承受着压力；左边人物的左腿弯曲。三个人的右腿都向前跨出。头部、手和脚被简化。卡夫卡的直觉体现在页面的整体构图中。无论纵向还是横向看，他对三个人物位置的安排都突显了他对黄金分割比例的直觉感受。

138 ## 日本杂技演员

晚于 1909 年 11 月中旬，可能是几周或几个月之后；纸本墨水画；24.6 cm × 20.2 cm
所在地：BLO, MS. Kafka 1, fol. 4r
首次出版：Franz Kafka: Tagebücher. 1910–1923, Frankfurt a.M. 1951, S.588 [《弗朗茨·卡夫卡日记，1910—1923》(法兰克福，1951 年)，第 588 页]

这幅画的灵感源于 1909 年 11 月 16 至 30 日，日本杂技团“光冈”在布拉格杂耍剧院的演出（参见《卡夫卡绘画与写作》，第 258 页）。这幅画在页面的最下方四分之一处，漫画式的人物和人头似乎是从文字中浮现出来的。试图在脆弱不牢固的梯子上平衡身体的人物，不仅弯曲身体以降低物理重心，并且被文本最后一行中的几个字压着。所有向左看的人物似乎都在观察着这场平衡表演。只有两个表演者有腿和脚，其中一个在梯子上，另一个则躺着，用腿和脚托住梯子。另一方面，被动观看的观众则没有身体。尽管这幅画的灵感源于现实，它在此描绘的却是一个想象中的场景。这样一来，它就创造了一重叙事性的图像现实，也许重现了梦境。这幅画是布罗德为霍丁挑选的 21 幅作品之一。

139 ## 门前的人物

约 1910 年 11 月初；纸本铅笔画；24.6 cm × 20.2 cm
所在地：BLO, MS. Kafka 2, fol. 8v
首次出版：KA,《日记》，第 119 页

这幅画在卡夫卡的第二个日记本中出现，跟在几篇与小说《一次战斗纪实》相关的日记后面。在画之后是 1910 年 11 月 6 日的日记。紧贴着画上方有一段文字，是对遗忘和忘我的反思，以这样一句话结束：“我们在法律之外，没有人知道这些，但每个人都按照法律来对待我们。”卡夫卡试图继续写下去，但涂掉了“我怎么”，在上方画了一条线，在线下面的纸页上绘画。通过这种方式，他在页面的下三分之一处对书写和绘画进行了明确的空间和形式上的区分。这使绘画具有更清晰的独立性。在这幅线条画中，几个人物在一扇门附近，两个清晰可辨的人站在大门

右侧，第三个在下方，第四个（也可能是动物）在左侧。这座雄伟的大门由支柱，以及中央带有盾形纹章或盾牌的华丽拱顶组成，门的左右两边都有灯。门下的人似乎是穿着斗篷、戴着帽子的看门人，一个走近的人似乎想穿过这扇门，在他后面还跟着另一个人。虽然《审判》中出现的寓言故事《在法的门前》直至后来（1914—1915 年）才被写出，但那句相关的宣言——“我们在法律之外”，在这里已然通过绘画得到了强调。

140 **在办公桌前**

1915 年 2 月 15 日；纸本墨水画；24.6 cm × 20.2 cm
所在地：BLO, MS. Kafka 10, fol. 11v
首次出版：KA,《日记》, 第 728 页

这幅画出现在一篇谈论写作中困难和干扰的日记后：“一切都停滞了。时间的分配既糟糕又无规律。住的地方毁了我的一切。今天又在听女房东女儿的法语课了。”画中有两个人物：左边是一个背影，这个小小的人弯腰坐在一张圆桌前，桌上有一盏灯，人物的手撑着头；右边是侧视图，一个大得多的人物，头和身体都被衣服或头发盖着。这看上去是一个扭曲的女性形象，乳房的曲线以及较长的头发表明了这一点。两个人物之间是一个梯形物体，也许是隔开他们的墙，也许是一面镜子，女性人物正从镜子里看着自己。

141 **亚伯拉罕和以撒**

1916 年 7 月 13—15 日；纸本墨水画；24.6 cm × 20.2 cm
所在地：BLO, MS. Kafka 11, fol. 23r
首次出版：KA,《日记》, 第 796 页

这幅画被嵌在文本之中，文字与《圣经》中“燔祭以撒”的场景有关，即“献祭”以撒。卡夫卡在这里并没有直接提及这一场景，而是提到了与之有关的人物，如以扫和雅各。其中还交织着第二个场景：一所

房子的入口。这幅画由三部分组成，它们之间的联系，以及与所写文字的联系，都无法被立即看出，而是含蓄的。一种可能性是，从左到右，可以看到一个献祭以撒的故事：首先是以撒低头跪在亚伯拉罕举起的手下，准备献祭；中间的画面可能是天使在召唤亚伯拉罕；右边的画面中可能是手里拿着刀的亚伯拉罕和上帝给他的、作为献祭替代品的公羊。然而，也可以将这些画理解为以扫和雅各的故事，包括祝福长子以扫的诞生（左）和以扫射猎的场景（右）。尽管有这些可能的解读，绘画所展现的内容仍然保持着模糊性和开放性，拒绝单一明确的描述和解释。

142 ## 马车

1916 年 11 或 12 月；纸本铅笔画；16.5 cm × 9.9 cm
所在地：BLO, MS. Kafka 19, fol. 18r
首次出版：Klaus Wagenbach: Franz Kafka. Bilder aus seinem Leben, 2. Aufl., Berlin 1994, S. 203［克劳斯·瓦根巴赫著，《弗朗茨·卡夫卡：他生活中的图像》第二版（柏林，1994 年），第 203 页］

这幅画出现在第一册八开笔记本中被删除的一段话之后：“马被向前赶去。男人犹豫了一下。女人闭上了眼睛表示赞同。一队骑马的人从乡间小路而来。他们互相问候。”画与写于 1916 年底至 1917 年初的一段文字也有关联，文字收录于 1920 年出版的《乡村医生》，以及卡夫卡去世后出版的《猎人格拉胡斯》和《守墓人》，其中马和死亡的主题反复出现。占据画面主要空间的是一个呈 45° 角倾斜运动的场景。在这里发生了戏剧性的一幕：一匹套着车的马正爬上斜坡，马极力拉扯，车夫猛烈地鞭策，还有四个人从后面用力地推着车。车顶上有一个超大的十字架，看起来像一个倾斜的 X。考虑到车顶的十字架，马车里画斜线的区域可能是一个棺材，因此它可能是一辆灵车。车夫上方两个相互交叉的人物也进一步强调了十字架的存在，他们举着胳膊，显然很惊慌，一个沿着平行于斜坡的方向伏倒，另一个站着。不过，这两个人物也可能与马车的场景和陡峭的斜坡无关。

143 ## 两个人物

约 1918 年 2 月；纸本铅笔画；9.9 cm × 16.5 cm
所在地：BLO, MS. Kafka 26, fol. 29v
首次出版：HKA，《牛津八开笔记本　第 8 册》，第 118 页

这幅画出现在卡夫卡写于曲劳的最后一册八开笔记本末尾，其中有关于哲学、神学和道德的笔记。紧挨着这幅画的文字中，包括希伯来语练习、旅行装箱清单，此外还提及了两个人的名字："中尉约瑟夫·霍恩"和"约瑟夫·特施 / 莽夫 / 愚蠢……"。约瑟夫·特施（Tesch）的姓氏应为"特钦"（Tetsch）。他被曲劳当地人怀疑在装病。他在执行任务时失去了左臂，之后想逃避兵役。卡夫卡认识他并努力给予他支持。这幅画可能是在军事背景中表现了这两个对立的人物：军官和身体受损的士兵。它是横向绘制的。画中可以看到两个人物：左边静态的人物被画得更完整，右边的人物是动态的，只有寥寥几笔，与之形成反差。右边的人物正在向左边的人物靠近，或者从左边的人物身边避开，这形成了一种对立，但也可能是一种连接：军官的左臂是弯曲的，而右边人物相应的手臂处被适当地留白了；右边的人物看起来更像是一个幽灵、一个影子。这种对比非常鲜明：一个人物穿着制服、戴着帽子、带有身份标志；另一个人物则难以捉摸，不知道是否穿着衣服。

144 ## 第 5 册八开笔记本的封面

约 1917 年夏天；封面标签上的铅笔画；16.5 cm × 9.9 cm，（标签）5.5 cm × 7.5 cm
所在地：BLO, MS. Kafka 23, Vordereinband
首次出版：HKA，《牛津八开笔记本　第 5 册》，第 3 页

粘在蓝色笔记本上的标签。标签外围印有红黑色几何图案边框，两个角被撕掉了。

铅笔画分为两部分：右边是一个非常简单的侧面头像轮廓，几乎是漫画式的。与之形成对比，左边是一幅更复杂的画。它的内容还有待解释，给观众自由联想的空间。

145 ## 幽灵般的人物

1923 年；涂料纸上的铅笔画；17.4 cm × 21.6 cm
所在地：BLO, MS. Kafka 33, Innenseite Vordereinband, 1r
首次出版：Niels Bokhove / Marijke van Dorst: Einmal ein großer Zeichner. Franz Kafka als bildender Künstler, Mitterfels 2006, S.47［尼尔斯·博克霍夫和玛丽耶克·凡·多尔斯特著，《曾是一个出色的画师：作为画家的弗朗茨·卡夫卡》（米特菲尔斯，2006 年），第 47 页］

这幅画出现在笔记本的内封上，笔记本中写有希伯来语词汇（德语和希伯来语词汇对照表）和叙事片段——这些片段是从笔记本的另一面开始写的，时间上可能早于希伯来语词汇。在这幅画旁边的页面上可以看到二者，其中叙事片段以挖掘土地为主题。这幅画可能与希伯来语中的“schomer-ha sof”一词有关，即“门槛”或“守护门槛的人”，这个词也被相应地用铅笔写下。然而，值得注意的是，这个词可以被画成各种不同的形态。例如，它也可以被翻译为“守门人”，这是犹太教哈西德派文献中的重要意象。卡夫卡所写的“schomer-ha sof”也可能有神学上的引申意义：鲁道夫·斯坦纳的系列论文《如何获得高等世界的知识》在 1905 年以一篇叫作《守护门槛的人》的文章收尾。在斯坦纳 1910 年访问布拉格之前，卡夫卡读过这些论文汇编而成的书，并在斯坦纳访问期间见过他本人。在斯坦纳看来，“守护门槛的人”是一种介于生与死之间的“超验存在”，是“死亡天使”。卡夫卡的画描绘了一个单线条的人物，可能是一笔画出来的，若是除去眼睛，他就像两颗非写实的水滴，中间的短线可以看作鼻子。这个人物没有嘴巴、臂膀和腿，下部是张开的。除去下部的开口外，这是一个对称、轮廓闭合的人物，有头部、颈部、胸部、腰部，以及骨盆区域，轮廓在几个地方有规律地变细。这是个幽灵般的、捉摸不定的、弯弯曲曲的人物。从旁边对页上文字的书写方向和他泪滴状的眼睛来看，这个人物也可能是倒立的，处于从底部往上的运动中。

146 ## 女性肖像

1924 年春；纸本铅笔画；22.1 cm × 14.3 cm
所在地：BLO, MS. Kafka 46, fol. 39v

首次出版：Yasha David: Le Siècle de Kafka, Paris 1984, S.126［亚沙·大卫著，《卡夫卡的世纪》(巴黎，1984 年)，第 126 页］

在卡夫卡最后一部短篇小说《女歌手约瑟芬或耗子民族》的草稿中，出现了这幅女人的肖像。小说的结局在纸的背面被简单概述。这似乎暗示了它是卡夫卡的最后一幅画。画与故事无关。女性画像位于空白纸页的左上角。人物被绘制得很精细，可能是根据记忆或对照相片绘制的。它与卡夫卡 1923 年 7 月以后的最后一个爱人朵拉·迪亚曼特的一张照片有相似之处，照片上她侧着头。然而，这种联系也并不确定，因此目前这幅画是独立存在的。

6. 带有图案和装饰的手稿，1913—1922 年

在卡夫卡的手稿中，绘画的元素反复不断地在文字之间自然而然地涌现——当文字被画掉、弃用，被添加到另一行文字之中或行与行之间……其中一些元素就会发展为画作。于是写作和绘画之间出现了一个新的领域，一个灰色的过渡地带。它是写作和绘画之间无因次、无时间性、无意识的创作接合点。这些作品也可以被称为“移位绘画”。我们可以从中观察到卡夫卡写作时思路的停顿：当想不到合适的词、合适的表达方式，或者思维断了线时，写作机制就会自动让步于涂鸦和绘画。在无法决定是要继续书写还是绘画的时刻，这些“过渡性符号”就会无意识地出现在纸张或其他媒介上，与写作、分心，甚至放空的过程同时发生。这种无意识的行为既是一种思考的行动，也可以是一种分心，甚至是一种放空。

本书展示了其中一些引人注目的例子，包括卡夫卡听课时在讲义上画下的“过渡性符号”(14~19 号作品)。另一个例子是 150 号作品，卡

夫卡在一页纸上的文字旁边画了有六七片花瓣的花朵图案。在161号作品中，手稿边缘有一个留着长发或佩戴头饰的人头，下面有一个无法辨识的形状或人物。这些过渡性绘画是介于图案、装饰和图形之间的意象。写作仍在进行，例如在152号作品中，线条和双线构成的图案通过垂直阴影线得到了强化，呈现出一种不确定、无意识的新形式。甚至从纸页另一面透过来的笔迹也可以发展成为无实质内容的图案或阴影，这可以在卡夫卡的书信（147、159、160号作品）以及速写本（96号作品）中看到。在这种创作中，根据卡夫卡投入其中的注意力多少，涂鸦可以通过以下几种形式出现——

图案：135、147、151、153、157、158、159、160、162、163号作品。

装饰：148、149、150、152、153、154、155、156、157、158号作品。

或者当注意力较为集中时，涂鸦中还会有人物或具体图形出现，如150、154、156、161号作品。

147 ▸

给奥特拉·卡夫卡的明信片，1913年9月24日；明信片上的墨水画；9 cm × 14 cm
所在地：DLA, HS.2011.0037.00020（与BLO共有）
首次出版：Hartmut Binder: Mit Kafka in den Süden, Furth 2007, S.86［哈特穆特·宾德著，《随卡夫卡来到南方》（菲尔特，2007年），第86页］

148 ▸

1914或1915年；纸本墨水画；24.8 cm × 20 cm
所在地：DLA, 88.160.1（《审判》手稿）
首次出版：Max Brod: Verzweiflung und Erlösung im Werk Franz Kafkas, Frankfurt a. M. 1959, S.82［马克斯·布罗德著，《弗朗茨·卡夫卡作品中的绝望与救赎》（法兰克福，1959年），第82页］

149

约 1917 年 3 或 4 月（4 月 22 日前）；纸本铅笔画；16.5 cm × 9.9 cm
所在地：BLO, MS. Kafka 22, fol. 10r
首次出版：HKA,《牛津八开笔记本　第 4 册》，第 41 页

150

1917 年 8 月底或 9 月初；纸本铅笔画；16.5 cm × 19.8 cm
所在地：BLO, MS. Kafka 23, fol. 5v, 6r
首次出版：HKA,《牛津八开笔记本　第 5 册》，第 22、25 页

151

1917 年 8 月；纸本铅笔画；16.5 cm × 9.9 cm
所在地：BLO, MS. Kafka 23, fol. 5v, 6r
首次出版：HKA,《牛津八开笔记本　第 5 册》，第 9 页

152

1917 年 8 月底或 9 月初；纸本铅笔画；16.5 cm × 9.9 cm
所在地：BLO, MS. Kafka 23, fol. 7r
首次出版：HKA,《牛津八开笔记本　第 5 册》，第 29 页

153

1917 年 8 月底或 9 月初；纸本铅笔画；16.5 cm × 9.9 cm
所在地：BLO, MS. Kafka 23, fol. 10r
首次出版：HKA,《牛津八开笔记本　第 5 册》，第 41 页

154

1917 年 8 月底或 9 月初；纸本铅笔画；16.5 cm × 9.9 cm
所在地：BLO, MS. Kafka 23, fol. 11r
首次出版：HKA,《牛津八开笔记本　第 5 册》，第 45 页

155

1917 年 8 月底或 9 月初；纸本铅笔画；16.5 cm × 9.9 cm
所在地：BLO, MS. Kafka 23, fol. 15v
首次出版：HKA,《牛津八开笔记本　第 5 册》，第 62 页

156

1917 年 8 月底或 9 月初；纸本铅笔画；16.5 cm × 9.9 cm
所在地：BLO, MS. Kafka 23, fol. 17r
首次出版：HKA,《牛津八开笔记本　第 5 册》，第 69 页

157

1918 年 2 月；纸本铅笔画；16.5 cm × 9.9 cm
所在地：BLO, MS. Kafka 26, fol. 9v
首次出版：HKA,《牛津八开笔记本　第 8 册》，第 38 页

158

约 1918 年 3 或 4 月；纸本铅笔画；16.5 cm × 9.9 cm
所在地：BLO, MS. Kafka 26, fol. 27r
首次出版：HKA,《牛津八开笔记本　第 8 册》，第 109 页

159
160

给密伦娜·耶森斯卡的信，1920 年 8 月 8 或 9 日；纸本墨水画；22.9 cm × 14.4 cm
所在地：DLA, D 80.15133
首次出版：Franz Kafka: Drei Briefe an Milena Jesenská vom Sommer 1920, hg. KD Wolff und Peter Staengle unter Mitarbeit von Roland Reuß, Basel / Frankfurt a.M. 1995, S.33 [KD. 沃尔夫和彼得·斯坦格尔编，罗兰德·罗伊斯参与编审，《卡夫卡 1920 年夏天写给密伦娜·耶森斯卡的三封信》（巴塞尔 / 法兰克福，1995 年），第 33 页]

161

1921 年 1 月底；纸本铅笔和墨水画；26.5 cm × 21.4 cm
所在地：BLO, MS. Kafka 34, fol. 1r

首次出版：HKA，《城堡》，第 5 页

162

1922 年 10 或 11 月；纸本铅笔画；20.2 cm × 16 cm
所在地：BLO, MS. Kafka 40, fol. 1r（《夫妇》手稿笔记本）

163

1922 年 10 或 11 月；纸本铅笔画；22.2 cm × 14.4 cm
所在地：BLO, MS. Kafka 46, fol. 5v（《夫妇》手稿散页）

注释

Anmerkungen

序言：传承与保存

1 Wolfgang Rothe: Zeichnungen, in: Kafka-Handbuch, hg. Hartmut Binder, Stuttgart 1979, S. 562–568.

2 Jacqueline Sudaka-Bénazéraf: Le Regard de Franz Kafka. Dessins d'un écrivain, Paris 2001; Friederike Fellner: Kafkas Zeichnungen, Paderborn 2014.

3 见Ulrich Ott: Kafkas Nachlass, in: Marbacher Magazin 52 (1990), S. 61–99。

4 关于此话题的深入讨论，见本书《卡夫卡的绘画与写作》一章。

5 Max Brod: Franz Kafkas Glauben und Lehre, Winterthur 1948, S. 137.

6 Max Brod / Franz Kafka: Eine Freundschaft. Briefwechsel, hg. Malcom Pasley, Frankfurt a. M. 1989, S. 356.

7 Max Brod: Franz Kafkas Nachlaß, in: Die Weltbühne 20 (1924), Nr. 29, 17.7., S. 106–109.

8 Max Brod: Franz Kafka in seinen Briefen, in: Merkur 4 (1950), S. 942. 另见Max Brod: Franz Kafka als wegweisende Gestalt, St. Gallen o. J. [1951], S. 47 *f*。

9 见Alena Wagnerová: Die Familie Kafka aus Prag, Frankfurt a. M. 2001。

10 Brod: Franz Kafkas Glauben und Lehre, S. 136 *f*.

11 关于销售记录，见Archiv der Albertina, Wien, Zl.959_1952。

12 见Andreas Kilcher: Die Akte Kafka. Der Zürcher Banksafe birgt zahlreiche neue Erkenntnisse, in: Neue Zürcher Zeitung, 30.7.2010, S. 53 *f*。马克斯·布罗德的赠送函存放于以色列国家图书馆，ARC. 4*2000 1 13.1。

13 引自: Andreas Kilcher: Humanismus in extremis. Max Brod und Thomas Mann, in: Thomas Mann Jahrbuch 31 (2018), S. 9–24.

14 “秘书”与“合作者”也是霍夫使用的表述，见 Max Brod: Streitbares Leben 1884-1968, vom Autor überarbeitete und erweiterte Neuausgabe, München 1969, S. 343。

15 见霍夫女儿伊娃的采访: Christoph Schult: Die Erbschaft, in: Der Spiegel, 26.9.2009, S. 153.

16 Brod: Streitbares Leben 1884–1968, S. 303.

17 “我的这部分财产也应传给伊尔莎·埃斯特·霍夫女士。然而，她有义务做出规定，在她死后，她的继承人……应继续享有对遗物的物质权利和要求（费用、版税等），但……手稿、信件和其他文件应交给耶路撒冷希伯来大学图书馆或特拉维夫图书馆，或国内/外的另一个公共档案馆保管……如果伊尔莎·埃斯特·霍夫女士在世时没有另做其他安排的话。”布罗德的遗嘱可以在以色列国家图书馆的布罗德遗物中找到，这里引用的遗嘱编号为ARC.4*2000 1 30。

18 霍丁在打字稿“Franz Kafka's Drawings: A Critical Study”(S. 29 *ff.*)中描述了这件事，打字稿收录于伦敦泰特艺廊的霍丁遗物中。霍丁遗物的参考编号为TGA 20062，包括85只箱子，但其中的物品没有被编目。霍丁的打字稿，以及他与布罗德的相关通信收藏在164号箱子中。我要在此感谢理海大学的尼古拉斯·萨维斯基帮助我查询这些资料。

19 Brod an Hodin, 5. August 1953, Hodin-Nachlass, Tate Gallery Archive, TGA 20062, Box 164.

20 Hodin an Brod, August 1953, Hodin-Nachlass, Tate Gallery Archive, TGA 20062, Box 164.

21 Der Entwurf ist im Nachlass Hodins erhalten; siehe Anm. 18.

22 DLA (Deutsches Literaturarchiv) Marbach, Bestand A: Fischer, Samuel Verlag / Brod, Max, Zugangsnr. HS.NZ85.0003. S. Fischer Verlag, Rudolf Hirsch an Max Brod, 11. Juli 1961. 我要感谢卡罗琳·杰森提供了这些参考资料，以及费舍尔档案中的其他资料。

23 Ebd., Max Brod an Rudolf Hirsch, 3. August 1961.

24 布罗德早在1951年时就提到过他在收集和编辑卡夫卡遗作过程中所遭遇的“拒绝和冷漠”。Franz Kafka als wegweisende Gestalt, S. 9.

25 Ebd., Verlagsinterne Mitteilung vom 4. Februar 1965.

26 Ebd., Notizen vom 30. September 1965 und 31. März 1966.

27 Michael Krüger in einer Email vom 6.11.2020 an mich, A. K.

28 Stefan Koldehoff / Florian Illies: Wem gehört Kafka?, in: Die Zeit 48 (19.11.2009), S. 47.

29 Hodin: Franz Kafka's Drawings: A Critical Study, S. 29.

30 这场审判受到了全世界的关注，并引发了争议和讨论。另见： Judith Butler: Who Owns Kafka, in: London Review of Books 33 (2011), S. 3–8; Andreas Kilcher: Kafka im Betrieb. Eine kritische Analyse des Streits um Kafkas Nachlass, in: Literaturbetrieb, hg. Philipp Theisohn und Christine Weder, Paderborn 2013, S. 213–234.

31 Kilcher: Die Akte Kafka; ders.: Die dritte Rettung. Der Ausgang des Prozesses um Max Brods Nachlass erhebt Franz Kafka in Israel zum nationalen Kulturgut, in: Neue Zürcher Zeitung, 20.10.2012, S. 55; Franz Kafkas Nachlass. Epischer Streit ffndet ein Ende, in: Neue Zürcher Zeitung, 13.8.2016, S. 40. 另见Benjamin Balint: Kafkas letzter Prozess, Übersetzung aus dem Englischen Anne Emmert, Berlin 2019。

32 见Andreas Kilcher: Letzter Akt in Kafkas Prozess, in: Tachles 16.8.2019, S. 18–20。

33 速写本存放于以色列国家图书馆，ARC. 4* 2000 5 37。

34 ARC. 4* 2000 5 73; ARC. 4* 2000 5 74; ARC. 4* 2000 5 75; ARC. 4* 2000 5 76; ARC. 4* 2000 5 77; ARC. 4* 2000 5 78; ARC. 4* 2000 5 79; ARC. 4* 2000 5 80; ARC. 4* 2000 5 81; ARC. 4* 2000 5 82; ARC. 4* 2000 5 83; ARC. 4* 2000 5 85; ARC. 4* 2000 5 86; ARC. 4* 2000 5 87; ARC. 4* 2000 5 88; ARC. 4* 2000 5 89; ARC. 4* 2000 5 90; ARC. 4* 2000 5 91; ARC. 4* 2000 5 92 .

35 *Briefe an Ottla. Von Franz Kafka und anderen*, Exponatverzeichnis [zur Ausstellung «Briefe an Ottla. Von Franz Kafka und anderen», Literaturmuseum der Moderne, Marbach am Neckar, 1.6.–10.9.2011], Marbach am Neckar: Deutsches Literaturarchiv 2011.

36 这张私人所有的杂志内页于2013年被影印出版（Hartmut Binder: *Franz Kafkas Wien*, Mitterfels 2013, p.44），由斯特格拍卖行在2021年4月拍卖。

37 1948年，萨尔曼・肖肯从威利・哈斯那里获得了这些信件。另见Barbara Hahn / Marie Luise Knott: *Von den Dichtern erwarten wir Wahrheit. Hannah Arendts Literatur* (= Texte aus dem Literaturhaus Berlin, Bd. 17), Berlin 2007, S. 29–32。

卡夫卡的绘画与写作

1 这篇文章的大纲见Andreas Kilcher: Bilder /Schrift. Zeichnen und Schreiben bei Franz Kafka, in: *Yearbook for European Jewish Literature Studies* 7 (2020), S. 117-146。关于雅诺施，见Alena Wagnerová: Als Janouch mir entgegenkam: Franz Kafka-ein Fall auch für Hochstapler und Wichtigtuer, in: *Neue Zürcher Zeitung*, 4.11.2006。

2 见Wolfgang Rothe: Zeichnungen, in: *Kafka-Handbuch*, hg. Hartmut Binder, Bd. 2, Stuttgart 1979, S. 562–568。最近一些讨论卡夫卡画作的文献也认为雅诺施的著作是可信的，例如Gerhard Neumann: Überschreibung und Überzeichnung. Franz Kafkas Poetologie auf der Grenze zwischen Schrift und Bild, in: *Öffnungen. Zur Theorie und Geschichte der Zeichnung*, München 2009, S. 161–186, hier: S. 164。德特勒夫・肖特克也提到了雅诺施：Vielfältiges Sehen. Franz Kafka und der Kubismus in Prag, in: *Zeitschrift für Ideengeschichte* 4 (2010), S. 85–98, sowie, wenn auch mit etwas größerer Vorsicht, Friederike Fellner: *Kafkas Zeichnungen*, Paderborn 2014, S. 13 *f*.

3 Gustav Janouch: *Gespräche mit Kafka. Aufzeichnungen und Erinnerungen*, erweiterte Ausgabe, Frankfurt a. M. 1968, S. 206.

4 见Christoph Dohmen: *Das Bilderverbot. Seine Entstehung und seine Entwicklung im Alten Testament*, 2. Aufl., Frankfurt a. M. 1987。

5 见Andreas Kilcher: Diasporakonzepte, in: *Handbuch der deutsch-jüdischen Literatur*, hg. Hans O. Horch, Berlin 2016, S. 135–150。

6 “我担心通过阅读卡夫卡的遗作，可能会使我与我的卡夫卡博士之间产生有害的距离，从而会损害他曾给年轻的我带来的伟大的魅力和振奋的力量。因此——正如我已经说过的——弗朗茨·卡夫卡对我来说不是一个抽象的、超人的、文学性的存在。我的卡夫卡博士对我来说是一个我切身体会过的，因此是彻底真实的偶像……” Janouch: Gespräche mit Kafka, S. 10.

7 见Fellner: Kafkas Zeichnungen, S. 15: “目的不是将卡夫卡的画定义为自治、完备的视觉艺术作品，我更想讨论的是它们之于卡夫卡文学作品的重要性。”

8 见Detlef Kremer: Die Erotik des Schreibens. Schreiben als Lebensentzug, Frankfurt a. M. 1989. Ulrich Stadler: Kafkas Poetik, Zürich 2019，在某种程度上讨论了卡夫卡诗学的这种图像维度。

9 关于卡夫卡与视觉艺术的联系，见：Heinz Ladendorf: Kafka und die Kunstgeschichte I, in: Wallraf-Richartz-Jahrbuch 23 (1961), S. 293–326; ders.: Kafka und die Kunstgeschichte II, in: Wallraf-Richartz-Jahrbuch 25 (1963), S. 227–260; Hartmut Binder: Anschauung ersehnten Lebens. Kafkas Verständnis bildender Künstler und ihrer Werke, in: Was bleibt von Kafka? Kafka-Symposium Wien 1983, hg. Wendelin Schmidt-Dengler, Wien 1985, S. 17–41; Juri Kotalik: Franz Kafka und die bildende Kunst, in: Kafka und Prag. Colloquium im GoetheInstitut Prag 24.–27. November 1992, hg. Kurt Krolop und Hans-Dieter Zimmermann, Berlin 1994, S. 67–81; Fellner: Kafkas Zeichnungen, S. 33–93.

10 见Max Brod: Über Franz Kafka, Frankfurt a. M. 1974, S. 54–59。

11 见Der Dürerbund, in: Der Kunstwart 16,1 (1902 / 03), S. 97 f。

12 Brod: Über Franz Kafka, S. 57.

13 Ebd., S. 58. 这是关于信件的唯一记录。

14 Ferdinand Avenarius: Zehn Gebote zur Wohnungseinrichtung, in: Der Kunstwart 1899, S. 341–343.

15 Max Brod: Im Zauberreich der Liebe, Wien 1928, S. 92 f.

16 “卡夫卡的书桌上方挂了汉斯·托马的一幅画《耕夫》的复制品。旁边的墙上挂了一幅小小的古董浮雕画，上面是酒神女祭司挥舞着一块肉，准确地说是一只牛的腿。” Brod: Über Franz Kafka, S. 54.

17 Franz Kafka: Briefe 1900–1912, hg. Hans-Gerd Koch, Frankfurt a. M. 1999, S. 22 f.

18 见Binder: Kafkas Verständnis bildender Künstler und ihrer Werke, S. 22, 39 (Anm. 24)。

19 Franz Kafka: Nachgelassene Schriften und Fragmente I, hg. Malcolm Pasley, Frankfurt a. M. 1993, S. 332.

20 见 Jürgen Born: Kafkas Bibliothek. Ein beschreibendes Verzeichnis, Frankfurt a. M. 1990, S. 142 f。

21 Brod: Im Zauberreich der Liebe, S. 95.

22 见Klaus Wagenbach: Franz Kafka. Eine Biographie seiner Jugend, Bern 1958, S. 243 *f.*; Reiner Stach: Kafka. Die frühen Jahre, Frankfurt a. M. 2014, S. 226 *ff*。

23 见Hartmut Binder: Kafka in der Lese- und Redehalle, in: Else-Lasker-Schüler-Jahrbuch zur klassischen Moderne 2 (2003), S. 160–207。

24 见Max Brod: Streitbares Leben 1884–1968, vom Autor überarbeitete und erweiterte Neuausgabe, München 1969, S. 159。

25 见 Jahres-Bericht der Lese- und Redehalle der deutschen Studenten in Prag, 1903, S. 37。

26 Binder: Kafka in der Lese- und Redehalle, S. 180 *f* 重现了其中的细节。

27 Die Kunst der Japaner, in: Prager Tagblatt Nr. 358, 29.12.1901, S. 8.

28 见Deutsche Zeitung Bohemia 75, Nr. 324, 25.11.1902, Beilage, S. 3。

29 引自Binder: Kafka in der Lese- und Redehalle, S. 181。另见Deutsche Zeitung Bohemia 75, Nr. 337, 9.12.1902, S. 5中的声明。

30 见Klaus Berger: Japonismus in der westlichen Malerei 1860–1920, München 1980; Setsuko Kuwabara: Emil Orlik und Japan, Heidelberg 1987。

31 Binder: Kafka in der Lese- und Redehalle, S. 182.

32 Emil Orlik: Aus einem Briefe [Tokio, Juni 1900], in: Deutsche Arbeit 2,1 (Oktober 1902), S. 62.

33 Emil Orlik: Anmerkungen über den Farbholzschnitt in Japan, in: Die Graphischen Künste 1902, S. 34.

34 见Roland Barthes: Das Reich der Zeichen, Frankfurt a. M. 1981。

35 Kafka: Briefe 1900–1912, S. 90.

36 见Born: Kafkas Bibliothek, S. 187。

37 Emil Utitz: Acht Jahre auf dem Altstädter Gymnasium, in: «Als mir Kafka entgegenkam...». Erinnerungen an Kafka, erweiterte Neuausgabe, hg. Hans-Gerd Koch, Berlin 2005, S. 46–51.

38 Prager Tagblatt, 7.1.1904, S. 5.

39 Binder: Kafka in der Lese- und Redehalle, S. 199.

40 Georg Gimpl: Weil der Boden selbst brennt. Aus dem Prager Salon der Berta Fanta (1865–1918), Prag 2001, S. 174.

41 Kafka: Briefe 1900–1912, S. 22.

42 Der Klub deutscher Künstlerinnen in Prag, in: Der Bund. Zentralblatt des Bundes österreichischer Frauenvereine 2 (Februar 1907), S. 6; Hartmut Binder: Der Klub deutscher Künstlerinnen in Prag 1906–1918, in: Sudetenland 2010, S. 394–420.

43 见Binder: Kafka-Handbuch, Bd. 1, S. 265。

44 见 Born: Kafkas Bibliothek, S. 133。

45 Nicholas Sawicki: The Critic as Patron and Mediator. Max Brod, Modern Art and Jewish Identity in Early Twentieth-Century Prague, in: Images. A Journal of Jewish Art and Visual Culture 6 (2012), S. 30–51; Barbora Šrámková: Max Brod und die tschechische Kultur, Wuppertal 2010, S. 265–278.

46 Friedrich Adler: Die neuere Kunst, in: Deutsche Arbeit in Böhmen. Kulturbilder, hg. Hermann Bachmann, Berlin 1900, S. 237–245; Ernst Rychnovsky: Der Verein der deutschen bildenden Künstler, in: Der Heimat zum Gruß, hg. Oskar Wiener und Johann Pilz, Berlin 1914, S. 237–246; Hugo Steiner-Prag: Fröhliche Erinnerung. Einleitung, in: Aus einer Kneipzeitung des Vereins deutscher bildender Künstler in Böhmen, Prag 1933, S. 3–17; Julia Hadwiger: «‹Jungprag› war kein Verein und kein Klub, es war ein Herzensbund Gleichgesinnter ...» – Spurensuche und Versuch einer Zuordnung, in: Brücken. Zeitschrift für Sprach-, Literatur- und Kulturwissenschaft 2012, S. 9–40.

47 见Johann Pilz: Deutschböhmen im Bilde, in: Der Heimat zum Gruß, S. 229–236。

48 Kafka: Nachgelassene Schriften und Fragmente I, S. 9–11. 另见Max Brod: Ungedrucktes von Franz Kafka, in: Die Zeit, 22.10.1965, S. 27, sowie ders.: Der Prager Kreis, Stuttgart 1966, S. 93 *ff*。

49 见 Hartmut Binder: Kafkas Welt, Reinbek b. Hamburg 2008, S. 102。

50 Max Brod / Franz Kafka: Eine Freundschaft. Reiseaufzeichnungen, unter Mitarbeit von Hannelore Rodlauer hg. Malcom Pasley, Frankfurt a. M. 1987, S. 37 *ff*., 106 *ff*.

51 Max Brod: Über Franz Kafka, Frankfurt a. M. 1966, S. 106 *f*.

52 Brod / Kafka: Eine Freundschaft. Reiseaufzeichnungen, S. 191.

53 Franz Kafka: Tagebücher, hg. Hans-Gerd Koch, Michael Müller und Malcolm Pasley, Frankfurt a. M. 1990, S. 972 *f*., 1007 *f*.

54 Ebd., S. 1007 *f*.

55 Max Brod: Neue Romane. Nähere und weitere Umgebung, in: Prager Tagblatt, 28.1.1912, S. 20, 25.

56 布罗德买下的那本作品集以及他1908年1月9日写给冯·韦伯的明信片于2020年在以色列和德国的拍卖会上被拍出。

57 Max Brod: Literarische und unliterarische Malerei, in: Die Gegenwart 73 (April 1908), S. 220–222, hier: S. 221.

58 库宾给布罗德的信在霍夫1971年拍卖售出的遗物之中，见恩斯特·豪斯韦德尔拍卖行1971年11月的第181号拍卖品目录，Wertvolle Bücher. *Autographen*，其中第152页收录了这封6月10日的信。库宾给布罗德的其他信件在洛杉矶盖蒂研究所的收藏中，包括1909年8月6日的信（特别馆藏，检索编号860575）。

59 Kafka: Tagebücher, S. 40 *ff*. (Einträge zum 26. und 30. September 1911).

60 Franz Kafka: Briefe 1914–1917, hg. Hans-Gerd Koch, Frankfurt a. M. 2005, S. 103.

61 Brod: Der Prager Kreis, S. 56.

62 Max Brod: Ausstellung ‹Die Pilger›, in: Prager Abendblatt, 8.4.1921, S. 6.

63 Kafka: Tagebücher, S. 914. Zur Ausstellung vgl. auch Prager Tagblatt, 5.4.1922, S. 7, und 9.4.1922, S. 7.

64 最新资料见Gérard-Georges Lemaire: Kafka et Kubin, Paris 2002。

65 Kafka: Tagebücher, S. 46.

66 Brod / Kafka: Eine Freundschaft. Briefwechsel, hg. Malcolm Pasley, Frankfurt a. M. 1989, S. 399 *f.* Vgl. Šrámková: Max Brod und die tschechische Kultur, S. 276 *ff.*

67 Franz Kafka: Briefe an Ottla und die Familie, hg. Hartmut Binder und Klaus Wagenbach, Frankfurt a. M. 1974, S. 120.

68 Ebd., S. 120.

69 Ebd., S. 120 *f.*

70 Franz Kafka: Drucke zu Lebzeiten, hg. Wolf Kittler, Hans-Gerd Koch und Gerhard Neumann, Frankfurt a. M. 1994, S. 443.

71 Franz Kafka: Briefe 1913–1914, hg. Hans-Gerd Koch, Frankfurt a. M. 1999, S. 87.

72 Ebd.

73 卡夫卡的绘画老师最有可能是伊达・弗洛伊德，她曾在布拉格与人共同创立了德国女艺术家俱乐部，她熟悉卡夫卡的一些画作并对其进行过评论（见39、40号作品）。

74 Brod: Über Franz Kafka, S. 59.

75 Brod: Streitbares Leben 1884–1968, S. 159. 卡夫卡不断在法学课笔记上画画的事实，也说明了这些画绘制于他的学生时期（见29、34、35号作品）。

76 Max Brod: Franz Kafkas Glauben und Lehre, Winterthur 1948, S. 137.

77 Ebd.

78 Ebd.

79 Brod: Der Prager Kreis, S. 56.

80 Max Brod: Frühling in Prag, in: Die Gegenwart 36 (1907), S. 316 *f.*, hier: S. 316.

81 Max Brod: Kunstausstellung Willy Nowak, in: Prager Abendblatt, 29.1.1923, S. 5.

82 Jiri Svestka / Tomas Vlcek: 1909–1925. Kubismus in Prag. Malerei, Skulptur, Kunstgewerbe, Architektur, Stuttgart 1991; Miroslav Lamač: Osma a Skupina výtvarných umělců. 1907–1917, Prag 1992; Frühling in Prag oder Wege des Kubismus, hg. Heinke Fabritius und Ludger Hagedorn, München 2005; Schöttker: Vielfältiges Sehen; Nicholas Sawicki: Na cestě k modernosti umělecké sdružení Osma a jeho okruh v letech 1900–1910, Prag 2014.

83 Brod: Literarische und unliterarische Malerei.

84 见Dieter Sudhoff: Der Fliegenprinz von Arkadien. Notizen zum Leben und Schreiben des

Prager Dichters Ernst Feigl, in: Prager Profile. Vergessene Autoren im Schatten Kafkas, hg. Hartmut Binder, Berlin 1991, S. 325–356。

85 Zitiert nach: Josef Paul Hodin: Kafka und Goethe. Zur Problematik unseres Zeitalters, London 1968, S. 16. Diese Übersetzung folgt in voller Länge der englischen Originalausgabe: Josef Paul Hodin: Memories of Franz Kafka, in: Horizon 17 (1948), S. 26–45.

86 Zitiert nach: Hodin: Kafka und Goethe, S. 16.

87 Zitiert nach: ebd., S. 19.

88 Ebd., S. 10.

89 Kafka: Briefe 1914–1917, S. 214.

90 Kafka: Briefe 1900–1912, S. 281.

91 事实上，费格尔于1916至1917年冬天在布拉格为奥斯卡・维纳编著的《布拉格德国作家选集》准备了肖像，这些肖像与他后来为卡夫卡所作的肖像风格相当相似。维纳的选集于1919年出版，当中并没有卡夫卡的作品。Otto Pick: 20 Jahre deutsches Schrifttum in Prag, in: Witiko 2, 3 (1929), S. 119. 另见Friedrich Feigl. 1884–1965, hg. Nicholas Sawicki, Řevnice / Cheb 2016, S. 193 f。

92 见Sabine Fischer: «Franz Kafka liest den Kübelreiter». Ein Porträt des Autors als Autorenporträt?,in: Jahrbuch der Deutschen Schillergesellschaft 63 (2019), S. 119–143。这幅肖像现存于马尔巴赫德国文学档案馆。

93 见Šrámková: Max Brod und die tschechische Kultur。"Max Brod und die tschechische bildende Kunst"这一章节主要是关于诺瓦克的。

94 Willi Nowak: Die «Brücke» nach Bimini, in: Die Aktion, 8.5.1912, Sp. 588–592.

95 Brod: Kunstausstellung Willy Nowak.

96 见Kafka: Briefe 1900–1912, S. 108; Sawicki: The Critic as Patron and Mediator, S. 39, Anm. 34。

97 这幅油画于1911年在波希米亚地区德国视觉艺术家协会的展览中首次展出，现归布拉格的犹太博物馆所有。

98 Neue Farblithographien von Willi Nowak, in: Prager Tagblatt, 24.12.1911, S. 12.

99 Kafka: Tagebücher, S. 305–307.

100 见布罗德1911年2月15日的日记，以色列国家图书馆，ARC. 4*2000 1 33.1。

101 布罗德的部分艺术收藏，包括诺瓦克的石版画，于2020至2021年秋冬在以色列的拍卖会上被拍出。不过卡夫卡买下的两幅石版画有可能流转到了布罗德手中。卡夫卡的后人中，没有任何人得到过这些画作。在此我向汉斯・格尔德・科赫提供的信息表示感谢。

102 Kafka: Briefe 1914–1917, S. 169 f.

103 Ebd., S. 204.

104 Ebd., S. 212, 215.

105 Ebd., S. 241。

106 引自Hodin: Kafka und Goethe, S. 18。

107 见Brod: Der Prager Kreis, S. 56。

108 布罗德在回忆录中描写了他高中时期的这段生活。Beinahe ein Vorzugsschüler, Zürich 1952, S. 94. 另见Max Brod: Jugend im Nebel, Witten / Berlin 1959, S. 77。

109 Brod: Jugend im Nebel, S. 77.

110 见Prager Tagblatt, 11.12.1907, S. 4。

111 布罗德手中霍布的画作于2021年1月在以色列被拍卖，见Anm. 101。

112 Max Horb. Zur bleibenden Erinnerung, gewidmet von seinen Freunden, Prag 1908, unpaginiert [ca. S. 15].

113 给霍布信封上的画也可能是出自霍布之手，尽管布罗德把它们当作卡夫卡的画作保存下来，并将霍布的画与卡夫卡的画分开收集。

114 Albrecht Hellmann [= Siegmund Kaznelson]: Erinnerungen an gemeinsame Kampffahre, in: Jüdischer Almanach 5695, redigiert Felix Weltsch, Prag 1935, S. 166–170.

115 Hartmut Binder: Franz Kafka und die Wochenschrift ‹Selbstwehr›, in: Deutsche Vierteljahrsschrift für Literaturwissenschaft und Geistesgeschichte 41 (1967), S. 283–304. Zu Kafkas Lektüre von Palästina und Ost und West vgl. Born: Kafkas Bibliothek, S. 163, 215. 另见：Leo Winz: Bildende Kunst und Judentum, in: Ost und West 1, 2 (Februar 1901), S. 91–102; Lesser Ury: Gedanken über jüdische Kunst, in: ebd., S. 145; Martin Buber: Jüdische Kunst, in: Ost und West 2, 3 (März 1902), S. 205–210. Vgl. auch den von Buber herausgegebenen Sammelband Juedische Kuenstler, Berlin 1903.

116 引自Hartmut Binder: Zwischen Bäumchen und Abgrund. Wie Max Brod versuchte, Kafka als Zeichner zu etablieren, in: Frankfurter Allgemeine Zeitung, 23.11.2000, S. 58。马克斯·布罗德写给阿克塞尔·容克的信件现存于以色列国家图书馆，但其中并没有这封信。

117 Max Brod: Experimente, Stuttgart 1907, S. 37.

118 Max Brod an Axel Juncker, 7.10.1907, National Library of Israel, 997009349785305171.

119 Kafka: Briefe 1900–1912, S. 73.

120 Max Brod an Axel Juncker, 23.9.1907, National Library of Israel, 997009349785305171.

121 Kafka: Briefe 1900–1912, S. 54.

122 Oscar Bie: Die moderne Zeichenkunst, Berlin 1906, S. 23.

123 在卡夫卡的《一次战斗纪实》中可以找到对身体的描写，这些描写可以与卡夫卡的绘画进行类比，比如叙述者对于“朋友”形象的描述：“他看上去——我该怎样描述呢——像一根摇摇晃晃的杆子，上面有点儿笨拙地叉着一个黄皮肤的和黑头发的脑袋。” Kafka: Nachgelassene Schriften und Fragmente I, S. 62. 关于怪诞身体特征的讨论，见Michail Bachtin: Literatur und Karneval, München 1969, S. 15 ff。

124 Fellner: Kafkas Zeichnungen, S. 84. 另见Claude Gandelmann: Kafka as an Expressionist Draftsman, in: Neohelicon 2 (1967), S. 237–277。

125 见Schöttker: Vielfältiges Sehen。

126 Janouch: Gespräche mit Kafka, S. 49 *f.*

127 Ebd., S. 51.

128 与布罗德私人收藏中的手稿和残篇不同，他的绘画作品，除了旅行日记中的那些速写，最终都没有进入以色列国家图书馆。它们于2020至2021年秋冬在以色列的几次拍卖会上，与伊尔莎・埃斯特・霍夫公寓里布罗德的其他遗物一起，被拍卖售出。见 Anm. 95。

129 Brod / Kafka: Eine Freundschaft. Reiseaufzeichnungen, S. 227.

130 Ebd., S. 242.

131 见Franz Kafka: Hochzeitsvorbereitungen auf dem Lande und andere Prosa aus dem Nachlaß, Frankfurt a. M. 1953, S. 455–457。另见Franz Kafka: Nachgelassene Schriften und Fragmente II, hg. Jost Schillemeit, Frankfurt a. M. 1992; Max Brod: Zur Textgestaltung der Hochzeitsvorbereitungen, in: Die Neue Rundschau 62, 1 (1951), S. 18 *ff*。

132 见 Andreas Kilcher: Nachrichten aus der Ferne. Franz Kafkas «hebräische Kraftanstrengung», in: Neue Zürcher Zeitung 84, 8.4.2000, S. 53 *f*。

133 Kafka: Tagebücher, S. 13 *f.* Vgl. Franz Kafka: Oxforder Quarthefte 1 & 2. Historisch-Kritische Ausgabe sämtlicher Handschriften, Drucke und Typoskripte, hg. Roland Reuß und Peter Staengle, 2 Bde., Frankfurt a. M. 2001.

134 见卡夫卡作品权威注释版: Tagebücher, hg. Hans-Gerd Koch, Frankfurt a. M. 1990, S. 12.

135 Bohemia, 17.11.1909, S. 6.

136 Prager Tagblatt, 17.11.1909, S. 7.

137 Kafka: Tagebücher, S. 14 *f.*

138 Franz Kafka: Briefe 1918–1920, hg. Hans-Gerd Koch, Frankfurt a. M. 2013, S. 364 *f.*

139 关于韦尔弗，见Klaus Schumann: Walter Hasenclever, Kurt Pinthus und Franz Werfel im Leipziger Kurt Wolff Verlag (1913–1919), Leipzig 2000。关于插图设计的工作，见 Marc Kettler: Text-Bild-Verhältnisse im Expressionismus. Eine Untersuchung des Zusammenwirkens von Literatur und Kunst anhand ausgewählter Beispiele illustrierter Texte von Alfred Döblin, Albert Ehrenstein, Georg Heym, Oskar Kokoschka und Mynona, Hamburg 2016; Illustrierte Bücher des deutschen Expressionismus, hg. Ralph Jentsch, Stuttgart 1989。

140 见Deutschsprachige Literatur aus Prag und den böhmischen Ländern. Buch- und Plakatkunst 1900–1939, hg. Jürgen Born u. a., Prag 2006。

141 Kurt Wolff: Briefwechsel eines Verlegers 1911–1963, Frankfurt a. M. 1966, S. 29 *f.* 关于沃尔夫出版社，见Wolfram Göbel: Der Kurt-Wolff-Verlag 1913–1930. Expressionismus als

verlegerische Aufgabe, München 2007; Kurt Wolff, Ernst Rowohlt. Bücherkunst, Kunstbücher, bearbeitet von Friedrich Pfäfflin (Marbacher Magazin 43, 1987)。

142 Kafka, Briefe 1913–1914, S. 196 *f.*

143 另见Ludwig Dietz: Franz Kafka. Die Veröffentlichungen zu seinen Lebzeiten (1908–1924), Heidelberg 1982, S. 54 *f*。

144 Wolff, Briefwechsel eines Verlegers 1911–1963, S. 32.

145 引自Dietz: Franz Kafka, S. 71。另见Ottomar Starke: Kafka und die Illustration, in: Neue literarische Welt 9 (1953), S. 3。

146 Kafka: Briefe 1914–1917, S. 145.

147 Astrid Lange-Kirchheim做出了这一观察: Zur Präsenz von Wilhelm Buschs Bildergeschichten in Franz Kafkas Texten, in: Textverkehr. Kafka und die Tradition, hg. Claudia Liebrand und Franziska Schössler, Würzburg 2004, S. 161–204, hier: S. 178.

148 Franz Kafka: Der Process, hg. Malcolm Pasley, Frankfurt a. M. 1990, S. 220 *f.*

149 见Gerhard Neumann: Umkehrung und Ablenkung. Franz Kafkas «Gleitendes Paradox», in: Deutsche Vierteljahrsschrift für Literaturwissenschaft und Geistesgeschichte 42 (1968), S. 702–744。

150 让·保罗关于“抽象性智慧”的论述与之相似。

151 Franz Kafka: Von den Gleichnissen, in: ders.: Nachgelassene Schriften und Fragmente II, S. 531 *f.*

152 见Detlef Kremer: Kafka. Die Erotik des Schreibens, Bodenheim 1998。

153 Kafka: Briefe 1900–1912, S. 168.

154 Ebd., S. 221.

155 Franz Kafka. Kritik und Rezeption zu seinen Lebzeiten 1912–1924, hg. Jürgen Born, Frankfurt a. M. 1979, S. 34.

156 Kafka, Drucke zu Lebzeiten, S. 33.

157 见Notieren, Skizzieren. Schreiben und Zeichnen als Verfahren des Entwurfs, hg. Katrin Krauthausen und Omar W. Nasim, Zürich 2010。

“然而，那是什么样的地？什么样的墙？”
——卡夫卡作品中的身体

1 Franz Kafka: Das Urteil, in: ders.: Drucke zu Lebzeiten, hg. Wolf Kittler, Hans-Gerd Koch und Gerhard Neumann, Frankfurt a. M. 1994, S. 61.

2 Franz Kafka: Der Kübelreiter, in: ders.: Drucke zu Lebzeiten, S. 444–447.

3 Ebd., S. 447.

4 Theodor W. Adorno: Aufzeichnungen zu Kafka, in: ders.: Gesammelte Schriften, Bd. 10 / 1: Kulturkritik und Gesellschaft I, Frankfurt a. M. 2003, S. 269–271. 阿多诺这段话的原文为："卡夫卡的作品正是这样避免了任何对历史的指涉——取材于煤炭短缺的《煤桶骑士》只是一个特例。他的作品也与历史保持着隔绝的关系：他闭口不谈历史这个概念。"译文引自张一兵主编《社会批判理论纪事（第12辑）》，阿多诺《棱镜——文化批判与社会》选译，刘健译，南京：江苏人民出版社，2021年，第40页。的确，卡夫卡创作《铁桶骑士》与当时的历史时代、政治背景是有关系的。以布拉格为核心的整个哈布斯堡帝国遭遇了严重的食物和煤炭紧缺，"捷克人一而再地削减商定好的煤炭供应，将越来越多的部分留给自己用"。卡夫卡在妹妹奥特拉于炼金术士小巷租住的房屋也遭遇了"煤炭的极度短缺，甚至夜间取暖也被禁止了"。"煤炭紧缺主要是因为战争期间缺少足够的铁路货运，随着卡尔一世规定在紧急情况下布拉格的煤炭供应将通过军队的帮助而得以确保之后，反而变得更加严重了。"1916年12月奥特拉从煤炭商店拎着空空的煤桶回来的时候，卡夫卡更无法忽视社会现状，在寒冷的小屋里创作了《铁桶骑士》。（见莱纳·施塔赫：《领悟年代：卡夫卡的一生》，董璐译，哈尔滨：黑龙江教育出版社，2016年，第118、120、125页。）巴勒特据此理解《铁桶骑士》中的情节，认为卡夫卡通过描写乞讨者买不到煤的不幸经历来反对"一战"期间的煤炭垄断，普通居民被剥夺了购煤的权利，因而只能放弃身体上对煤的需求。——译者注

5 《家长的忧虑》中，奥德拉德克是另一个"图像打破书写的形式局限"的例子。

6 Franz Kafka: Nachgelassene Schriften und Fragmente II, hg. Jost Schillemeit, Frankfurt a. M. 1992, S. 312.

7 Franz Kafka: Tagebücher 1909–1923, hg. Hans-Gerd Koch, Michael Müller und Malcolm Pasley, Frankfurt a. M. 1990, S. 14 *f.*

8 Franz Kafka: Beschreibung eines Kampfes, in: ders.: Nachgelassene Schriften und Fragmente I, hg. Malcolm Pasley, Frankfurt a. M. 1993, S. 87–90.

9 实际上，并不清楚文本中究竟是哪两个角色在说话。

10 Kafka: Beschreibung eines Kampfes, S. 92.

11 Franz Kafka: Die Sorge des Hausvaters, in: ders.: Drucke zu Lebzeiten, S. 283.

12 Ebd.

图片权利清单

Bild- und Rechtenachweis

版权页右侧图、序言左侧图: Zeichnungen von Franz Kafka. The Literary Estate of Max Brod, National Library of Israel, Jerusalem. Foto: Ardon Bar Hama

序言：传承与保存

第2页: © Fischer Verlag; 第5页: privat (links und rechts); 第7页: privat (links), Albertina, Wien (rechts);

第10页: The Literary Estate of Max Brod, National Library of Israel, Jerusalem. Fotos: Ardon Bar Hama;

第11页: Rechtsnachfolger Friedrich Feigl, Foto: privat (links), Rechtsnachfolger Menashe Kadishman, Foto: privat (rechts); 第12页: privat, Besitz Familie Hoffe (links und rechts); 第16页: The Literary Estate of Max Brod, National Library of Israel, Jerusalem. Fotos: Ardon Bar Hama

Die unveröffentlichten Zitate von Paul Josef Hodin werden abgedruckt mit freundlicher Genehmigung des Tate Archive/Annabel Hodin.

卡夫卡的绘画与写作

第213页上图: © Hans Thoma Kunstmuseum, Bernau; 第213页下图: © The Trustees of the British Museum (Objekt: 1805,0703.131); 第215页: Bayerische Staatsbibliothek, Signatur H.lit.p. 181 fm-1898/1903, S. 37; 第216页: ETH Zürich, Graphische Sammlung; 第217页: ETH Zürich, Graphische Sammlung (links und rechts); 第218页: bpk/Staatliche Kunstsammlungen Dresden/Andreas Diesend (links), ETH Zürich, Graphische Sammlung (rechts); 第221页: The Literary Estate of Max Brod, National Library of Israel, Jerusalem. Fotos: Ardon Bar Hama; 第225页: bpk/RMN – Grand Palais/Daniel Lebée/Carine Déambrosis (links), Bridgeman, Berlin (Mitte), Zeichnungen von

Franz Kafka. The Literary Estate of Max Brod, National Library of Israel, Jerusalem. Fotos: Ardon Bar Hama (rechts oben und rechts unten); 第227页: The Museum of Decorative Arts, Prag; 第229页: privat (links), © Eberhard Spangen- berg, München/VG Bild-Kunst, Bonn 2021, Foto: privat (rechts); 第228页: Zeichnung von Max Brod. The Literary Estate of Max Brod, National Library of Israel, Jerusalem. Foto: Ardon Bar Hama (links), © Städtische Galerie im Lenbachhaus und Kunstbau München (rechts); 第231页: © Eberhard Spangenberg, München/VG Bild-Kunst, Bonn 2021, Foto: privat (links); © Eberhard Spangenberg, München/VG Bild-Kunst, Bonn 2021, Foto: nach Franz Kafka: Ein Landarzt. Mit Federzeichnungen von Alfred Kubin, Frankfurt a. M. 2003 (rechts), 第230页: © Eberhard Spangenberg, München/VG Bild-Kunst, Bonn 2021, Foto: privat; 第233页: akg-images/Archiv K. Wagenbach; 第236页: Kopie: Archiv Kritische Kafka-Ausgabe; 第239页: The Museum of Decorative Arts, Prag (rechts und links); 第243页左上、右上图: Rechtsnachfolger Friedrich Feigl/Deutsches Literaturarchiv Marbach (links), Rechtsnachfolger Willy Nowak, Foto: privat (rechts); 第243页左下、右下图: Rechtsnachfolger Willy Nowak, Foto: privat (links und rechts); 第246页: privat; 第247页: privat (links), The Literary Estate of Max Brod, National Library of Israel, Jerusalem. Foto: Ardon Bar Hama (rechts); 第252页: privat (links und Mitte); Photo Scala, Florence – Courtesy of the Ministero Beni e Att. Culturali e del Turismo (rechts); 第253页: Zeichnung von Franz Kafka. The Literary Estate of Max Brod, National Library of Israel, Jerusalem. Foto: Ardon Bar Hama (links), Zeichnung von Max Brod. The Literary Estate of Max Brod, Natio- nal Library of Israel, Jerusalem. Foto: Ardon Bar Hama (rechts); 第255页: Zeichnung von Max Brod. The Literary Estate of Max Brod, National Library of Israel, Jerusalem. Foto: Ardon Bar Hama (oben), Zeichnung von Franz Kafka. The Literary Estate of Max Brod, National Library of Israel, Jerusalem. Foto: Ardon Bar Hama (unten); 第258页: The Bodleian Library, University of Oxford (links), akg-images (rechts oben), Bohemia, 15.10.1909 (rechts unten); 第261页: Deutsches Literaturarchiv Marbach; 第264页: privat; 第265页: Chris Kreussling/Flickr; 第267页: privat; 第272页: privat

卡夫卡的画

1、2、3、4、5、6、7、8、9、10、11、12、14、15、16、17、18、19、20、21、22、23、24、25、26、27、28、29、30、31、32、33、34、35、36、37、38、39、40、41、42、43、44、45、46、47、48、49、50、51、54、55、56、57、58、59、60、61、62、63、64、65、66、67、68、69、71、72、75、76、77、78、79、80、81、82、83、84、85~108、109~118、120、121、122、123、124、125、126、129、136号作品: Zeichnungen von Franz Kafka. The Literary Estate of Max Brod, National Library of Israel, Jerusalem. Fotos: Ardon Bar Hama

13号作品: Privatbesitz

52、53、74号作品: Albertina, Wien

70、73、132、133、134、135、148、159、160号作品: Deutsches Literaturarchiv Marbach

119号作品: nach Niels Bokhove/Marijke van Dorst: Einmal ein großer Zeichner. Franz Kafka als bildender Künstler, 2. Aufl., Prag 2011

127号作品: Kopie: Archiv Kritische Kafka-Ausgabe

128、130、147号作品: Deutsches Literaturarchiv Marbach/The Bodleian Library, University of Oxford

131、137、138、139、140、141、142、143、144、145、146、149、150、151、152、153、154、155、156、157、158、161、162、163号作品: The Bodleian Library, University of Oxford

Leider war es nicht in allen Fällen möglich, die Inhaber der Rechte zu ermitteln. Wir bitten deshalb gegebenenfalls um Mitteilung. Der Verlag ist bereit, berechtigte Ansprüche abzugelten.